LUZIFER-Verlag Steffen Janssen
www.luzifer-verlag.de

Michael Dissieux

GRAUES LAND

FSC ©

Satz: LUZIFER-Verlag Steffen Janssen, Ahlen
Umschlaggestaltung: Timo Kümmel
Illustrationen: Nenad Becarevic
Druck und Bindung: winterwork
Gedruckt auf säurefreiem Papier, FSC-Zertifiziert.

ISBN: 978-3-943408-03-4

Printed in Germay

Bibliografische Information der Deutschen Nationalbibliothek: Die Deutsche Nationalbibliothek verzeichnet diese Publikation in der Deutschen Nationalbibliografie; detaillierte bibliografische Daten sind im Internet über http://dnb.d-nb.de abrufbar.

Dank an Andrea
für ihre Geduld, Liebe
und den festen Glauben an mich.

Inhalt

»Die Welt hat sich weitergedreht.«

Stephen King

Prolog

Daryll

Ich kann Daryll schon aus der Ferne sehen.

Er steht auf seinem Fahrrad, während er in halsbrecherischem Tempo den Sandweg zum Haus herunter rast. Sein blondes Haar weht im kalten Herbstwind, und seine Jacke bläht sich wie ein Ballon um ihn herum auf. Das Klappern seines Fahrrades zerteilt die morgendliche Stille, während ich am Zaun warte und nur meinen zerschlissenen Morgenmantel trage.

»Guten Morgen, Mr. Jennings«, ruft mir der Junge keuchend entgegen. Dann tritt er mit Wucht auf die Bremse, wie er es jeden Morgen tut, und lässt eine staubige Reifenspur auf dem Weg zurück.

»Hallo, Daryll. Du bist pünktlich wie immer.«

Er sieht mich mit geröteten Wangen und seinen hellen Augen an und nickt. In der Hand hält er bereits meine Zeitung.

»Ich hoffe, du hast mir diesmal bessere Nachrichten mitgebracht«, lächele ich und reiche ihm den obligatorischen Dollar, den ich dem Jungen an jedem Morgen für seine Mühen gebe.

Immer noch außer Atem schüttelt Daryll den Kopf. Dabei blickt er mich mit ernstem Gesicht an.

»Ich glaube, es wird schlimmer«, sagt er, nimmt den Geldschein und steckt ihn achtlos in die Hosentasche. »Sie haben Berichte über diese Städte in Europa. Ich weiß ihre Namen nicht mehr. Und wenn ich alles richtig verstanden habe, ist unser Land nun auch in akuter Gefahr.«

Er sieht mich an, und etwas in seinem Blick erschreckt mich. Vielleicht ist es die Tatsache, dass ich den Jungen noch nie so ernst erlebt habe. Vielleicht aber auch die Angst, die ich in seinen Augen finde.

»Man sollte nicht alles für bare Münze nehmen, was in der Zeitung steht«, versuche ich Daryll zu beruhigen. Dabei spüre ich, wie falsch meine Worte selbst für meine Ohren klingen.

»Ich hoffe, Sie haben Recht, Mr. Jennings«, flüstert der Junge, wendet sein Fahrrad und sieht mich dann über die Schulter hinweg an.

»Ich muss weiter. Es sieht nach Regen aus, und ich will zu Hause sein, bevor es anfängt.«

»Dank dir«, entgegne ich und grüße mit der Zeitung.

Daryll nickt kurz, wobei sich unsere Blicke länger treffen als an anderen Tagen. Dann fährt er mit seinem roten Fahrrad wieder den Sandweg zur Straße hinauf, wobei er sich weit nach vorn beugen muss, um genügend Kraft aufzubringen.

Während das Klappern der Schutzbleche allmählich leiser wird und die herbstliche Stille in die Hügel zurückkehrt, denke ich über den angsterfüllten Blick des Jungen nach. In seinen Augen lag dieselbe Furcht, die ich selbst seit Tagen wie eine zweite, kalte Haut auf meinem Körper spüre.

Etwas in mir sagt mir, dass ich Daryll mit seinem leuchtend roten Fahrrad an diesem Morgen zum letzten Mal gesehen habe.

Ich verdränge den Gedanken so schnell, wie er aus dem Sumpf meiner Ängste aufgetaucht ist.

Während ich langsam zum Haus zurückgehe und das feuchte Gras um meine Knöchel streichelt, lese ich die nächste unheilschwangere Schlagzeile der Zeitung.

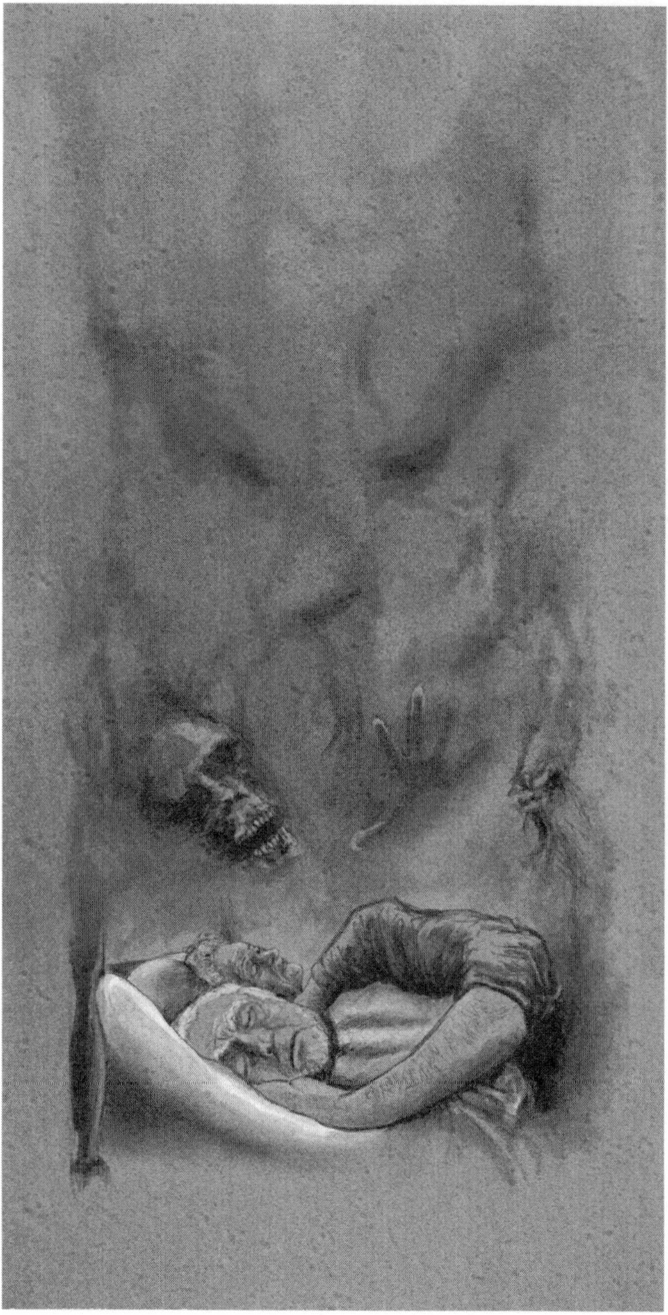

Kapitel 1

Murphy

I

Ich weiß nicht, ob man die Zukunft träumen kann.

Doch ich glaube, dass ich genau dies mein Leben lang getan habe.

Schon als kleiner Junge bin ich in der Nacht schreiend aufgewacht, das grässliche Abbild einer Welt vor Augen, die still und leer war, und deren Asche den Himmel verfinstert hatte.

Erst durch die tröstenden Worte meiner Mutter, und ihrem vertrauten, warmen Geruch, verblasste die schreckliche Szenerie in meinem Kopf und verkroch sich in die dunkelste Ecke meines kindlichen Verstandes, nur um in irgendeiner weiteren Nacht erneut aus ihrem Sumpf emporzusteigen. In den wiegenden Armen meiner Mutter verschwanden mit den Zerrbildern dieser stummen, entarteten Welt auch die Kreaturen, die sich in Schatten und Dunkelheit verbargen.

Ich vermisse meine Mutter sehr. Selbst jetzt noch, da ich selbst ein alter Mann von fast siebzig Jahren bin, denke ich oft an diese einzigartige Frau zurück. Wenn ich heute von *Ihnen* träume, ist niemand mehr da, dessen Körperwärme mich beruhigen kann.

Bis vor zwei Jahren hatte Sarah in dieser Beziehung die Rolle meiner Mutter übernommen. Zweiundvierzig Jahre sind wir nun verheiratet. Sie hatte mich bereits mit meinen schrecklichen Träumen kennengelernt. Und trotzdem, oder vielleicht sogar gerade derentwegen, hat unsere Ehe so lange gehalten. Rückblickend glaube ich heute, dass ich schon lange den Verstand verloren hätte, wenn meine Sarah nicht gewesen wäre.

Wenn ich in den Nächten mit einem heiseren Schrei auf zitternden Lippen und mit bebendem Körper aufgewacht war, meine Stirn vor Schweiß geglänzt, und ich mir, wie ich sehr zu meiner Schande eingestehe muss, in den letzten Jahren immer öfter während meiner Träume in die Hose gemacht hatte, dann hat sie mich mit der gleichen warmen Stimme und den gleichen zärtlichen Berührungen beruhigt, wie es einst meine Mutter getan hatte.

Sie hat über den Gestank hinweggesehen, der von meinen Laken aufgestiegen war, mir das nasse Haar aus der Stirn gestrichen und mich in ihren Armen gewiegt. Und nicht selten haben wir dann bis zum Morgengrauen auf diese stille Weise, wie man es nur nach über vierzig Jahren Ehe tun kann, im Bett gelegen. Ohne zu reden, einfach nur füreinander da und darauf wartend, dass der dämmernde Morgen die grausamen Alpträume mit sich fortträgt.

Ich habe Sarah nie erzählt, von was ich träumte. Obwohl ich mir nichts sehnlicher gewünscht habe, als endlich jemandem mit mir zusammen in den schwarzen, morastigen See eintauchen zu lassen, den mein Unterbewusstsein beherbergt. Doch ich konnte es nicht. Manchmal denke ich, dass mich irgendetwas daran gehindert hat, meine Traumgespinste preiszugeben.

Vielleicht waren *Sie* es sogar, die mir einen seelischen Bannfluch auferlegt haben, der es mir unmöglich macht, mich selbst Menschen gegenüber, die ich über alles liebe, zu öffnen. *Sie* – jene fürchterliche Kreaturen, die schattengleich durch das Dunkel dieser entvölkerten Traumwelt schleichen und mich in den Nächten martern.

Über diesen Aspekt habe ich mir nie Gedanken zu machen gewagt, denn eine solch konfuse und unheimliche Gedankenfolge hätte mich unweigerlich um den letzten Rest von Verstand gebracht.

Heute denke ich anders darüber.

Mittlerweile bin ich in tiefster Seele davon überzeugt, dass es nicht mein eigenes Zutun ist, das mich daran hindert, von meinen nächtlichen Alpträumen zu erzählen.

Eine Zeit lang dachte ich an eine Art göttliche Obhut, die mich vor dem Spott meiner Mitmenschen zu schützen versucht. Denn wir wissen alle, wie grausam Menschen werden können, wenn sie in der Fassade ihres Gegenübers einen Riss entdecken. Und in nichts ist der Mensch geschickter, als gekonnt seine Finger in diesen Riss zu legen, zu reißen und zu graben, und die Ängste und Phobien ans Tageslicht zu befördern, die man dahinter zu verbergen sucht. Doch wenn mich ein Gott vor Verhöhnung zu schützen versuchte, wieso ließ er es dann erst zu, dass mich meine Träume immer und immer wieder befielen? Wurde in der Kirche nicht gepredigt, Gott sei allmächtig? Besaß er nicht die Macht, diese grässlichen Ungetüme in meinen Träumen zu bannen, diese düstere Welt in meinem Kopf zu vernichten?

Die These eines göttlichen Schutzes verwarf ich schnell. Ich war nie ein sehr gläubiger Mensch gewesen. Über einen himmlischen Beistand nachzudenken und zu dem Schluss zu kommen, dass ein solcher überhaupt nicht existierte, würde mir mit Sicherheit den letzten erbärmlichen Funken an biblischem Glauben nehmen.

Schnell kam ich zu der Überzeugung, dass mir eine innere Fessel angelegt worden war. Ich schaffte es einfach nicht, über die Wesenheiten in meinen Träumen zu reden. Selbst der kleinste Versuch schürte eine unsägliche Furcht in mir, die zu Schweißausbrüchen und zitternden Anfällen führte. Und eine derart unmenschliche Angst konnte ich mir letzten Endes nur durch einen Fluch jener Kreaturen selbst erklären, welche die dunkle Seite meines Verstandes bewohnten.

Alles was ich Sarah jemals erzählen konnte, war, dass ich von einem schrecklichen Ort träumte, an dem es keine Menschen gab. Mehr bekam ich nicht über die Lippen. Und ich weiß bis heute nicht, ob Sarah mir meine Worte je geglaubt hat.

Aber mehr hatten Sie nie zugelassen.

Heute erzähle ich Sarah nichts mehr von meinen Träumen. Dafür, dass sie mich und meine Eigenheiten über vierzig Jahre geduldig ertragen hat, denke ich, dass sie nun, in den letzten Zügen ihres Lebens, ein klein wenig Ruhe vor meinen Psychosen verdient. So bleibe ich seit fast zwei Jahren allein mit meinen Träumen. Bislang bin ich ganz gut damit klar gekommen. Von einigen extremen Anfällen in der Nacht abgesehen, war ich bisher stolz darauf gewesen, meine traumatischen Gedankenspiele auch ohne die Hilfe anderer im Griff zu haben.

Doch seit einigen Tagen ist alles anders.

Während ich über die Ereignisse der vergangenen Woche nachdenke, bereite ich mit automatisierten Bewegungen Sarahs Abendessen zu. Warmer Haferschleim, eine zerdrückte Banane und eine Kanne mit Tee. Viel mehr ist nicht mehr in der Speisekammer.

Damals, in den Tagen, als Sarah und ich unser kleines Haus auf dem Hügel noch mit Lachen und allerlei unsinnigen Scherzen erfüllt hatten, gehörte der abendliche Tee zum festen Bestandteil unseres Lebens. Als wir das Haus mit seinen niedrigen Räumen und rustikalen Klinkersteinen zu Beginn unserer Ehe gebaut hatten, war es Sarah gewesen, die das dringende Bedürfnis nach einem offenen Kamin im Wohnzimmer äußerte. Und als verliebter, junger Romeo las man seiner Julia natürlich jeden Wunsch von den Lippen ab.

So haben wir, in all den Jahren, fast jeden Abend in kleinen, robusten Korbsesseln vor dem prasselnden Feuer verbracht. Während wir unseren Tee tranken, uns gegenseitig über den Rand der Tasse ansahen und ein Lächeln nicht unterdrücken konnten, hatte das Knistern und Knacken der Holzscheite im Kamin eine ganz eigene, melancholische Symphonie für uns gespielt.

Wir haben einfach nur dagesessen, im Hintergrund leise Musik, und über das geredet, was uns der vergangene Tag beschert hatte. Die Nähe meiner Sarah zu spüren, ihre ruhige Stimme zu hören und ihr beim Reden zuzusehen, wie sich immer wieder ein Lächeln zwischen ihre Worte stahl und ihre weißen Zähne aufblitzten, war alles, was sich ein glücklicher Mann vorstellen konnte.

Ich steige die Treppe ins Schlafzimmer hinauf.

Das Geschirr klappert leise auf dem Tablett und ich bleibe stehen.

Wieder einmal trifft mich die allgegenwärtige Stille wie ein Schlag. Fast erscheint es mir, als hätte ich mich in einen tiefschwarzen Mantel gehüllt, der alle Geräusche der Welt von mir fernhält.

Das Tablett auf einer Hand balancierend, blicke ich mich im Dämmerlicht des Flurs um. Lediglich einige Kerzen stehen auf dem kleinen Schränkchen, auf das wir früher immer achtlos unsere Schlüssel oder Briefe geworfen haben.

Mein Schatten gleicht dem eines dürren Riesen an der Wand. Als die Stille begonnen hatte, war mir das Haus wie ein düsteres Grab erschienen.

Dort, wo früher die vertrauten Lampen gebrannt und die ebenso vertrauten Schatten sich in den Ecken gedrängt haben, verstecken sich nun Horden unsichtbarer Wesen in nachtschwarzen Nischen, deren Mäntel die vereinzelten Kerzen nicht zu durchbrechen vermochten. Manchmal bilde ich mir ein, ihre trippelnden Füße in der Dunkelheit zu hören. Dann habe ich das Gefühl, dass sie sich mir zu nähern versuchen, jedoch nie die schützenden Schatten verlassen, so dass ich einen Blick auf ihre abnormen Körper werfen könnte.

Mir ist bewusst, dass ich mir das alles nur einbilde. Das Alter, in Verbindung mit Dunkelheit und plötzlicher Stille, ist etwas, das ich scheinbar nur schwer ertragen kann. Mir gelingt es kaum noch, das beklemmende Gefühl abzulegen, das mich jeden Abend aufs Neue befällt, wenn ich die Kerzen anzünden muss.

Am Tag ist es nicht sehr viel heller in den Räumen. Das düstere Grau, das durch die Fenster sickert, erscheint mir sogar noch betrüblicher als das Flackern der Kerzen, die mich zumindest teilweise noch an die Abende vor dem Kaminfeuer zurückdenken lassen.

Das Schlimmste aber ist die Stille. Vom gelegentlichen Stöhnen des Gebälks und dem tiefen Ächzen des Fundaments im Keller abgesehen, hat sich ein dichtes Tuch des Schweigens über die Welt gelegt.

Mit der freien Hand fahre ich mir über die Augen und spüre eine tiefe Müdigkeit hinter den Lidern. Meine Finger zittern. Ich starre sie einen Moment an, dann balle ich sie zur Faust und blicke die Treppe empor, wo eine einzelne Petroleumlampe auf dem Pfosten des Geländers ein weiches Licht über die obersten Stufen fließen lässt. Seufzend und mit schwerfälligen Schritten steige ich den Rest der altertümlichen Holzstiege hinauf.

Das Knarren der mittleren Stufe erscheint mir wie jeden Abend als das schönste Geräusch, das man in dieser Welt noch finden konnte. Selbst das müde Schaben meiner Füße in ihren Pantoffeln ist eine willkommene Abwechslung zum ewigen Schweigen.

Alles, was mich an eine normale Welt denken lässt, sauge ich begierig auf. Doch es gibt nicht mehr viel, das normal ist. Nicht mehr viel, dass mich aufrecht hält. In einem Buch eines amerikanischen Schriftstellers, das ich vor unzähligen Jahren gelesen habe, hieß es einmal: *»Die Welt hat sich weitergedreht«*.

Ich muss oft an diesen einen Satz denken, der mich damals schon emotional tief berührt hat. Es mag sich verrückt anhören, aber im Stillen habe ich diesen einen Satz zur Schlagzeile der vergangen Tage erkoren.

Wenn ich noch meine Zeitung bekommen würde, wäre der Satz von Mister Stephen King wahrscheinlich in fettgedruckten Lettern auf die erste Seite gedruckt. Darunter das Foto einer schwarzen Welt, unter deren Himmel Aschewolken dahinziehen und die still und leer geworden ist.

Aber ich bekomme keine Zeitung mehr. Der junge Daryll, der mit seinem roten Fahrrad und den wehenden Haaren immer den steinigen Weg durch die Hügel gefahren ist und bei jedem der weit verteilten Häuser seine Zeitung abgeliefert hat, war seit über einer Woche nicht mehr hier gewesen. Ich frage mich, ob der Junge noch lebt. Und sein leuchtend rotes Fahrrad, auf das er so lange gespart hat; steht es noch in der Garage seiner Eltern? Oder liegt es irgendwo auf der Straße oder in einem der Gräben, die sich aufgetan haben.

Den Jungen vermisse ich wirklich.

Es tat gut, ein paar Worte mit ihm zu wechseln, wenn er mir die Zeitung selbst an Regentagen durch den Vorgarten bis zur Haustür brachte. Seine Jugend ließ mich oft vergessen, wie alt ich bin.

Aber noch mehr vermisse ich meine Zeitung. Mit ihr war auch der Strom verschwunden. Doch den Generator im Schuppen anzuwerfen, wage ich nicht. Wenn ich ehrlich sein soll, glaube ich nicht einmal daran, dass er noch funktionieren würde, nach all den Jahren, in denen er unbenutzt hinter Brettern und Kisten verborgen vor sich hingerostet hat.

Irgendwie haben Sarah und ich nie soweit gedacht.

Wir besaßen alles, was wir brauchten, um glücklich zu sein, genossen die Abgeschiedenheit unseres Heimes und die Annehmlichkeiten der modernen Zivilisation, und hätten nie auch nur einen Gedanken daran verschwendet, dass es einmal anders kommen könnte; dass *die Welt sich weiterdreht,* wie es Mister King vor vielen Jahren so treffend formuliert hatte.

Als ich die oberste Stufe erreiche, verharre ich einige Sekunden, um meinen geschundenen Knochen etwas Ruhe zu gönnen. Dann greife ich mit der freien Hand die Petroleumlampe auf dem Geländerpfosten und gehe den Flur entlang zum Schlafzimmer.

Die Schatten weichen respektvoll vor mir zurück. Das durch einen Glaszylinder gedämpfte Licht der Lampe wirft einen sanften Schein auf die alte Tapete, deren Blumenmuster vor ungefähr vierzig Jahren modern gewesen ist.

Es gibt so viel, was mich an Sarah erinnert. An manchen Tagen brennt der Schmerz wie Feuer in meinen Eingeweiden. Dann versuche ich zu vermeiden, dass meine Augen an ihrer Sammlung von Porzellanfiguren hängenbleiben, oder an den gerahmten Fotos auf dem Kaminsims, die mir voller Hohn die Geschichten einer längst erloschenen Zeit erzählen wollen.

Vor der Schlafzimmertür bleibe ich stehen und blicke zur dunklen Decke empor. Wie jedes Mal, wenn ich Sarahs Zimmer betrete, schicke ich einige verzweifelte Worte an einen Gott, den es womöglich gar nicht gibt. Ich sagte ja bereits, ich war nie ein besonders gläubiger Mensch. Gott und Kirche habe ich als etwas akzeptiert, das sich nun mal in meiner unmittelbaren Umgebung befindet. Etwa so wie die große Wiese hinter dem Haus, die sich bis zu den Schatten des Waldrands erstreckt. Oder aber den schäbigen Gemischtwarenladen des alten Murphy, wo Sarah und ich immer unsere Einkäufe erledigt und anschließend mit Murphy noch eine Tasse Tee getrunken haben.

All diese Dinge gehörten eben zu meinem Leben dazu. Und genauso haben Gott und seine Prediger dazugehört. Aber er war nie etwas Besonderes für mich gewesen. Was die anderen in ihm und seinem Wirken gesehen haben, konnte ich tief in meinem Innern nie nachvollziehen. Warum ich ausgerechnet jetzt das Wort an ihn richte, kann ich nicht sagen.

Ein Mann mit meinem Glauben sollte der Erste sein, der sagt, Gott hätte sich von seiner Schöpfung abgewendet. Unter normalen Umständen sollte ich ihm vorwerfen, dass er die Menschen im Stich gelassen hat. Und wahrscheinlich hätte ich das auch wirklich lautstark getan, würde hinter der Tür nicht Sarah liegen.

Sie ist alles, was mir noch geblieben ist.

Gott hat mir alles genommen: Die Geräusche und Gerüche der Welt, so wie ich sie seit siebzig Jahren kenne. Er hat mir das Licht genommen und die behagliche Wärme. Und nicht zuletzt jegliche Hoffnung auf das Erleben meiner Zukunft. Nur Sarah hat er mir gelassen, auch wenn sie nicht mehr dieselbe ist wie früher.

Die Worte, die ich an Gott richte, sind einfach nur eine Bitte. Ich wünsche mir, wenn ich den Raum betrete und mich an ihr Bett setze, ihren Atem zu spüren und zu sehen, wie sich ihre Brust schwach hebt und senkt. Es sind keine

Gebete. Und auch keine Fragen nach dem Warum. Einfach nur der Wunsch, nicht völlig allein auf der Welt zurückgelassen zu werden. Wenn Gott nicht tot ist, wird er mir meine Bitte erfüllen.

Als ich die Tür mit meiner Hüfte aufstoße, schlägt mir abgestandene Luft entgegen. Eine trockene Wärme streicht über mein Gesicht und der säuerliche Geruch von Schweiß und Urin steigt mir in die Nase.

Die Tür quietscht leise in den Angeln. Wieder ein Geräusch, das mich an bessere Tage zurückdenken lässt. Sarah hat mich immer darum gebeten, etwas gegen das nervtötende Quietschen zu unternehmen. Und immer habe ich nur genickt ... und es dann vergessen.

Durch den Spalt der geschlossenen Holzläden vor dem Fenster kann ich einen letzten, dunkelgrauen Streifen Tageslicht erkennen, als versuche eine brackige Masse durch die Ritzen ins Zimmer zu sickern. Auf einem Tisch in der Ecke brennt eine einzelne Kerze. Deren Flamme beginnt hektisch zu tanzen, als die stille Luft des Raumes von mir durcheinander gewirbelt wird.

Plötzlich erwachen die starren Schatten an den Wänden zu verzweifeltem Leben. Der alte Eichenschrank, den wir uns nur ein paar Tage nach unserer Hochzeit gekauft hatten, der kleine Schminktisch, den Sarah noch bis vor einigen Jahren benutzt hat, um sich hübsch zu machen, oder aber die massigen Pfosten des Bettes, die wie stumme Wächter an der Wand emporragen, und die das Liebste beherbergen, das ich je im Leben besessen habe.

Ich stelle die Petroleumlampe neben die Kerze und blicke zum Bett hinüber. Von irgendwo draußen dringt langgezogenes Heulen in den Raum. Mein Blick wandert kurz zu dem finsteren Spalt zwischen den Holzläden, dann wieder zum Bett. Alles was ich erkennen kann, ist die dicke Federdecke, über deren Muster die Schatten der Kerze und der Lampe huschen. Als ich näher trete, bemerke ich, wie sich die Decke kaum merklich hebt und senkt. Erleichtert atme ich aus und bemerke erst jetzt, dass ich die ganze Zeit, seit ich den Raum betreten habe, die Luft angehalten habe. Ein kurzer Blick zur Decke, ein ebenso kurzes und schlichtes *Danke* an jenes Wesen, das andere als Gott bezeichnen.

Die Federn des alten Bettes quietschen leise, als ich mich neben Sarah setze. Das Tablett lege ich auf meinen Knien ab und halte es mit einer Hand fest, während ich mit der anderen zögerlich nach Sarahs blassem Gesicht taste.

Sie blickt in meine Richtung. Das tut sie immer, wenn ich mich neben sie setze. Aber manchmal bin ich mir nicht sicher, ob sie mich überhaupt wahrnimmt. Vielleicht ist es auch nur Zufall, dass ihr Kopf auf diese Seite geneigt ist. Ihre Augen blicken ausdruckslos, die Pupillen sind mit einer milchigen Schicht überzogen.

Früher einmal waren diese Augen von einem bestechenden Blau gewesen. Oftmals liest man in romantischen Romanen von tiefen Seen, die man in den Augen wunderschöner Frauen finden konnte. Und dass man auf ewig darin versinken könnte, hinabtauchen bis auf den Grund des Paradieses. Bei Sarah waren diese Worte keine leeren Phrasen gewesen.

Ihre Augen hatten geleuchtet und waren von einem kindlichen, neugierigen Leben beseelt gewesen. Wenn sie einen angeblickt hat, war die Welt ringsum zur Bedeutungslosigkeit degradiert worden, so klischeehaft sich das auch anhören mag. Doch ein Blick in dieses unergründliche Blau - in diese tiefen, geheimnisvollen Seen - und man war nur noch von dem Wunsch besessen, absolut alles für den Besitzer dieser herrlichen, kraftvollen Augen zu tun.

Heute sind ihre Augen tot. Über die blaue See hat sich immerwährender, dichter Nebel gelegt, der jede Farbe in tristes Grau verwandelt. Ihr Mund ist offen, ihre Lippen rissig und grau. Saurer Atem, wie man ihn vom morgendlichen Erwachen her kennt, schlägt mir in schwachen Zügen entgegen. Ich streiche durch ihr Haar, das ihr zerzaust in die Stirn hängt. Wann immer es geht, versuche ich ihr das Haar zu kämmen. Doch meistens schaffe ich es nur, sie zu waschen und umzuziehen, bevor sie wieder die Augen schließt und einschläft.

Mit zärtlichen Bewegungen versuche ich ihre grauen Locken zu ordnen. Die Haut ihrer Stirn ist trocken und schuppig. Um ihre Augen haben sich tiefe Ringe gebildet.

»Sarah«, flüstere ich leise und drücke ihr einen Kuss auf die Stirn. Der Gestank von Schweiß und frischen Fäkalien steigt mir in die Nase.

»Liebling. Ich habe dein Essen mitgebracht.«

Ich drehe mich in ihre Richtung, so dass das Tablett zwischen uns auf meinen Knien balanciert.

»Und frischen Tee.«

Die Erinnerung, die der Geruch der Teekanne mit sich trägt, tut immer noch so weh wie am ersten Tag. Eine einzelne Träne rollt über meine Wange.

»Komm, Liebling. Lass uns essen, bevor es kalt wird.«

Der Haferschleim ist schon fast abgekühlt. Ich lege meine linke Hand unter ihren Kopf und stütze Sarah, während ich mit der Rechten den Löffel in den Haferschleim tauche. Ein leises Stöhnen tröpfelt zwischen ihren spröden Lippen hervor, als ich den Löffel in ihrem Mund verschwinden lasse.

Ob sie mich wahrnimmt, weiß ich nicht. Und auch nicht, ob sie spürt, dass sie etwas zu Essen bekommt. Manchmal bewegen sich ihre Pupillen unter der milchigen Schleimhaut ihrer Augen, doch meistens starren sie mich nur aschfarben an.

Während ich Sarah füttere, beginne ich erstickt *`Blue Spanish Eyes´* zu summen, unser beider Lieblingslied.

Der graue Spalt zwischen den Fensterläden wird zu tiefem Schwarz.

Irgendwann setze ich mich in den großen Korbsessel, den ich vor das Fenster gestellt habe, und der so ausgerichtet ist, dass ich dabei Sarah betrachten kann. Sie ist eingeschlafen, nachdem ich ihre Windeln gewechselt habe. Der Gestank hängt noch in der Luft, doch ich nehme ihn nicht wahr.

Ich lausche ihrem zufriedenen Brummen und gelegentlichem tiefen Luftholen. Dann schließe ich selbst die Augen, und die gespenstische Stille dieser toten Welt nimmt mich mit in einen unruhigen Schlaf.

Ich muss die Vorräte auffüllen, denke ich noch.

Dann schlafe ich ein.

II

Sarah hat mich zu einem leidenschaftlichen Schwimmer gemacht.

Schon als ich sie das erste Mal im Haus meines Bruders gesehen habe, bin ich in das tiefe Blau ihrer Augen eingetaucht. Und auch heute Abend existiert nur diese berauschende Farbe in meiner kleinen Welt.

Während ich neben ihr hergehe, werfe ich immer wieder verstohlene Blicke in ihre Richtung. Sie hält den Kopf gesenkt, sodass ihr Gesicht in den Schatten ihres langen Haares verborgen bleibt. Auf diese Weise kann sie mich nicht dabei ertappen, wie ich sie immer wieder ansehe. Selbst ihr grauer Schatten, der von den Straßenlaternen auf das Pflaster geworfen und verzerrt wird, hat etwas Sinnliches.

Die Art und Weise, wie unsere beiden Schatten miteinander auf dem Grau der Straße harmonieren, gefällt mir. Irgendwie habe ich das unbestimmte Gefühl, dass die beiden Konturen zueinander gehören. Wir werden beide in die Länge gezogen, wenn die Laterne hinter uns zurückbleibt, und verschwinden beide kurz, wenn die nächste Lampe auftaucht. Ich bin versucht unsere beiden Schatten miteinander verschmelzen zu lassen, indem ich ihre Hand nehme, doch der Gedanke ist absurd.

Dieser Abend ist unser erster von unzähligen, die noch folgen sollen. So behalte ich den Wunsch bei mir und konzentriere mich darauf, einen möglichst seriösen Eindruck auf Sarah zu machen.

Sie redet nicht viel, und wenn, dann mit leiser Stimme. Die meiste Zeit schweige auch ich, da ich weiß, dass es viele Frauen nicht gerne haben, wenn ihre männliche Begleitung zu viel redet.

Seit einer Woche bin ich nun aus Europa zurück.

`Eine Auszeit nehmen´ nannte ich meinen Trip über den Atlantik. Mein trister Bürojob war mir zu viel geworden, ebenso die stets gepflegten Masken meiner Kollegen und das gleißende Neonlicht, denen ich acht Stunden am Tag ausgesetzt war.

Das alles, in Verbindung mit dem hektischen Klappern der Schreibmaschinen, hatte mich irgendwann zu der Überzeugung gebracht, dass es an der Zeit war, ein paar Wochen Urlaub zu nehmen und dem mechanisierten und langweiligen Leben den Rücken zu kehren.

Mit meinen Ersparnissen konnte ich mir eine Reise quer durch Europa finanzieren. Und so hatte ich voller Inbrunst die Metropolen des Kontinents besucht, von denen ich normalerweise nur aus Zeitschriften oder dem Fernsehen etwas erfahren hatte. Paris, London, Athen und München waren nur einige Stationen meiner Odyssee gewesen. Und in jeder dieser Städte fühlte ich mich trotz des Trubels und der lauten Menschen wohl und entspannt, obwohl die Rastlosigkeit dieser Städte die Eile im Büro noch bei weitem übertraf.

Am zweiten Abend, nachdem ich wieder sicher in der Heimat gelandet war, hatte mich mein Bruder Alan in sein Haus eingeladen, um den Abend mit ihm und seiner Frau Sheila beim gemütlichen Abendessen zu verbringen.

Zu diesem Anlass war auch Sheilas beste Freundin Sarah eingeladen.

Ob es Zufall war, oder ein inszeniertes Spiel, wusste ich nicht zu sagen, doch war ich Alan und Sheila für dieses Arrangement durchaus dankbar gewesen. Denn von diesem Abend an war Blau meine Lieblingsfarbe.

Es hat weitere zwei Tage gedauert, bis ich endlich den Mut gefunden hatte, Sarah über die Telefonnummer anzurufen, die mir Sheila mit einem Augenzwinkern zugesteckt hatte. Und weitere zwei Tage musste ich harren, bis ich endlich mit ihr durch die Straßen unserer kleinen Stadt schlendern konnte.

Wir sind auf dem Weg zu einem kleinen Restaurant, das mir Alan empfohlen hat.

Wenn ich daran denke, Sarah beim Essen gegenüber zu sitzen, bekomme ich weiche Knie. Ich weiß, dass ich sie anstarren und mich wie ein kleiner, schüchterner Junge verhalten werde. Außerdem werde ich ihr Komplimente wegen ihrer herrlichen Augen machen, die sie alle schon hundertmal gehört hat. Und ich werde ihr meine Abenteuergeschichten aus dem Büro erzählen, bis sie sich gelangweilt von mir abwendet.

`Dieser Abend ist etwas ganz Besonderes in meinem Leben´, denke ich mir. Und gleichzeitig werde ich mit jedem Schritt, mit dem wir uns dem Restaurant nähern, nervöser.

So seltsam sich das auch anhören mag, aber ich will nicht, dass die beiden Schatten auf dem trostlosen Pflaster jemals wieder getrennt werden ...

Ein langgezogenes, unmenschliches Heulen lässt mich aufschrecken.

Verwirrt blicke ich mich um.

Die Kerze ist heruntergebrannt. Die Flamme der Petroleumlampe leuchtet ruhig. Die Schatten im Zimmer haben sich in ein vergessenes Grau gewandelt. Von Sarahs Bett kann ich ein leises Schnarchen hören. Ein Blick zum Holzladen vor dem Fenster bestätigt meine Vermutung, dass ich am Abend eingeschlafen sein muss und die ganze Nacht in dem Korbsessel verbracht habe.

Das Heulen ...

Erschrocken starre ich auf den grauen Spalt zwischen den Läden. Der neue Tag beginnt mit der gleichen Dunkelheit wie die Tage davor.

Fast eine Minute lausche ich angestrengt. Doch dieser unheimliche Laut, seit Tagen das Einzige, dass das Schweigen der Welt unterbricht, wiederholt sich nicht.

Mein kraftloser Blick fällt auf die Uhr an meinem Handgelenk. Das letzte Geschenk von Sarah. Ich drehe den Arm so, dass der gelbe Schein der Lampe auf das Glas der Uhr fällt. Fast acht Uhr, die Nacht ist vorüber. Am Tage hört man Sie nicht. Das Heulen muss von einer letzten verirrten Kreatur stammen.

Mein Blick fällt wieder auf Sarah. Sie wirkt friedlich. Ihre Brust hebt sich in langsamen Atemzügen. Dass ich in dieser Nacht nicht neben ihr gelegen habe, hat sie nicht einmal gemerkt. So, wie sie oft nicht einmal weiß, dass ich bei ihr bin. Oder dass sie noch lebt ...

Meine Knochen protestieren ächzend ob der langen Nacht im Sessel. So gerne ich mir auch einzureden versuche, für mein Alter relativ rüstig zu sein, so sehr werde ich in diesen Minuten Lügen gestraft. Es kostet mich eine gewaltige Anstrengung zum Bett zu gelangen, wo ich mich mit einem heiseren Stöhnen auf die Matratze fallen lasse.

Während ich mit der Hand den schmerzenden Rücken zu massieren versuche, blicke ich auf das friedliche, schlafende Gesicht von Sarah. Ihre Augenlider flackern. Ich frage mich, von was sie gerade träumt. Ist sie überhaupt noch dazu in der Lage zu träumen?

Die Haut über ihren Wangen spannt sich. Im Schein der Petroleumlampe und des dämmernden Morgens wirkt sie kränklich gelb. Ihre Lippen sind nicht mehr als eine zusammengekniffene Linie, trocken und rissig. Ein glänzender Speichelfaden rinnt aus ihrem Mundwinkel und läuft ihre Wange hinab zum Hals.

»Erzähl mir deine Träume«, flüstere ich und streiche ihr verschwitztes Haar aus der Stirn. Ich habe das Gefühl, harte Stahlwolle zu berühren.

Sie regt sich kurz unter meiner Berührung. Ihr Gesicht scheint sich mir entgegenzustrecken. Ein tonloses Keuchen entrinnt ihrer Kehle.

Ich denke an den Traum der Nacht zurück. Bruchstücke davon haben sich in meinem Unterbewusstsein abgesetzt. Sarahs Augen und unsere Schatten auf rissigem, grauen Asphalt. Meine Angst, mich ihr gegenüberzusetzen. Am meisten jedoch der unbändige Wunsch, dass sich unsere Schatten nie wieder trennen mögen.

Mit zitternden Fingern nehme ich ihre Hand in meine und drücke sie sanft. Ich weiß, dass ich zart mit ihr umgehen muss, denn ihr Körper ist zerbrechlich geworden, ein Schatten jener Sarah, an deren Stärke ich mich einst geklammert habe.

Manchmal habe ich das Gefühl, dass sie meinen Druck erwidert. Doch mir ist bewusst, dass dies bloß Wünsche eines einsamen, alten Mannes sind. Ihre Hand liegt schlaff und kalt in der meinen.

Auf dem kleinen Nachttisch neben dem Bett steht das Tablett mit einem letzten Rest Haferschleim. Er erinnert mich daran, was ich an diesem Tag zu erledigen habe.

Nachdem ich Sarah mit einem Lappen gewaschen und sie umgezogen habe, setze ich mich noch einmal zu ihr und betrachte ihr hageres Gesicht. Bilder meines Traumes versuchen sich in meine Erinnerung zu stehlen, doch ich verdränge sie.

»Ich gehe zu Murphy«, sage ich leise und beuge mich dabei nach vorn, damit Sarah mich besser verstehen kann. Ich weiß, dass sie es nicht tut, doch es ist eine alte Gewohnheit von mir. Und Gewohnheiten sind alles, was mir von unserer gemeinsamen Zeit geblieben ist.

»Unsere Vorräte gehen zur Neige.«

Mein Blick fällt zu dem schmalen Streifen Licht, der zähflüssig durch die Ritzen des Fensterladens tropft.

»Ich hoffe nur, dass es Murphy gut geht.«

Die letzten Worte sage ich zu mir selbst, während ich Sarahs kalte Hand nervös in der meinen halte. In Gedanken füge ich hinzu ... *und er noch lebt*. Fast zehn Tage ist es her, seit ich Murphy zum letzten Mal gesehen habe.

Damals war die Welt noch in Ordnung gewesen. Wir hatten Strom und Wasser. Und am Abend konnte ich mich vor den Fernseher setzen und mir eine Wiederholung von `Quincy´ auf dem Serienkanal anschauen. Dazu natürlich eine Tasse Tee, um der alten Zeiten willen.

Doch die Welt hat sich weitergedreht, denke ich mir.

Mein Blick verharrt auf dem kränklichen Streifen Tageslicht, der sich auf dem Teppich wie eine schmutzige Pfütze ausbreitet. Die Welt jenseits der Fensterläden ist still geworden. Und keiner weiß, was wirklich geschehen ist.

In den ersten beiden Tagen, als der Strom noch da war, habe ich einiges im Fernsehen gesehen, das mich zunächst nicht wirklich interessiert hat. Sie sprachen von terroristischen Anschlägen und Vergeltungsmaßnahmen, und von Bakterien, die freigesetzt wurden. Als ich damit begann, den nervösen Nachrichtensprechern näher zuzuhören, fiel der Strom aus, und bis heute habe ich ihn nicht wiederbekommen.

Eine Zeitung bekomme ich auch nicht mehr. Der junge Daryll hat sich seit Beginn der ... der was? Der Stille? Der Wandlung? Der junge Daryll hat sich nicht mehr blickenlassen. Aber das erwähnte ich ja bereits. So bin ich auf das angewiesen, was meine Phantasie aus den wenigen Meldungen macht, die ich im Fernsehen bewusst wahrgenommen habe, und wie sie diese verarbeitet. Und das Ergebnis meiner nächtlichen Grübeleien gefällt mir ganz und gar nicht.

Selbst das Telefon funktioniert nicht mehr. Und ein Handy haben Sarah und ich nie besessen. Früher habe ich oft mit Murphy telefoniert. Es waren nie lange Gespräche gewesen. Männer sagen sich, was zu sagen ist, und das war es dann auch schon. Das ist einer der grundlegendsten Unterschiede zwischen Männer und Frauen.

Plötzlich beginne ich mir Sorgen um Murphy zu machen. Zehn Tage sind vergangen, seit ich das letzte Mal in seinem Laden gewesen bin. Kurz bevor die Welt zum Teufel gegangen ist. Ich frage mich, wieso ich nicht früher auf die Idee gekommen bin, mal zu Murphy zu fahren und ihn zu fragen, ob er mehr weiß als ich. Irgendwie ist mir der Gedanke nie gekommen. Vielleicht liegt es daran, dass ich ein alter Mann bin. Senilität und ähnliche Worte, die ich zu vermeiden suche.

Vielleicht aber habe ich einfach nur Angst davor, was ich zu sehen bekomme, wenn ich runter zu Murphys kleiner Blockhütte fahre, in der er lebt und seinen Gemischtwarenhandel betreibt. Ich habe, seit es begonnen hat, kein Auto vorbeifahren hören, oder sonst irgendwelche Geräusche, die mich an etwas Lebendiges da draußen erinnern. Aber die leere Speisekammer in der Küche zwingt mich, die Sicherheit meines Hauses zu verlassen, ob ich nun will oder nicht.

Mit einem weiteren Stöhnen auf den Lippen beuge ich mich zu Sarah hinab und drücke ihr einen Kuss auf die Stirn. Sie riecht nach frischer Seife, doch vermag dies den Gestank eines Sterbenden nicht zu überdecken.

»Ich bin bald zurück, Liebes«, flüstere ich. Dann decke ich sie zu und lösche die kleine Flamme der Petroleumlampe. »Ich werde Tee mitbringen.«

Mittlerweile fällt genügend Tageslicht durch die geschlossenen Läden, dass ich mich in den grauen Schatten des Hauses sicher bewegen kann. Auf einem kleinen Sekretär vor dem Schlafzimmer liegt mein altes Jagdgewehr. Ich bin nie ein Freund der Waffe gewesen und habe sie in all den Jahren nie benutzt. Aber Sarah war stets der Meinung gewesen, dass sie ein gewisser Schutz in dieser abgelegenen Gegend beruhigen würde. Deshalb hab ich vor über zwanzig Jahren in Devon, der nächstgrößeren Stadt, das Gewehr gekauft und es in einem eigens dafür angefertigten Schrank aufbewahrt. Dort hat es dann all die Jahre unberührt gestanden, vergessen von Sarah und mir.

Es ist eine AYA mit Kaliber 12, für die ich auch ein größeres Kaliber bekommen hätte. Doch ich hatte damals keine Ahnung von Waffen, und Kaliber 12 erschien mir in der friedlichen Umgebung unserer Hügel als ausreichend.

Erst jetzt habe ich es wieder hervorgeholt und bin erstaunt, dass es noch immer funktionstüchtig ist. Ich habe es gesäubert und eingeölt und die Kammern für die Patronen sowie den Doppellauf überprüft. Alles scheint in Ordnung zu sein. Zu Anfang habe ich geglaubt, dass ich das Gewehr ganz sicher nicht brauchen werde. Im Grunde habe ich es nur aus dem Schrank genommen um Sarah einen Gefallen zu tun. Ich habe ihr immer ihre Wünsche von den Augen abgelesen. Und so tue ich es auch jetzt noch, auch wenn sie wohl nie erfahren wird, dass ich das Gewehr nach all den Jahren wieder an mich genommen habe.

Mittlerweile denke ich über den Grund, weshalb ich so viel Sorgfalt auf die Funktionalität der Waffe gelegt habe, anders. Seit ich vor vier Tagen eine dieser Kreaturen gesehen habe.

Ich kann nicht einmal sagen, um was es sich eigentlich gehandelt hat. Mein erster Gedanke war gewesen, dass ich einen *Shoggothen* gesehen habe, auch wenn seine Erscheinungsform nicht der jener gallertartigen Wesen glich, die H.P. Lovecraft in seinen Geschichten umschreibt. Aber es war der erste Begriff, der mir in den Sinn gekommen war. Deshalb nannte ich die Kreatur so. Sarah hatte damals schon Recht gehabt – man fühlt sich sicherer mit einer Waffe, gerade in Tagen wie diesen.

Ich nehme das Gewehr, überprüfe ob die Kammern geladen sind und stecke einige weitere Munitionshülsen in die Tasche meiner alten Cordjacke, die über dem Sekretär an einem Haken hängt. Dann gehe ich ins Badezimmer, zünde zwei Kerzen an und erledige mein Geschäft.

Ich wasche mich mit kaltem Wasser aus einer alten Porzellanschüssel, die ich ins Waschbecken gestellt habe. Dabei versuche ich, das alte verzweifelte Gesicht im Spiegel zu ignorieren.

Mit der Jacke und dem Gewehr gehe ich in die Küche und lasse einen kritischen Blick durch die Speisekammer wandern. Schließlich stecke ich etwas Geld ein und gehe durch den Hintereingang hinaus in den kleinen Garten, den Sarah früher einmal angelegt hat. Heute wächst dort nur noch Unkraut und dorniges Buschwerk.

Auf der kleinen hölzernen Veranda bleibe ich stehen. Das Gewehr liegt in meiner Armbeuge, der Lauf ist zum Boden gerichtet. Es ist nicht das erste Mal, dass ich in den letzten Tagen nach draußen gegangen bin. Zweimal war ich frisches Wasser aus dem alten Brunnen holen und einmal habe ich versucht, über das Autoradio einen Sender zu empfangen, jedoch ohne den geringsten Erfolg. Jedes Mal, wenn ich auf der Veranda gestanden habe, hat mich diese unnatürliche Stille wie eine undurchdringliche Wand empfangen.

Ich stehe reglos auf den verwitterten und ausgetretenen Holzblanken, und lasse meinen Blick durch den Garten gleiten. Die welken Blätter einiger Büsche neigen sich leicht in einer kühlen Brise und durch das an manchen Stellen kniehohe Unkraut streicht eine traurige Bewegung, als würde selbst der Wind zu fliehen versuchen. Doch all das erzeugt keinerlei Geräusche.

Das Land ist still.

Ein körperhaftes Schweigen hat sich wie eine gigantische Glocke über die Welt gelegt. Fast bekomme ich das Gefühl, ich bräuchte nur die Hände nach vorn auszustrecken, um diese Stille ergreifen zu können.

Mein Blick fällt über den windschiefen Lattenzaun zu der weiten Wiese hin, die sich bis an den Rand des Waldes erstreckt. Die schwarze Front der Bäume ist lediglich als grauer Schemen im morgendlichen Dunst zu erkennen. Die Wiese wirkt starr, als wäre sie über Nacht gefroren. Über kleinen Tümpeln, die sich in den Senken gebildet haben, kann ich das träge Spiel weißer Nebelschleier beobachten.

Wenn ich früher an dieser Stelle gestanden habe, konnte ich das Geschrei der Vögel hören, die über das Gras geflogen sind und sich im Sturzflug auf ihre Beute stürzten. Oder das einsame Röhren der Hirsche drang aus den Wäldern zu mir herüber.

Jetzt höre ich gar nichts. Als würde ich ein düsteres Gemälde betrachten, so erscheint mir die Welt jenseits des kleinen Gartens.

Mein Blick fällt zu dem notdürftig zusammengezimmerten Carport, unter dessen Dach mein alter Pick-up steht. Die Scheiben sind angelaufen und auf der Motorhaube kann ich eine hauchdünne Schicht Raureif entdecken. Einen letzten Blick in die still gewordene Welt werfend, stapfe ich durch das hohe Gras zu meinem alten Wagen hinüber. Das Schleifen der Halme um meine Stiefel kommt mir wie das Zischen unzähliger Schlangen vor. Hinter mir bleibt eine nasse Spur im Gras zurück. Unwillkürlich blicke ich mich nach allen Seiten um, den Lauf des Gewehrs nach vorn gerichtet, den Zeigefinger auf dem kalten Abzug liegend. Vier Tage ist es her, dass ich den *Shoggothen* gesehen habe.

Ich war gerade auf dem Weg zum Brunnen in der hintersten Ecke des Gartens gewesen. Um mich vor der morgendlichen Kälte zu schützen, trug ich einen dicken Morgenmantel. Der Anblick, den ich dabei abgegeben habe, muss wohl ziemlich lächerlich auf einen zufälligen Beobachter gewirkt haben. In den Händen hielt ich jeweils einen alten Blecheimer, die jahrelang im Schuppen in einer Ecke gestanden haben und mir jetzt gute Dienste erwiesen, denn keiner konnte sagen, wie lange es dauern würde, bis wir wieder mit fließendem Wasser versorgt werden würden. Und so lange würde ich das Wasser eben mühsam aus dem alten Brunnen holen müssen.

Auch wenn die Zeiten im Moment schlecht erschienen, so wollte ich doch auf keinen Fall meine Aufgaben, Sarah betreffend, vernachlässigen. Und dazu gehörte es nun einmal, sie morgens und abends zu waschen und ihr zu den Mahlzeiten einen Tee zuzubereiten. Zumindest diesen letzten Teil ihrer Erinnerung an bessere Zeiten wollte ich ihr bewahren.

Ich hatte an jenem Tag gerade die Hälfte der Strecke zwischen Veranda und Brunnen zurückgelegt und spürte die Kälte der Grashalme an den Schienbeinen, als mir im Augenwinkel eine Bewegung auffiel.

Schlagartig blieb ich stehen. Seit Tagen war das einzige, das sich in dieser Welt bewegt hat, mein Spiegelbild und Sarahs langsames Atmen gewesen. Selbst die Bäume und Sträucher schienen an manchen Tagen erstarrt. Über der Wiese jenseits des Gartenzaunes hing feuchter Nebel, der mir wie Watte erschien. Den Waldrand am Ende des Feldes konnte ich schon nicht mehr erkennen.

Zunächst traute ich meinen Augen nicht. Ich blinzelte und schalt mich in Gedanken bereits einen alten Narren, der beginnt, Geister zu sehen. Doch so sehr ich auch mit den Augen zwinkerte und mir schließlich sogar mit dem Ärmel des Morgenmantels durchs Gesicht fuhr: die Erscheinung war kein Trugbild. Mitten auf der Wiese, umhüllt von grauen Nebelschleiern, stand eine braune, hoch aufgerichtete Kreatur. Auf den ersten Blick dachte ich, der hagere Leib des Wesens sei mit Fell bewachsen, doch je länger ich hinsah, desto mehr kam ich zu der Überzeugung, dass die Kreatur vollkommen nackt war. Die Haut war braun, mit schwarzen Flecken übersäht, als hätte man das Fleisch des Geschöpfes fest zusammengepresst und ihm anschließend die Haut abgezogen. Der Schädel erinnerte mich auf die Entfernung hin an die Form eines Hundekopfes.
Spitze Ohren standen stachelgleich in die Höhe, der Fang war leicht geöffnet. Ich konnte den kondensierenden Atem der Kreatur erkennen, wie er sich mit dem Nebel verband. Die Augen erschienen mir gelben Raubtieraugen gleich, und sie waren auf mich gerichtet.

Wir sahen uns an.

Ich war unfähig mich zu bewegen. In diesen wenigen Sekunden schien die Zeit still zu stehen.

Mein Verstand glitt ruhig dahin, und ich dachte unwillkürlich an das unheimliche Heulen, das ich seit einigen Nächten hörte. Einmal habe ich geglaubt, in der Nacht Geräusche an der Verandatür zu hören. Schwerfällige Schritte und das Kratzen von Krallen auf Holz. Doch sie waren so schnell wieder verschwunden, dass ich mich mit der Gewissheit, mich in den Fängen eines meiner Alpträume zu befinden, wieder schlafen legte. Konnten diese Geräusche von jenem schauerlichen Wesen stammen?

Als mich die riesige Kreatur über den Gartenzaun hinweg anstarrte, ihr Atem stoßweise als grauer Dunst aus seinen

Fängen aufstieg, und ich plötzlich krallenbewehrte Klauen erkannte, wo sich Finger hätten befinden sollen, wusste ich, dass ich in jener Nacht keinem Traum erlegen war.

Ich kann heute nicht mehr sagen, wie lange wir in der Morgenkälte so da gestanden haben, denn Zeit schien in diesem Moment keine Rolle zu spielen. Irgendwann stieß das Geschöpf ein zorniges Schnauben aus. Ein Schwall weißer Wolken entstieg seinen Nüstern. Dann schüttelte es den Kopf, so dass ich selbst auf die Entfernung hin feine Wassertropfen aufspritzen sehen konnte. Die Nebelschwaden gerieten wie bei einem Theatervorhang in Bewegung. Schließlich wandte es sich ab, legte seinen Schädel schief, als lausche es auf etwas, und rannte in weitausholenden Sätzen auf den nahen Waldrand zu. Noch bevor die Kreatur die ersten Bäume erreichte, wurde sie vom trostlosen Grau des Nebels verschluckt.

Ich stand noch eine ganze Weile da, die Blecheimer in den Händen, und starrte in die Richtung, in die das Wesen verschwunden war. Doch der Tag hatte zu seiner alten, gespenstischen Stille zurückgefunden, und die Landschaft lag reglos vor mir. Lediglich der Nebel bewegte sich träge über die weite Wiese.

Ich weiß heute nicht mehr, wieso ich an die *Shoggothen* dachte, als ich diesem blasphemischen Geschöpf gegenüber gestanden habe.

H.P. Lovecraft war seit meiner Kindheit mein Lieblingsschriftsteller. Und jene Kreatur auf der Wiese hatte nichts mit dem künstlich entwickelten Protoplasma gemein, das Lovecraft in seinem Cthulhu-Mythos als eine Schöpfung der `Großen Alten´ darstellte. Laut der Legende waren *Shoggothen* in der Lage, temporäre Gliedmaßen aus ihrem Gewebe entstehen zu lassen, was sie zu effektiven Arbeitsgeräten der `Alten´ machte. Jenes Wesen auf der Wiese wirkte dagegen nicht wie stupides Protoplasma, sondern wie eine Ausgeburt der Hölle, die über die Erde gekommen war.

Dennoch denke ich seit diesem Tag, wenn ich das furchterregende Jaulen in den Nächten vom Wald her höre, sofort an Lovecrafts *Shoggothen*.

Als ich den Pick-up erreiche und den Schlüssel ins Türschloss stecken will, merke ich, wie sehr meine Hände zittern. Erst nach mehreren Versuchen kann ich knarrend die Tür öffnen. Abgestandene, nach Tabak stinkende Luft schlägt mir aus dem Führerhaus entgegen.

Mein Gewehr lege ich auf den Beifahrersitz, auf dem Sarah früher immer mit mir zusammen zu Murphys Laden gefahren war. Seit ihrer Krankheit hat niemand mehr dort gesessen. Der Sitz symbolisiert etwas Heiliges für mich. Ebenso wie es der verrostete Wagen tut, denn es war *unser* Wagen gewesen.

Gerade als ich einsteigen will, kommt mir ein Gedanke, der so schlicht ist und der mich doch innerlich aufschreien lässt. So schnell es meine alten Knochen zulassen, laufe ich durch die Wellen des Grases zurück zur Hintertür.

Als ich die Küche betrete, brauchen meine Augen einige Momente, um sich an das Dunkel des Hauses zu gewöhnen. Dann durchsuche ich die Schubladen des alten Küchenschrankes, ohne mir einzugestehen, dass meine Bewegungen zunehmend fahriger und nervöser werden. Es gefällt mir nicht, mich ohne Waffe und Kerze in dem dunklen Raum zu befinden.

Ich habe in den wenigen Tagen, in denen *die Welt sich weitergedreht hat,* gelernt, dass sich das Heulen der Kreaturen nur auf die Nacht beschränkt. Daraus schließe ich, dass sich die Geschöpfe, sofern es denn mehrere von ihnen gibt, am Tage in die Wälder zurückziehen. Oder an andere Orte, an denen es dunkel und still ist.

Als ich die Kreatur auf der Wiese gesehen habe, war die Morgendämmerung noch nicht völlig hereingebrochen gewesen. Wahrscheinlich war es aus diesem Grunde so schnell in den Schutz des Waldes verschwunden. Hätte mich dieses Geschöpf bei Nacht erspäht, wer weiß, ob ich dann noch leben würde.

Endlich finde ich, wonach ich suche.

Als sich meine Finger um den kalten Griff der Taschenlampe schließen, fühle ich mich augenblicklich wohler. Ich überprüfe ihre Funktion und atme erleichtert auf, als ein heller Lichtkegel die Dämmerung in der Küche zerschneidet.

Zwar hat der Tag bereits begonnen, doch ich habe keinerlei Ahnung, wie die Welt jenseits des Zaunes aussieht.

Auch wenn ich diesen Gedanken nie zulassen würde, so bin ich mir doch sicher, dass sich das Leben in den Hügeln, wie ich es bisher kannte, in einen düsteren Alptraum verwandelt hat. Ob dies alles mit den schrecklichen Nachrichten zusammenhängt, die ich im Fernsehen gesehen habe, bevor alles auseinanderbrach, kann ich nicht sagen. Dies ist ein weiterer Punkt, über den Gedanken zu machen, ich mich weigere.

Die Zeiten haben sich geändert, so viel steht fest. Und alles, was noch zählt, ist jeden einzelnen Tag zu überleben, ohne wahnsinnig zu werden.

Mit der Taschenlampe bewaffnet, laufe ich auf die Veranda hinaus und verharre dort. Ein Instinkt, den ich mir in den letzten Tagen angeeignet habe. Mein Blick wandert durch den verwilderten Garten, durch die Wipfel der Bäume, zum Schuppen und über den Rand des Brunnens. Überall hin, von wo aus Gefahren lauern können. Dann betrachte ich das weite Feld jenseits des Zaunes. Doch die Wiese liegt unbeweglich, das Gras wirkt ausgedörrt. Kein Halm bewegt sich in der kühlen Morgenluft.

Der Geruch von feuchtem Gras und dampfender Erde steigt mir in die Nase, als ich zum Wagen zurückgehe. Während ich den Motor starte und sein rostiges Knattern das Schweigen der Welt zerstört, blicke ich zum Haus zurück. Meine Augen klettern die Fassade aus morschen, farblosen Holzlatten empor, zu unserem Schlafzimmerfenster.

Es widerstrebt mir, sie alleine zu lassen. Schon der Gang zum Brunnen, um Wasser zu holen, kommt mir vor wie eine halbe Ewigkeit, in der ich sie alleine in ihrem stillen Zimmer zurücklassen muss.

Zu Murphys Laden sind es gut fünfzehn Minuten mit dem Wagen. Ich kann also frühestens in einer Stunde zurück sein, wenn ich all meine Einkäufe erledigen und mich nach Murphys Wohlbefinden erkunden will.

»Pass auf sie auf«, flüstere ich und blicke dabei in das düstere Grau des Himmels. Ich weiß nicht, ob ich meine Worte wirklich an Gott richte, doch er scheint der Einzige, den ich in dieser Welt noch um Hilfe bitten kann.

Einen letzten Blick auf die Holzläden des Schlafzimmerfensters werfend, lege ich den Rückwärtsgang ein, was ein protestierendes Knirschen im Getriebe zur Folge hat, und fahre mit dem Wagen über den schmalen Pflasterweg zur Vorderseite des Hauses. Mit einem unguten Gefühl in der Magengegend lasse ich den Pick-up über den sandigen Weg bis hinunter zur Straße rollen. Das Metall ächzt unter mir, und ich muss das Lenkrad mit beiden Händen festhalten, damit der Wagen nicht ausbricht.

Als ich die asphaltierte Straße erreiche, blicke ich mich nach allen Seiten um. Doch irgendwie weiß ich, dass ich die Strecke für mich alleine habe. Während ich den Hügel hinunter zu Murphys Hütte fahre, legt sich meine rechte Hand unwillkürlich auf den kalten Schaft des Gewehres.

III

Als das brüchige, graue Band der Straße an mir vorbeirauscht, habe ich das absurde Gefühl, mich immer tiefer in eine surreale Welt hineinzuwagen. Ich kenne die Gegend um die Hügel seit über vierzig Jahren. Jeder Baum und jede Unebenheit auf der Straße bedeuteten bisher für mich einen unverzichtbaren Teil meines Lebens.

Doch an diesem Morgen, dem ersten, an dem ich mein Haus verlasse seit es begonnen hat, erscheint mir die Welt wie ein fremdartiges, fürchterliches Gemälde. Als versuche Gott selbst, seine Schöpfung zu verspotten.

Durch die dicke Wolkendecke dringt kaum Tageslicht. Die Sonne ist lediglich als blasser Schemen hinter grauem Dunst zu erahnen und taucht den Himmel in kränklichen Schimmer. Tiefe Schatten liegen über dem Land und verwandeln die Wälder und Felder in ein gespenstisches Kunstwerk. In den Senken der schwarzen Äcker hängen bleiche Nebelschwaden wie lange vergessene Seen.

Nichts ist mehr wie es einmal war.

Das Land ist fremd, als hätte sich ein Riss aufgetan und eine fürchterliche, leere Welt offenbart. Plätze und Bäume, die mich stets an meine Zeit mit Sarah erinnert haben, wirken plötzlich bedrohlich. Die früher einmal nach Gras und Erde duftende Luft ist erfüllt mit dem herben Gestank von Zerfall, die Wälder sind schwarz.

Während das Land als unwirklicher Alptraum an mir vorüberzieht, sucht meine Hand unweigerlich den Weg zu dem altertümlichen Radio, das Sarah und mich in so manchen Vollmondnächten begleitete, als wir einfach nur am Straßenrand angehalten und uns gemeinsam die Herrlichkeit einer stillen, klaren Sternennacht betrachtet hatten. So althergebracht sich das auch anhören mag, für zwei verliebte Menschen waren diese Momente der Himmel auf Erden.

Der Knopf gibt ein lautes Klicken von sich, danach folgt lediglich statisches Rauschen. Was hatte ich erwartet?

Meine Finger drehen am Sendersuchlauf. Doch ich weiß, dass ich selbst die kleine Station in Devon nicht empfangen werde. Trotzdem drehe ich noch eine Weile, wobei sich das Rauschen mit schrillen Pfeiftönen abwechselt. Keine Musik, keine simplen Scherze, über die ich nie hatte lachen können, doch nach denen ich mich jetzt plötzlich sehne. Keine Nachrichten, die mich bis in meine Alpträume verfolgen.

Als ich das Radio wieder abschalte, bleiben das rostige Quietschen der Fahrerkabine und das träge Klopfen kleiner Steine gegen den Boden des Pick-ups zurück. Das träge Dröhnen der alten Maschine erscheint mir plötzlich als das schönste Geräusch der Welt – eines der wenigen Überlebenden aus der alten Zeit.

Ich schüttele den Kopf um meine Gedanken klar zu bekommen. *Die gute alte Zeit.* Woher will ein alter Mann, abseits jeder größeren Stadt, wissen, ob die gute alte Zeit zu Ende ist? Wer hatte ihm denn gesagt, dass sie beendet sei?

Die wichtigste und gleichzeitig auch beängstigende Frage aber leuchtet wie eine grelle Neonreklame in meinem Kopf: Was kommt nach der guten, alten Zeit? Was konnte besser als gut sein?

Nach gut kommt schlecht, sage ich mir und spüre im gleichen Augenblick wie sich ein düsterer Schleier über meine Gedanken legt und jegliche aufkeimende Verzweiflung zu unterbinden sucht.

Mit ausdruckslosen Augen starre ich in die bizarre Welt jenseits der mit Fliegen und Dreck beschmutzten Windschutzscheibe hinaus, wobei ich es vermeide, meinen Blick zu den Bäumen oder Feldern wandern zu lassen. Ich möchte nicht daran erinnert werden, dass ich wohl nie wieder den vertrauten Anblick meiner Heimat sehen oder das Gefühl von Geborgenheit in mir spüren werde, wenn ich mich auf den Weg zu Murphys Laden mache. Vielleicht habe ich auch einfach nur Angst davor, einem weiteren *Shoggothen* zu begegnen. Meine Augen starren stur auf das graue Straßenband, das mir verwaist und lange schon unbenutzt erscheint. Wann ist wohl der letzte Wagen auf dieser Strecke gefahren? Ich versuche mich zu erinnern, ob ich in den letzten Tagen das Geräusch eines Motors oder rumpelnder Reifen gehört habe.

Doch alles, was ich in meiner Erinnerung finde, ist die Stille, welche zu meinem und Sarahs ständigem Begleiter geworden ist. Kein Auto. Kein rotes Fahrrad, das den kleinen Daryll den Hügel hinaufbringt, damit er mir mit einem erschöpften Lächeln die Zeitung bringen kann. Sein Lächeln war stets eine Spur breiter geworden, wenn ich ihm den einen oder anderen Dollar entgegengehalten hatte.

Die Welt hat sich weitergedreht.

Doch in welche Richtung?

Ich fühle mich schläfrig, ohne Musik und die Abwechslung der Natur, die ich stets genossen habe. Das, was an den Wagenfenstern entlangzieht wie eine schauerliche Parade, will ich nicht sehen.

Als meine Hand erneut den unweigerlichen Griff zum Radio versucht, denke ich an den Abend zurück, an dem ich vor einigen Tagen in das aufgebrachte und erschöpfte Gesicht der jungen Nachrichtensprecherin im Fernsehen geblickt habe ...

Ich hatte mich beeilt, Sarah zu waschen und für die Nacht frisch einzukleiden. Ich fühlte mich ihr gegenüber lausig, denn jetzt lag sie viel früher in ihrem dunklen Zimmer, als sie es gewohnt war - sofern sie dies überhaupt noch registrierte. Doch ich wollte mit meinen täglichen Arbeiten fertig sein, um die Abendnachrichten im Fernsehen anzuschauen. Ich wusste nicht, warum ich das tun wollte, doch die Nachrichten der vergangenen Tage hatten selbst einen alten Narren wie mich nervös gemacht.

Bislang hatte ich stets in der Annahme gelebt, dass sich all das Schlimme, das man am Abend in den Nachrichten zu sehen bekam, lediglich auf den Rest der Welt beschränkte. Nie hätte ich den Gedanken zugelassen, das sich eines Tages einmal der verpestete Atem einer Welt, die schleichend, aber unabdingbar vor die Hunde ging, die Hügel hinauf durch die Wälder schlängeln würde und unsere eigenen Gedanken mit Furcht durchtränkte. Doch genau dies war geschehen.

Etwa eine Woche ist es her, dass die junge Nachrichtensprecherin, die ich immer schon im Geheimen als bezaubernd und hübsch empfunden hatte, mit ernstem Gesicht von fürchterlichen Anschlägen in Europa berichtete. Sie erzählte mit einer Stimme, die all ihre Erotik, die mir stets so an ihr gefallen hatte, vermissen ließ, von einem bislang unbekannten arabischen Terrornetzwerk, das mittels getarnter Attentäter Anschläge mit nuklearen und bakteriellen Waffen in verschiedenen europäischen Großstädten verübt hatte.

Ich konnte an dem Abend nicht wirklich viel mit diesen Meldungen anfangen, denn sie gehörten schon fast zum festen Bestandteil der Nachrichten aus der Welt jenseits unserer Hügel. Doch die zittrige Stimme der jungen, hübschen Frau und ihr Blick, der dem eines eingeschüchterten Kindes glich, hatten mich unweigerlich an den Fernseher gefesselt. Ich fühlte mich wie in einem Alptraum, aus dem man trotz eines fürchterlichen Schreis nicht erwachen wollte.

Sie sprach von einer kaum vorstellbaren Zahl an Toten. Doch erst, als ihre bestürzte Stimme berichtete, dass die Städte Montpellier und Enschede nicht mehr existierten, sickerte das ungeheuerliche Ausmaß dieser Anschläge, gleich zäher Tropfen, in meinen Verstand. Natürlich erinnerte ich mich der Attentate vom elften September oder von Oklahoma City. Doch die Bilder der

Zerstörung, die sich nur schwerlich ihren Weg in meinen Kopf bahnen konnten und mit wackeliger Kamera aufgenommen waren, ließen diese Verbrechen wie simple Ladendiebstähle erscheinen.

Der Fokus der Kamera schwenkte über rauchende Krater und eingestürzte Häuser, deren schwelende Stahlträger wie die abgebrochenen Zähne eines Riesen in einen aschegeschwängerten Himmel stießen. Straßen hatten sich in flammende Äcker verwandelt. Überall standen verbrannte Bäume wie schwarze Skelette in einer unwirklichen Gegend, die als Kulisse eines Horrorfilmes hätte dienen können. Hubschrauber flogen in Schwärmen über den schwarzen Himmel, da es keine Straßen und Autobahnen mehr gab. Menschen in rußgeschwärzten Strahlenschutzanzügen stoben hilflos wie winzige Insekten durch das Chaos der Zerstörung. Es schien Nacht zu sein auf den Aufnahmen, doch glaubte man der am unteren Bildrand eingeblendeten Zeit, so wurden die Bilder am frühen Nachmittag aufgenommen. In der linken oberen Bildschirmecke prangte das Logo »Montpellier«, das fortan die Gräuel von »Ground Zero« verdrängen würde.

Es folgten Aufnahmen von Enschede, ebenfalls zur Mittagsstunde aufgenommen, obwohl sich auch dort bereits die Nacht über eine zerrissene und rauchende Landschaft gesenkt zu haben schien. Die Kamera hatte Schwierigkeiten den dichten Schleier aus Asche und Ruß zu durchbrechen. Doch da hatte ich mich bereits abgewendet, das Gesicht in den Händen vergraben, und versuchte, den rasenden Zug der Gedanken in meinem Kopf zu stoppen.

Schon Tage zuvor hatte ich in den Abendnachrichten und dem Autoradio von Internetbotschaften und Warnungen einer arabischen Terrorvereinigung gegen die westliche Welt gehört, doch hatte sich mein Empfinden, was das Grauen des Alltags betraf, wie wohl bei den meisten Menschen unserer Zeit, auf ein Minimum reduziert. Zu schreckliche Dinge waren in den letzten Jahren geschehen. Zu viel Blut hatten meine Augen sehen, zu viele

Schreie von Sterbenden und Kindern meine Ohren hören müssen.

Da war Timothy McVeigh, der Oklahoma-Bomber, der 1995 das »Alfred P. Murrah Building« in Oklahoma City in die Luft sprengen wollte und dabei mehrheitlich Kinder in den Tod riss. Oder der Giftgasanschlag auf die Untergrundbahn von Tokio, ebenfalls 1995. Und natürlich »Nine-Eleven«, wie man heute freimütig den größten Terroranschlag in der Geschichte bezeichnete.

All diese Ereignisse und Nachrichten hatten uns abstumpfen, vielleicht sogar innerlich sterben lassen, ohne dass wir uns dessen bewusst geworden waren. War es also wirklich so verwunderlich, dass Drohungen aus der östlichen, radikalen Welt gegen den Westen nicht mehr den Schrecken in uns entfachen konnten, wie wohl noch vor zwanzig Jahren? Man hört den angespannten Stimmen der Sprecher zu, doch ihre Worte finden keinen Weg in die Tiefen unseres verletzlichen Verstandes, sondern prallen am Bollwerk unserer Ignoranz ab.

Doch an jenem letzten Abend, an dem ich mir die Nachrichten im Fernsehen ansah, war irgendetwas anders. Die grauenvollen Bilder aus Frankreich und den Niederlanden entfachten ein bislang namenloses und unbekanntes Feuer von archaischer Angst in mir. Ich saß da, in meinem alten, ramponierten Lieblingssessel, dessen altmodischer Bezug schon seit vielen Jahren zerschlissen war, und machte mir zum ersten Mal Gedanken darüber, was es bedeuten könnte, zu sterben. Ich dachte über das Ende der Welt nach, so wie ich sie kannte. An diesem Abend sah ich auch zum ersten Mal diesen verdammten Satz aus dem verdammten Buch wie das grelle Licht einer Leuchtreklame vor mir:

»... die Welt hat sich weitergedreht ...«

Was auf die Berichte aus Europa folgte, waren die üblichen hektisch einberufenen Versammlungen von Staatsoberhäuptern und Stellungnahmen verschiedenster Menschen, die sich an Wichtig-

keit zu übertreffen suchten und deren Blicke mir nur noch mehr Angst einflößten. Denn jeder von ihnen wiederholte in seinem Wortlaut lediglich die von der zitternden Kamera aufgenommen Abscheulichkeiten zweier ehemaliger Städte. Eine ratlose Beschreibung des Offensichtlichen. Zu mehr war ihr geschulter Verstand nicht fähig.

Das Einzige, was mir noch in Erinnerung geblieben ist, war die Rede des amerikanischen Präsidenten, dessen Gesichtszüge schmal und übermüdet wirkten. In seinen Augen hatte ich trotz seiner straffen Haltung eine tiefempfundene Furcht entdecken können. Wenn man so alt geworden ist wie ich, dann erkennt man die Emotionen der Menschen in ihren Augen ohne größere Schwierigkeiten.

Der Mann sprach mit ernster Stimme von einem unverzeihlichen Angriff auf die gesamte westliche Welt, und er drückte sein unendliches Bedauern und seine persönliche Anteilnahme für das Leid der Menschen in Europa aus. Auf keinen Fall würde man einen derart barbarischen Akt der Verachtung von Menschenwürde und menschlicher Zivilisation ohne die geeigneten Gegenmaßnahmen hinnehmen. Zu lange schon hätten er wie auch seine Vorgänger im Amt und ihre europäischen Kollegen vor dem rebellischen Verhalten der arabischen Länder und deren religiöser Ausrichtung und politischen Zielsetzungen in der Welt gekuscht. Mit dieser Politik der Toleranz müsse von dieser Stunde an Schluss sein.

Ich kann mich heute nicht mehr an den genauen Wortlaut der Rede des Präsidenten erinnern. Doch ich weiß noch, dass er von geeigneten Vergeltungsmaßnahmen sprach, und davon, dass diese nicht lange auf sich warten lassen würden. Die USA und Europa würden sich zusammenschließen und all ihre militärische Macht in die Waagschale werfen, um die Gerechtigkeit siegen zu lassen und den Osten in seine Schranken zu verweisen.

Er sprach nie von Krieg – das Wort hatte er nie verwendet.

Und zu einem Krieg ist es im Grunde auch nie gekommen ...

Zu meiner Linken taucht die Einfahrt zum Haus der Millers aus dem trüben Licht des Morgens auf. Zwei alte Holzpfosten flankieren den Weg. Ihre schwarze, wettergebleichte Farbe wirkt wie das stumpfe Grau abgestorbener Haut.

Ich stoppe den Wagen am Straßenrand und erschrecke, als das monotone Quietschen der Karosserie verstummt. Lediglich das unregelmäßige Knattern des Motors zerteilt die Stille der Welt. Plötzlich werde ich zum bizarren Teil dieses fremdartigen Gemäldes, in das sich die Hügel und Wälder verwandelt haben.

Mit zu schmalen Schlitzen verengten Augen blicke ich den ausgetretenen Sandweg zu der kleinen Blockhütte hinauf, in der Cindy und Danny Miller seit ungefähr fünf Jahren leben. Sie waren damals aus Los Angeles gekommen, auf der Suche nach Ruhe und Inspiration für ein Buch, das Danny schreiben wollte, aber bis zum heutigen Tage nie beendet hat, wie ich weiß. Cindy hatte schnell eine Anstellung als Lehrerin in Devon gefunden, und beide engagierten sich sehr in der Kirche der kleinen Stadt, wofür ihnen der alte Pater Morris überaus dankbar war.

Seit die Welt zu Grunde gegangen ist, habe ich beide nicht mehr gesehen.

Erst jetzt wird mir bewusst, dass ich in den letzten zehn Tagen auch keinen einzigen Gedanken an Danny und Cindy verschwendet habe. Ein weiterer Aspekt der menschlichen Natur. In Krisenzeiten scheint man sich tatsächlich nur um die eigenen Belange zu kümmern.

`Jeder ist sich selbst der Nächste´, ist alles andere als eine bloße Redewendung.

Blätter liegen auf dem Weg zur Hütte. Die Büsche zu beiden Seiten wirken starr und kalt. Die Fliegengittertür steht offen und schwankt sanft im Wind. Als ich das Fenster des Pick-ups herunterkurbele, kann ich das leise Schnarren der

Scharniere hören. Es ist das einsamste Geräusch, das ich jemals in meinem Leben gehört habe.

Keine Bewegung ist zu sehen.

Ich versuche zu erkennen, ob die Haustür hinter dem Fliegengitter geschlossen ist, doch die Luft ist dunstig und der Regen der Nacht steigt als leichter Nebel aus dem Vorgarten auf, sodass die Tür verborgen bleibt. Vielleicht sollte ich mir einige Minuten Zeit nehmen und den Sandweg zur Hütte hinauflaufen? So, wie ich es unzählige Male getan habe, wenn mich Cindy dazu eingeladen hat, ihr doch einiges von dem selbstangebauten Gemüse abzunehmen. Sie hatte nie etwas dafür haben wollen, sondern darauf bestanden, dass ich Sarah einen herzhaften Salat oder frisch gepressten Rübensaft – oder etwas in der Art – zubereitete.

Meistens habe ich Cindy Milch oder eine gute Flasche Wein im Tausch mitgebracht, die ich zuvor in Murphys Laden gekauft hatte. Ich war stets der Ansicht gewesen, es gehörte sich einfach für eine gute Nachbarschaft, dass man die Gutmütigkeit solcher Leute nicht schamlos ausnutzte.

Die Vorstellung, an diesem Morgen den Weg zwischen den beiden morschen Holzpfosten entlangzugehen, die Luft einzuatmen, die mir fremd und schlecht erscheint, und mich von der Sicherheit meines alten Wagens zu entfernen, gefällt mir gar nicht. Der hellblaue Buick von Danny parkt vor dem Haus, dennoch scheint mir die Hütte verlassen zu sein. Vielleicht sind beide zu Fuß in die Stadt unterwegs oder sie sind schnell zu Murphy gegangen, um sich mit Lebensmitteln einzudecken. *Oder sie liegen tot in ihrer Wohnung, seit Tagen, und ihre bleichen Körper beginnen bereits zu verwesen …*

Ich schließe die Augen und schüttele den Kopf. Es fällt mir nicht schwer, mich an die veränderten Verhältnisse in der Sicherheit meines eigenen Hauses, in Sarahs Nähe, zu gewöhnen, so grotesk sich das auch anhören mag. Jedoch mitten auf der Straße, inmitten einer Welt, über die irgendetwas gekommen war, das sich der menschliche Verstand nicht erklären kann, schnüren mir derartige Gedanken die Kehle zu. Bin ich wirklich auf dem besten Wege, den Verstand zu verlieren?

Cindy und Danny würde ich mit Sicherheit in Murphys kleinem, altbackenem Laden finden. Bei einer guten Tasse Kaffee würden wir vielleicht sogar die alte Ordnung der Dinge wiederherstellen können.

Warum steht Dannys Wagen vor dem Haus ...?

Ich kurbele das Fenster hoch und bin froh, als das metallische Klappern des Motors nur noch als leises Brummen zu hören ist. *Warum ist Danny nicht mit dem Buick zu Murphy gefahren ...?*

Sollte ich die beiden wider Erwarten nicht in dem kleinen Laden antreffen, würde ich auf der Rückfahrt wieder hier anhalten und nach dem Rechten sehen. Der Gedanke beruhigt mich nicht in dem Maße, wie ich erhofft habe.

Das Haus wirkt fremd und weit entfernt. Als wäre es schon lange unbewohnt und als hätten nie Freunde darin gelebt. Doch ich schaffe es einfach nicht auszusteigen und den Weg hinaufzulaufen. Selbst bei dem Gedanken daran, beginnen meine Beine zu zittern.

Mit einem Gefühl im Magen, für das ich mich schäme und das mir den Tag noch ein klein wenig düsterer erscheinen lässt, lege ich knirschend den Gang ein und fahre weiter die Straße entlang, hinunter nach Devon. Nur noch etwa zwei Meilen und ich würde bei Murphy vorbeikommen. Und dann würde hoffentlich alles gut werden.

Niemand läuft zwei Meilen, wenn er einen Wagen vor der Tür stehen hat ...

Doch mit der Scham kommt die Gewissheit, dass überhaupt nichts gut werden würde ...

»Halte hier bitte an, Harv.«

Sarah legte ihre Hand auf meinen Oberschenkel und massierte ihn leicht. Eine Berührung, die mich selbst nach fünf Jahren immer noch um den Verstand bringen konnte.

Ich ließ den Impala langsam am Straßenrand ausrollen und schaltete den Motor ab. Augenblicklich umhüllte uns die Stille der Berge, wie man sie wohl nirgendwo sonst auf der Welt finden konnte. Lediglich die leise Stimme der wunderbaren Karen Carpender im Radio leistete uns Gesellschaft. Ich lehnte mich zu Sarah und nahm ihre Hand in meine.

»Ist das nicht wundervoll«, flüsterte sie und blickte mit glänzenden Augen durch die Windschutzscheibe.

Wir hatten uns beide etwas in unseren Sitzen nach vorn gebeugt, um das unvergleichliche Schauspiel eines Sonnenunterganges in den Bergen zu bewundern. Die Welt vor meinem alten Chevy wurde in einen goldenen Schimmer getaucht, der die Luft mit zartem Dunst überzog. Über die Wipfel eines nahen Tannenhains hatte sich ein schwaches Glühen gelegt, das sich bis ins Tal nach Devon hinunterzog, als würde Honig den Hang hinabfließen. Ich betrachtete Sarah von der Seite, wie sie dasaß, meine Hand fest in ihrer hielt und mit offenem Mund in den Sonnenuntergang blickte.

Seit vier Jahren lebten wir nun schon hier in den Hügeln oberhalb von Devon. Es war unser erstes gemeinsames Haus, das ich nach unseren Wünschen abseits der Straße errichtet hatte. Für uns beide war nie etwas anderes in Frage gekommen. Mit dem Trubel der Städte konnten wir nichts anfangen, da wir beide unsere Kindheit in ländlichen Gegenden verbracht hatten und sehr genau wussten, wie es roch und sich anhörte, wenn eine Kuhherde in den frühen Morgenstunden über die Dorfstraße zu den Weiden geführt wurde.

Devon war unsere erste Wahl gewesen, als wir uns vor fast vier Jahren nach etwas umschauten, das wir unser Eigen nennen konnten. Die Preise waren billig, die Lage geradezu perfekt.

Ich hatte mich mit der Zeit an die unbeschreiblichen Entfaltungen der Natur hier oben gewöhnt. Doch für Sarah schien jeder Tag etwas Neues zu bringen, das sie entdecken konnte. Selbst ein Sonnenuntergang, wie wir ihn schon zu Dutzenden von unserer Veranda oder aus meinem Impala heraus bestaunt hatten, enthielt immer wieder neue Farben und Gerüche für sie.

Ihre Augen strahlten, als würde man einem Kind am Weihnachtsmorgen seine Geschenke geben. Und genau das war es, wieso die Hügel selbst für mich immer wieder aufs Neue erstrahlten, wenn ich Sarah an meiner Seite hatte. Sie schenkte mir stets etwas von ihrer kindlichen Freude und der Fähigkeit, Dinge zu sehen, die für andere alltäglich geworden waren. Deshalb liebte ich sie immer noch wie am ersten Tag, und war mir damals schon sicher, dass dieses Gefühl nie abklingen würde. Selbst in vierzig Jahren nicht.

»Denkst du, dass Gott das mit Absicht macht?«, fragte sie und sah mich an.

»Was meinst du?«

Sie deutete mit dem Arm über die ganze Windschutzscheibe.

»Na, das. Ich meine, es gibt auf der ganzen Welt nichts Schöneres. Vielleicht will Gott uns damit sagen, dass nicht alles schlecht ist. Dass es auch Momente im Leben gibt, in denen nur ein Sonnenuntergang zählt und all das Böse in der Welt am Rande unseres Sichtfeldes verblasst.« Sarahs Gesicht wurde ernst. »Ob uns der Sonnenuntergang in der Stadt genauso gut gefallen würde?« Wieder sah sie mich an, und ich bemerkte, dass es ihr mit dieser Frage durchaus ernst war.

Das waren die Momente im Leben, in denen man als Mann nur das Falsche sagen konnte. Doch ich war in der beneidenswerten Lage, dass ich genauso dachte und fühlte wie Sarah. Deshalb hatten wir vor fünf Jahren auch zueinandergefunden. Und aus diesem Grund verstand ich durchaus, was sie mit dieser Frage meinte.

»Nein«, sagte ich leise, zog sie an mich und brachte ihre Wange nahe an meine. Die letzten Sonnenstrahlen begannen in den Augen zu blenden. Über die Spitzen der Berge jenseits von Devon hatte sich ein rötlicher Schleier gelegt, der langsam die Hänge hinabkroch. »Ich glaube nicht, dass es in der Stadt überhaupt einen Sonnenuntergang gibt. Städte sind grau. Wo willst du die vielen Farben herholen? Außerdem ...« Ich zog Sarah noch näher an mich, berührte ihr Kinn mit den Fingerspitzen und drehte ihr Gesicht zu mir. Als sie mich anblickte, konnte ich das gleiche Glitzern in ihren Augen sehen, das sie dem Sonnenuntergang geschenkt hatte. »... außerdem würden die Leute in der Stadt den Sonnenuntergang gar nicht sehen können. Denn es gibt keine Sarahs dort, die sie ihnen zeigen könnten.«

Sie lächelte, und ich küsste sie. »Dich gibt es nur hier.«

Erinnerungen können die schrecklichsten Gefühle sein, zu welchen der Mensch fähig ist.

Ich schüttele den Kopf, um wieder einen klaren Gedanken zu bekommen. Die Erinnerungen an Sarah und unsere gemeinsame Zeit überfallen mich oft wie ein lauerndes Tier, das mich aus den Schatten der Wälder anspringt, plötzlich und unerwartet. Immer, wenn ich die Straße hinunter nach Devon oder zu Murphys Laden fahre, kommen mir Begebenheiten in den Sinn, die ich im Laufe der Jahre fast schon vergessen hatte. Oftmals gebe ich mich ihnen hin, da diese Gedanken den einzigen Weg für mich bedeuten, wieder ein kleines Stückchen näher an meine Frau heranzurücken und mit ihr – zumindest für die Dauer der Fahrt – zu kuscheln.

Das Erwachen aus diesen unbezahlbaren Träumen schmerzt jedes Mal. Doch in diesen Tagen, in denen die Welt jeden Platz, der mich je an Sarah erinnert hat, in einen dunklen, verdorbenen Fleck verwandelt, schmerzt sogar die Erinnerung.

Behalte ich normalerweise Sarahs Gestalt als letzte Reflektion meiner Erinnerungen vor Augen und sehe sie gar noch einige Minuten neben mir im Wagen sitzen, so wird mir ihr Antlitz heute von dem Grau des neuen Tages mit brachialer Gewalt entrissen. Ich bin alleine und fahre durch ein Land, in dem es nur noch mich zu geben scheint. Meine Augen sind stur auf das graue und zerrüttete Band der Straße gerichtet. Das gleichmäßige Dröhnen des altersschwachen Motors und das protestierende Quietschen der Karosserie, wenn ich durch Schlaglöcher und über Äste fahre, erfüllen meinen Verstand wie ein Schwarm Insekten. Sie scheinen mich mit ihrem Zirpen und Schnattern zu verhöhnen, fressen am Rand meines Bewusstseins und lassen die Hügel wie dunkle Auswüchse erscheinen.

Trotz des frühen Morgens hüllt sich der Tag in finstere Schatten. Die Berge und Felder, an denen die Straße vorbeiführt, ducken sich unter den grauen Wolken, die tiefer zu hängen scheinen, als an anderen Tagen. Vielleicht ist es wirklich so, dass der Himmel auf die Erde fällt und alles Leben erlischt, denke ich und blicke zum Beifahrersitz. Mit der rechten Hand streiche ich über das zerschlissene Polster, dessen Nähte bereits aufreißen. Nicht einmal mehr Sarahs Abbild aus meinen Erinnerungen kann ich mir bewahren. Der Platz neben mir ist leer, das Polster kalt, so wie alles um mich herum.

Instinktiv sucht sich meine Hand ihren Weg zum Radio. Gerade will ich es einschalten, und sei es nur, um das statische Rauschen und Pfeifen zu hören, da taucht die Abfahrt zu Murphys Laden linkerhand auf. Der Anblick der schmalen Asphaltstraße, die sich zwischen zwei hohen Hecken hinunter zur Hütte schlängelt, reißt mich aus meinen Gedanken. Ich bremse viel zu stark ab, so dass der Wagen mit schlingernden Reifen zum Stehen kommt. Das Gewehr rutscht vollständig in den Schatten des Fußraumes, die Taschenlampe fliegt polternd hinterher.

Mit zusammengekniffenen Augen starre ich die schmale Straße hinunter, die zu einem kleinen Parkplatz führt. Murphys alter Ford steht dort direkt vor den Holzstufen, die zum Laden führen. Braune Blätter tanzen in kleinen Wirbeln über den Platz, sonst ist er leer. Auf der Treppe zum Laden liegen die dürren Gerippe trockener Äste, die der Wind von den Birken gerissen hat, welche die Hütte in tiefen Schatten versinken lassen. Die Tür ist geschlossen, die beiden großen Fenster seitlich des Einganges mit großen Holzplatten vernagelt.

Der Anblick lässt meine Hoffnung auf ein Gespräch mit Murphy sinken und macht mir gleichzeitig bewusst, welch ein Narr ich gewesen bin, mich überhaupt auf den Weg zu machen. Zu Hause liegt Sarah alleine im Bett und braucht mich mit Sicherheit dringender als der alte Murphy, der noch nie die Hilfe eines anderen in Anspruch genommen hat.

Manche sagen, er sei ein verschrobener, merkwürdiger Kauz, mit dem nicht gut Kirschen essen sei. Die Leute kommen nur zu ihm, um ihre Einkäufe zu erledigen. Die wenigsten bleiben etwas länger, um mit Murphy ein paar Worte zu wechseln.

Jenen, die mit Murphy nicht mehr als nötig zu tun haben wollen, kann ich nur Recht geben, denn wenn man sich etwas näher mit dem alten Mann befasst, merkt man schnell, dass er eine eigene Meinung zum Leben mit sich herumträgt und nicht gut auf seine Mitmenschen zu sprechen ist. Doch diejenigen, die Murphy, so wie ich, seit über vierzig Jahren kennen, wissen, was ihn zu solch einem derartigen Griesgram hat werden lassen. Denn es sind nicht seine Mitmenschen, denen er aus dem Weg zu gehen versucht, vielmehr glaube ich, dass Murphy in seinem Glauben an Gott gebrochen hat.

Ich selbst habe Audrey sehr gut gekannt, und sie so gerne gemocht, als hätte ich sie mein ganzes Leben lang gekannt. Sie war eine bezaubernde, stille Person, ausgestattet mit dem größten und gütigsten Herzen, das man sich überhaupt vorstellen kann. Manchmal, wie ich sehr zu meiner Schande eingestehen muss, habe ich darüber sinniert, dass ich, hätte ich meine Sarah nicht kennengelernt, mit Sicherheit einen Menschen wie Audrey an meiner Seite hätte haben wollen. Diese Gedanken habe ich allerdings nie mit jemandem geteilt, weder mit Murphy noch mit Sarah. Beide hätten damit wohl wenig anfangen können.

Murphy hatte Audrey über alle Maßen geliebt. Er hatte mir einmal anvertraut, dass er den Laden nur eröffnet hat, um seiner Frau ein besseres Leben zu ermöglichen, was er nicht gekonnt hätte, wenn er als einfacher Kurierfahrer weitergearbeitet hätte. Er wollte, dass Audrey glücklich war, und hatte dafür alles getan.

In früheren Jahren waren wir oft zu viert nach Devon zum Tanzen oder Essen gefahren oder hatten uns ein paar schöne Stunden auf dem Volksfest gemacht, das zweimal im Jahr am Fuße der Hügel gastierte. Es waren unbeschwerte Augenblicke gewesen, in denen der Anblick unserer lachenden und schwatzenden Frauen bereits ein purer Genuss gewesen war.

Damals war Murphy anders gewesen. Ich kann heute nicht mehr erklären, in welcher Form. Vielleicht offener, den Kopf nicht so voller verrückter Gedanken über Gott und dessen Art, seinen Geschöpfen das Leben zur Hölle zu machen. Vor allem hatte er damals nicht gewusst, was tiefempfundener Schmerz und brennende Trauer war. Das hatten wir beide nicht. Für ihn war das Leben mit Audrey und seinem kleinen Laden eine immer blühende Blumenwiese gewesen, über deren Gräser der Wind sanft dahin strich und auf ewig die Sonne schien, um den Tau funkeln zu lassen. Der Gedanke, dass sich über diese Wiese einmal die Nacht senken könnte, war ihm nie gekommen. Warum auch? Murphy und ich waren zwei verliebte Narren gewesen, die in ihrem Leben das große Los gezogen hatten. Da wurde düsteren Gedanken im Kopf einfach der Zutritt verwehrt.

Und doch hatte das Schicksal eines Tages einen besonders harten Schlag für Murphy bereitgehalten, denn niemand auf der Welt ist glücklich, ohne eines Tages die Rechnung dafür zu bezahlen. Und Murphys Rechnung war verdammt hoch ausgefallen.

Acht Jahre sind jetzt fast vergangen, seit er eines Abends in den Laden kam und Audrey hinter der Kasse fand, leblos, mit verrenkten Gliedern und einer kinderfaustgroßen Wunde an der Stirn.

Jemand hatte sie mit einem der großen Bonbongläser niedergestreckt. Die Kasse stand offen, rote und gelbe Bonbons lagen verstreut auf dem Boden und auf Audreys Bluse. Aus dem Zigarettenregal fehlten fast alle Päckchen. Audreys Augen starrten blicklos zur Decke.

Als Murphy sie an jenem Abend so fand, war etwas in ihm zerbrochen. Er war nie wieder derselbe gewesen, was ich durchaus verstehen kann, weiß ich doch, was Audrey meinem Freund bedeutet hat. Seitdem hatte ich oft das Gefühl, einem vollkommen Fremden gegenüberzustehen.

Murphy hatte sich zurückgezogen, von allem und jedem, selbst von mir und Sarah. So oft Sarah in dieser Zeit auch zu ihm gegangen war, um für ihn da zu sein oder einfach nur mit ihm zu reden, so frustriert war sie auch wieder nach Hause gekommen. Auch ich, der ich mich damals als Murphys bester Freund bezeichnete, fand keinen Zugang zu seiner Trauer und schaffte es nicht, auch nur ein einziges Steinchen aus seiner selbsterrichteten Mauer der Isolation herauszubrechen. Nach Devon fuhren wir nie wieder. Murphy entwickelte sich immer mehr zum Eigenbrötler, dessen Augen oft in weite Ferne gerichtet waren, und der nur das Nötigste sprach. Ich glaube, wenn ich heute so darüber nachdenke, waren Sarah und ich zu dieser Zeit die Einzigen gewesen, mit denen er zumindest ab und zu noch eine Tasse Tee getrunken hat, nachdem wir in seinem Laden einkaufen waren. Geredet hat er dabei nie viel. Er antwortete auf unsere Fragen oder sprach über Belanglosigkeiten. Das Thema Audrey vermieden wir alle drei.

Später, als Sarah nicht mehr mit in den Laden kommen konnte, wandte Murphy sich mir etwas mehr zu, ohne sich jedoch weiter zu öffnen, als er es selbst wollte. Vielleicht tat er das nur, weil er mit mir fühlen konnte. Er wusste nur zu gut, wie es sich anfühlte, den Menschen zu verlieren, der einem am wichtigsten im Leben war, wenn der Sonnenschein über der Blumenwiese plötzlich von dunklen Wolken verdeckt wurde.

Zu jener Zeit waren wir wieder so etwas wie Freunde gewesen. Zwar nicht in dem Maße, wie wir es auf den Volksfesten in Devon waren, wenn sich das Funkeln blinkender Lichter in unseren verliebten Augen gespiegelt hatte, aber doch so weit, dass ich Murphy meinen Schmerz anvertrauen konnte und er mir zuhörte, ohne peinlich berührt in eine andere Richtung zu schauen.

Daran muss ich denken, als ich den verwaisten Parkplatz vor dem Laden betrachte. Sein Ford scheint seit Tagen nicht bewegt worden zu sein. Um die Reifen haben sich hohe Blätterhaufen angesammelt, die im Morgenwind fast schon zärtlich mit dem porösen Gummi spielen.

Im Obergeschoss der Hütte, in dem Murphy damals mit Audrey lebte, und er jetzt allein in der geräumigen Wohnung dahinvegetiert, sind die Holzläden geschlossen. Sie wirken auf mich wie die blinden Augen eines Toten und verleihen der Hütte einen Eindruck von Verwahrlosung und Aufgabe.

Ich lasse den Pick-up am Straßenrand stehen, nehme das Gewehr und sehe mich nach allen Seiten um. Die Welt bleibt still, nichts bewegt sich. Als würde man eine farblose Fotografie betrachten.

Mit langsamen Schritten gehe ich die schmale Auffahrt zur Hütte hinunter. Über mir kann ich das Rauschen der Birken hören, als würden die Bäume verzweifelte Hilferufe in den Himmel schreien. Sonst folgt mir nur dieses unheimliche, zur neuen Welt gehörende Schweigen.

Als ich mich dem Haus nähere, versuche ich verzweifelt den Schwall an Erinnerungen zu unterdrücken, der aus jeder Ritze der Hütte zu sickern scheint. Ich konzentriere mein Augenmerk auf die geschlossenen Fenster der Wohnung. Das Haus macht einen verlassenen Eindruck. Nichts zeugt davon, dass die Räume Leben beherbergen.

Die Kälte und das Gewicht des Gewehrs in meinen Händen beruhigen mich etwas, dennoch kann ich nicht verhindern, dass sich eine erbitterte Furcht in meinem Körper einnistet und jedes Organ mit seinen kalten Klauen umschlingt. Sarah würde mich einen ausgewachsenen Narren nennen, wenn sie wüsste, was ich hier tue.

Ein Blick auf Murphys Haus genügt, um zu wissen, dass mein Freund nicht mehr hier lebt. Doch dann blicke ich zu seinem klapprigen Ford mit den braunen Blätterhaufen um die Reifen. Erst jetzt erkenne ich zahlreiche Äste und Zweige, die auf der langen Motorhaube liegen und beginnen, die fleckige Windschutzscheibe zu bedecken. Noch nie in meinem Leben habe ich mich innerlich so zerrissen gefühlt. Noch nie so einsam ...

Unschlüssig stehe ich am Rande des kleinen Parkplatzes und lasse meinen Blick über die vertraute, und doch so erschreckend fremde Szenerie wandern.

Keine Erinnerungen, denke ich und spüre einen bitteren Kloß in der Kehle. Plötzlich wünsche ich mir, weit weg von der Hütte zu sein, irgendwo anders auf dieser Welt, die sich weitergedreht hat. Vielleicht in Devon, in einer der Bars am Stadtrand, die einen üblen Ruf genießen, jetzt aber genau der richtige Ort für mich wären. Seltsamerweise sehe ich mich in Gedanken in einer schummrigen Ecke sitzen, das Gesicht in Schatten gehüllt, während der Schein einer roten Laterne über meine Hände auf dem Tisch streichelt und die Whiskeyflasche in ihnen in goldenen Glanz hüllt. Sogar die von Zigaretten und Schweiß geschwängerte Luft kann ich riechen. Verdammt, ich beginne den Verstand zu verlieren. Wie kann ich an eine dreckige Spelunke denken, während der einzige Ort auf der Welt, an dem ich jetzt sein möchte, Sarahs Schlafzimmer ist?

Doch an sie will ich nicht denken.

Nicht an diesem Ort.

Wie oft sind wir die Holzstufen zur Ladentür hinaufgestiegen. Lachend, Hand in Hand. Und mit Murphys braunen Lebensmitteltüten sind wir wieder hinuntergestiegen, den Geschmack von heißem Tee auf der Zunge und Murphys abgenutzte Geschichten im Ohr, die er uns jedes Mal erzählte, meist etwas anders als beim letzten Mal, in der Hoffnung, wir würden es nicht bemerken. Sarah trägt ihren beigefarbenen Mantel und ...

»Murphy!«

Meine Stimme erscheint mir wie das Schreien eines Ungetüms in einem kleinen Raum. Erschrocken ducke ich mich und beobachte den Waldrand hinter dem Haus. Die Dunkelheit zwischen den schwarzen Stämmen dräut wie eine mahnende Wand. Ich bilde mir ein, Schatten darin zu erkennen, die flink zwischen Büschen und Stämmen hin und her huschen.

»Murphy! Ich bin es ... Harv!«

Diesmal rufe ich etwas leiser. Meine Hände legen sich hart um den Gewehrkolben. In Gedanken schweife ich zur finsteren Front der Bäume hinter dem Laden zurück. Kein Vogel ist zu hören. Kein Zweig knackt unter dem Gewicht eines Hufes, nichts raschelt in den Gräsern und Büschen. Irgendjemand hat den Stecker der Welt herausgezogen. Der Wald wirkt bedrohlich, als würden sich all die finsteren und verderbten Schatten der Hölle hinter der Blockhütte auftürmen.

Als ich zum Obergeschoss blicke, glaube ich schwachen Lichtschein zwischen den Ritzen eines der Holzläden flackern zu sehen. Ich starre auf das graue, morsche Holz, als könnte ich durch pure Anstrengung in den dahinterliegenden Raum sehen.

»Verdammt, Murphy ...«

Meine Worte werden von kaltem Schrecken erstickt, der sich auf mich stürzt, als etwas Glänzendes zwischen den Holzläden erscheint und das trübe Licht des Tages reflektiert. Der Fensterladen wird ein kleines Stück auseinandergedrückt und ein Schatten verdeckt das flackernde Licht dahinter. Unwillkürlich trete ich einen Schritt zurück.

»Was willst du, Harv?«, brüllt Murphy. Erst jetzt erkenne ich in der blinkenden Reflektion den Lauf eines Gewehrs, der offensichtlich auf mich gerichtet ist.

Noch nie in meinem Leben hat jemand mit einer Waffe auf mich gezielt. Im Krieg hatte ich im Lazarett gedient, so waren mir die einschneidenden Entscheidungen über Töten und Getötet werden erspart geblieben. Unterhalb meiner Gürtellinie zieht sich der Rest meines Körpers zu einem kleinen, kalten Eisklumpen zusammen.

»Ich wollte sehen, wie es dir geht!«, schreie ich zurück. Meine Stimme erscheint mir etwas zu hoch. Fast so schrill wie die eines aufgeregten Mädchens.

Der Lauf der Waffe bleibt beharrlich auf mich gerichtet.

»Verflucht, nimm das Gewehr runter!«, rufe ich. So sehr ich mich auch bemühe, es gelingt mir nicht, meiner Stimme ihren gewohnt festen, leicht schleppenden Klang zu verleihen.

»Wer sagt mir, dass du es bist, Harv«, hallt Murphys Stimme durch die Stille.

Ich kann mir ein bitteres Lachen nicht verkneifen.

»Was?«

»Woher soll ich wissen, dass du das bist, Harv Jennings?«

Mein Blick fällt erneut auf das graue Gemälde des Waldes hinter dem Haus. Irgendetwas zwischen den dunklen Stämmen zieht mich in seinen Bann.

»Ich stehe doch hier, du verdammter Ochse!«, schreie ich und breite die Arme aus, wobei ich unbewusst mit dem Gewehr auf das Haus ziele.

»Nimm das Gewehr runter, Harv, oder ich puste dir die Eingeweide heraus!«

Ich verharre mitten in der Bewegung und starre ungläubig auf den dunklen Stahl von Murphys Waffe. Die Luft um mich herum scheint sich zusammenzuziehen und mir das Atmen zu erschweren. Die Hütte, der Parkplatz und Murphys alter Ford verschwimmen vor meinen Augen als flimmere Asphalt unter der Sonne.

Es fällt mir schwer zu verstehen, was hier geschieht. Ich befinde mich inmitten eines abartigen Gemäldes, das der Teufel selbst mit dem Blut seiner Sünder gemalt hat. Es gibt nichts mehr, an das ich mich klammern kann. Nichts mehr, das mir vertraut vorkommt. Selbst Murphys Stimme klingt wie die Verzweiflung eines alten Mannes. Mein Freund versteht ebenso wenig, was vor sich geht, wie ich. Oder aber er hat schlichtweg den Verstand verloren.

»Was denkst du denn, wer ich bin?«, frage ich, während ich den Lauf meiner Waffe zu Boden richte.

Lange Zeit erhalte ich keine Antwort. Lediglich der zitternde Lauf des Gewehrs beweist mir, dass mich Murphy nach wie vor durch den Spalt im Holzladen beobachtet.

»Vielleicht bist du einer von *Ihnen*«, sagt er schließlich, mit einer Stimme, die einem resignierenden Seufzen gleicht. »Ich bin nicht dumm, Harv. Ich habe *Sie* gesehen. In der Nacht. Sie sind bis auf die Veranda gekommen.«

»Wer sind *Sie*?«

Stille.

Dann antwortet Murphy, so leise, dass ich ihn kaum noch verstehen kann: »Diese widerlichen Ungeheuer. Sie sind mit den Beben gekommen. Irgendetwas hat sie aus der Erde gespült.«

Ich höre eine tiefsitzende Furcht in seinen Worten und in meinem Kopf erscheint plötzlich das Bild des *Shoggothen,* den ich auf der Wiese hinter meinem Haus gesehen hatte.

»Es gibt keine Ungeheuer«, rufe ich und fühle im selben Augenblick eine tief empfundene Schuld in mir hochkommen. Ein beißendes Gefühl, das mein ganzes Leben schon in mir aufgestiegen war, wenn ich zu einer Lüge greifen musste.

»Erzähl mir keinen Mist. Vielleicht bist du ja eines der Ungeheuer, das sich Harvs Körper übergeworfen hat.« Murphys Stimme überschlägt sich, sodass ich Schwierigkeiten habe, die letzten Worte zu verstehen.

»Hast du den Verstand verloren?«, frage ich und bereue im nächsten Augenblick meine Worte. Ich denke, Murphy in dieser Situation zu reizen, wäre das Dümmste, das ich tun kann.

»Wie heißt deine Frau?«

Murphys Stimme klingt plötzlich ernst und konzentriert. Ich kann förmlich seine zu schmalen Schlitzen verengten Augen sehen, mit denen er mich durch die Ritzen des Holzladens taxiert.

»Sarah!«, brülle ich. Und in Gedanken: *»Du verfluchter Hornochse!«*

Unter dem Ford beginnt das trockene Laub zu rascheln, als ein Windstoß hindurchfährt. Unwillkürlich zucke ich zusammen und mache einen Schritt zur Seite.

Braune und schwarze Blätter tanzen in kleinen Pirouetten über den brüchigen Asphalt und bleiben sterbend zu meinen Füßen liegen. Ein Zweig fällt auf das Dach des Wagens, was in der erdrückenden Stille der Welt dem Donnern eines Hammers auf einem Amboss gleichkommt. Als ich wieder zu Murphy blicke, stelle ich erleichtert fest, dass sich der Gewehrlauf gesenkt hat.

»Was willst du hier, Harv?«

Unter normalen Umständen hätte mich die Frage zum Lachen gebracht, denn immerhin betreibt mein Freund seit Jahrzehnten einen kleinen Lebensmittelladen inmitten der Hügel. Die wenigen Menschen, die hier oben leben, sind seine besten Kunden. Doch den meisten Umsatz macht Murphy mit auf der Durchreise zwischen Devon und Kagan´s Creek befindlichen genervten Eltern und abenteuerlustigen Jugendlichen.

Während Erstere ihren Kindern die ermüdende Fahrt durch die Hügel mit allerlei Süßigkeiten und billigem Spielzeug zu versüßen suchen, sind die jungen Leute in ihrem Bestreben, trotz Minderjährigkeit, an Alkohol zu kommen, fast unermüdlich. Für Murphy sind beide Kategorien potentielle Einnahmequellen, auch wenn er sich bewusst ist, dass er bei den Jugendlichen die Gesetze des Staates nicht selten bis zur Schmerzgrenze dehnt.

»Ich brauche Vorräte«, antworte ich und blicke sehnsüchtig zur mit Brettern vernagelten Tür des Ladens.

»Ich habe nichts mehr.«

Plötzlich ist der Gewehrlauf wieder auf mich gerichtet. Ich stehe da, befinde mich im dunkelsten Traum, den man sich vorstellen kann, und spüre bei Murphys Worten das nagende Gefühl aufkommenden Hungers. Der Gedanke, meine eigene Waffe zu heben und den sturen Mistkerl hinter dem Fensterladen mit einem gezielten Schuss zu erledigen, kommt mir so verlockend vor, das ich entsetzt vor mir selbst einen Schritt zurückweiche.

»Nun komm. Sarah und ich brauchen etwas zu Essen. Mach deinen verdammten Laden auf«, sage ich stattdessen. Nur mit Mühe gelingt es mir, meine Beherrschung zu wahren.

»Der Laden ist geschlossen. Herrgott, Harv ... Hast du nicht mitbekommen, was passiert ist?«

Murphy erinnert mich an einen Hassprediger, wie ich sie in diversen Weltuntergangsfilmen gesehen habe.

»Die ganze Welt ist vor die Hunde gegangen«, fährt er fort. »Die Bomben haben irgendetwas freigesetzt. Bakterien oder Viren ... oder so etwas in der Art.«

Der Gewehrlauf beginnt zu zittern, und ich kann förmlich sehen, wie sich mein Freund schwer auf einen Stuhl fallen lässt.

»Es ist nichts mehr am Leben. Keiner ist übrig«, schluchzt die Stimme hinter dem Holzladen. »Nur diese verdammten Viecher.«

Das Gewehr verschwindet. Der Lichtschein zwischen den Ritzen in den Läden flackert unruhig.

»Und wieso stehe ich dann hier?«, frage ich und breite erneut meine Arme aus, jedoch darauf bedacht, nicht noch einmal versehentlich auf die Hütte zu zielen. Mein Freund scheint mit den Nerven am Ende zu sein, und eine Provokation meinerseits, wenn auch unbedacht, könnte tödlich enden, ganz gleich, wie eng wir befreundet sind. Verdammt, ich selbst habe noch vor einer Minute darüber nachgedacht, Murphy einfach abzuknallen.

Auf meine Frage antwortet nur die kalte Stille des Morgens. Einige Blätter rascheln über den Parkplatz. Ich spiele mit dem Gedanken, einfach zur Vorderseite des Ladens zu gehen, die Tür aufzubrechen und mich in `Murphys Fein- und Delikatessengeschäft´ zu bedienen. Sarahs eingefallene Wangen erscheinen wie ein Mahnmal vor meinen Augen. Dazu, wie eine Überblende in einem schlecht gemachten Film, die Regale unserer kleinen Speisekammer hinter der Küche, deren Bretter nach und nach verwaisen.

Während ich die geisterhaften Bilder in meinem Kopf zu verbannen suche, erinnere ich mich an Murphys Worte, die er mir jedes Mal sagte, wenn ich mit Sarah den Laden betreten hatte: *»Bedient euch nur. Ihr wisst ja, wo alles steht.«*

Mein Freund hatte stets die Philosophie vertreten, seine Kunden persönlich zu bedienen.

Nicht etwa aus purer Höflichkeit, wie viele Fremde vermuteten, sondern einfach nur deshalb, weil er auf diese Weise eventuellen Ladendiebstählen vorbeugen konnte. Während Sarah und ich uns also bedient haben, da wir ja *wussten, wo alles steht,* hatten wir Murphy dabei beobachten können, wie er mit seinen braunen Papiertüten durch die Regalreihen geflitzt war, um den Leuten ihre Wünsche zu erfüllen.

Noch ehe mir bewusst wird, was ich tue, setze ich einen Fuß vor den anderen und gehe vorsichtig auf die hölzernen Stufen der Veranda zu. Doch im nächsten Augenblick erstarre ich förmlich zu Eis, als ich das metallische Klicken des Spannhahnes über mir hören kann. Das Geräusch erinnert mich unsinnigerweise an das Schließen eines rostigen Schlüssels in einem ebenso verrosteten Schloss.

»Verschwinde, Harv. Ich habe geschlossen.«

Ich lasse den Kopf gesenkt und starre von unten her auf den Lauf des Gewehres, der sich erneut durch die Lücke zwischen den Holzläden geschoben hat.

»Murphy ...« beginne ich, doch die Stimme meines ehemals besten Freundes lässt mich verstummen.

»Ich meine es ernst, Harv! Verschwinde! Oder Sarah wird alleine in deinem Haus verrecken!«

Dafür, dass Murphy Sarah ins Spiel führt, spüre ich plötzlich einen lodernden Hass in mir aufsteigen, der mich fast etwas Unüberlegtes tun lässt. Der Gedanke, jemanden zu töten, war noch nie so anregend wie in diesem Augenblick.

»Eins ...«, beginnt Murphy zu zählen.

»Okay, okay.«

Meine Arme zur Seite hin ausbreitend, gehe ich langsam die schmale Auffahrt zur Straße zurück. Dabei lasse ich die Hütte nicht aus den Augen. Mit jedem Schritt, den ich tue, scheint sich das Haus tiefer in die Schatten der Bäume zu kauern. Irgendwann kann ich den geschlossenen Holzladen von Murphys Zimmer nur noch als schwarzen Fleck erkennen. Selbst das flackernde Kerzenlicht ist erloschen. Plötzlich hat die Blockhütte jegliches Leben verloren, erscheint genauso verlassen wie ich sie vorgefunden habe.

Habe ich mir das Gespräch mit Murphy etwa nur eingebildet?

Das Zittern meiner Knie und die Eiseskälte in meinem Magen überzeugen mich vom Gegenteil. Ich frage mich, was überwiegt: Die Angst davor, dass mein alter Freund vielleicht doch noch auf den Gedanken kommt, mir, dem »Harv-Ding«, eine Ladung Schrot zu verpassen, oder die schmerzende Gewissheit, dass eine jahrzehntealte, wunderbare und erinnerungsgeladene Freundschaft an diesem Morgen geendet hat?

Als ich meinen Pick-up erreiche, bleibe ich stehen und lehne mich mit dem Rücken gegen das kalte Blech des Wagens. Mein Gewehr hängt kraftlos an der Seite herab.

Dort unten, wo der alte, verrostete Ford auf dem Parkplatz steht und welke Blätter seine Reifen umschmeicheln, wo sich die von unzähligen Jahren und Schuhen ausgetretene Holzveranda befindet, auf der ich so manches Mal mit Sarah, Murphy und Audrey bei einem Glas kalter Limonade gesessen habe, und wo sich ein Mensch, auf dessen Freundschaft und Loyalität ich mich fast mein halbes Leben lang verlassen konnte, in der Einsamkeit seines Zimmers zum Sterben niedergelegt hat ... dort unten befinden sich nur noch tiefe, schweigende Schatten. Das Gefühl, auf ein altes, verwittertes Grab zu blicken, überrollt mich, wie die nächtliche Brandung eines finsteren Meeres.

Als ich in den Wagen steige, empfangen mich Kälte und Stille. Ich lege das Gewehr auf den Beifahrersitz zurück, drehte den Schlüssel und warte, bis der Motor stotternd zum Leben erwacht.

Ohne einen weiteren Blick auf den leblosen, in tiefer Dunkelheit liegenden Parkplatz der Blockhütte zu werfen, wende ich den Pick-up und fahre langsam die Straße zurück, hinauf in die Hügel.

Mit ausdruckslosen Augen starre ich durch die mit Fliegen und Schmutzschlieren verdreckte Scheibe, stütze mich auf der Armlehne der Fahrertür ab, und versuche, mich aus den grausamen Fängen dieses Traumes zu befreien. Als mir das nicht gelingen will, beginne ich zu weinen. Tränen, die salzig auf meinen Lippen schmecken, lassen die Landschaft ringsum zu einem verwaschenen Grau verschwimmen.

Ich weine um Murphy und um die alten Tage mit ihm, die heute Morgen geendet haben.

Und ich weine um mich selbst.

Denn was soll ein alter, sturer Narr wie ich, in einer *Welt, die vor die Hunde gegangen ist,* wie sich Murphy ausdrückte, noch anfangen?

Was habe ich in dieser Welt noch zu suchen? Einer grauen, stillen Welt, die sich weitergedreht hat ...

Kapitel 2

Humphrey

I

Ich weiß nicht mehr, wie ich nach Hause gekommen bin.

Als ich von Murphys Laden wegfuhr, hatte sich die Welt um mich herum in einen Strudel aus grauen und schwarzen Schatten verwandelt, der schleiergleich an mir vorbeigezogen ist. Alles erschien so unwirklich. Als würde ich mir einen schlechten Film ohne Handlung und Sinn anschauen. Das Gefühl, mich in einer Welt zu bewegen, die sich eine krankhafte Phantasie ersonnen hatte, war so stark geworden, dass mein Herz zu rasen begann und mein hektischer Atem die Windschutzscheibe beschlug.

Während sich der Pick-up quietschend und klappernd die Hügel hinaufquälte, habe ich mir einzureden versucht, dass ich in einem besonders intensiven und bösartigen Traum gefangen bin. Eine andere Erklärung wollte mir einfach nicht einfallen. Oder besser gesagt, ich wollte keine andere Erklärung akzeptieren.

Ich habe schon früher eine blühende Phantasie besessen und mich oftmals in Träumen wiedergefunden, deren Grenzen zur Realität ich selbst nach dem Erwachen nicht definieren konnte.

Scheinbar war ich im Begriff, in einem brodelnden Sumpf aus Furcht zu versinken, der tief unter der Oberfläche meines Bewusstseins brandete, und lief Gefahr, den letzten Rest von Verstand zu verlieren, den ich mir zu bewahren versucht habe. Mit Gedanken, die sich gegenseitig jagen und zu schnell sind, um von meinem Bewusstsein noch als real registriert zu werden, sitze ich nun in meinem zerschlissenen Sessel im Wohnzimmer und starre auf den dunklen Fernsehschirm. Es ist still ringsum. Nur das gleichmäßige, monotone Ticken der Uhr ist zu hören.

Ich kann mein Spiegelbild auf der Mattscheibe erkennen. Ein alter Mann. Ein grauer Mann, dessen Gesicht eingefallen und zerfurcht erscheint. Meine Arme liegen auf den Sessellehnen, mein Blick ist starr auf den Fernseher gerichtet.

In dem Sturm an Gedanken, der orkanartig durch meinen Kopf wirbelt, taucht, wie zur Krönung eines besonders surrealen Traumes, immer mal wieder das hübsch anzusehende Gesicht der jungen Nachrichtensprecherin mit der erotischen Stimme auf. Ihr Antlitz zeichnet sich wie eine Geistererscheinung auf dem Schwarz des Fernsehers ab.

Doch diesmal gleicht ihr ansonsten freundliches und – für meine Begriffe – berauschendes Gesicht einer abstrusen Maske aus Furcht und Ekel. Ihre Augen starren in blindem Wahnsinn in die Kamera, ihre Pupillen zucken unkontrolliert von links nach rechts, während sie die Zähne fletscht und ihre Wangen zittern. Das blonde Haar, das sie stets zu einem verführerischen Knoten zusammengebunden hatte, hängt ihr wirr auf die Schultern und erscheint mir wie die vereinzelten, stumpfen Strähnen einer alten Vettel. Sie spricht etwas fieberhaft in die Kamera, doch ich kann kein Wort hören. Lediglich ihre zitternden Lippen bewegen sich hektisch.

Dann verschwindet ihre abscheuliche Maske vom Bildschirm, und ich kann Murphys Haus sehen. Die tiefen

Schatten der Bäume halten den kleinen Laden unter sich begraben. Durch den Baldachin der Blätter über dem Dach fällt graues Sonnenlicht zitternd über zerschlissenes Holz und abblätternde Farbe.

Murphys Fenster kann ich als schwarzes Rechteck inmitten der Schatten erkennen. Als würde man in ein blindes Auge blicken. Murphy selbst kann ich nicht entdecken. Doch aus dem Fernseher dringt plötzlich seine Stimme, müde und schleppend und seltsam metallisch.

Diesmal verstehe ich die Worte.

»Wie heißt deine Frau?«, fragt er mich. Und dann: *»Woher soll ich wissen, ob du wirklich Harv bist?«*

Seine Worte treffen mich wie Dolche.

Murphys Stimme war stets ruhig und besonnen gewesen. Erst recht nach Audreys Tod. Nie habe ich ihn in den Zeiten unserer Freundschaft in einem derart hektischen und verzweifelten Tonfall reden hören wie an diesem Morgen. Was hat die Welt nur aus meinem Freund gemacht?

Ich schüttele den Kopf und fahre mir über die Augen. Nein, keine Freunde. Murphy hat an diesem Morgen unsere Freundschaft offiziell für beendet erklärt. Oder warum sonst hätte er mich mit einer Waffe bedrohen sollen?

Mein Verstand ist versucht, die alten Fotografien der Erinnerungen aus den Tiefen meines Bewusstseins an die Oberfläche zu zerren: Die gemeinsamen Ausflüge nach Devon, mit unseren Mädchen im Arm und dem Schalk im Nacken, um eben diesen Mädchen zu imponieren wie zwei verliebte, übermütige Teenager; die unvergleichlichen Abende auf der Veranda des Ladens, wenn die Sonne hinter den Hügeln verschwand und die Spitzen der Berge in Brand setzte; den Tag, als ich Murphy geholfen habe ein kleines Baumhaus für seinen Sohn Jeff hinter dem Laden zu bauen, in dem er dann später, als Jeff längst in die Stadt gezogen war, Säcke mit Reis, Getränkekisten und Stoffe lagerte. Wir hatten Pläne für unsere Zukunft gemacht, während wir das Dach und die Spalten zwischen den Brettern mit heißem Teer abdichteten und unsere freien Oberkörper im Sonnenschein vor Schweiß glänzten. Wir hegten konkrete Vorstellungen davon, wie unser Leben einmal verlaufen würde, wenn wir zwei alte, dumme Männer seien.

Murphys Vorstellung basierte darauf, dass Jeff eines Tages den Laden seines Vaters fortführen würde. Ein Gedanke, den der alte Narr stets mit einem glücklichen Leuchten in den Augen ausgesprochen hatte. Keiner von uns hätte jemals gedacht, dass sich unsere banalen Vorstellungen nicht annähernd mit der schrecklichen Wirklichkeit decken würden, welche das Schicksal für uns beide ausgesucht hat.

»*Wie heißt deine Frau?*«, fragt Murphy noch ein letztes Mal aus den Schatten des Hauses heraus, dann verstummt seine Stimme und die Worte verhallen wie fernes Donnergrollen über den Hügelketten. Das Haus verschwindet vom Bildschirm und nur der alte, bemitleidenswerte Mann in seinem zerschlissenen, altmodischen Sessel bleibt zurück – ein grauer Schatten in einer grauen Welt.

Ich hasse Sie, Mr. King, für diesen trivialen Satz, den ich einst bewundert habe, und der nun mein Leben prägt. Vielleicht haben Sie unbewusst mit diesem Satz das Ende der Welt herbeigeführt.

Obwohl es gerade einmal kurz nach Mittag ist, spüre ich eine tiefe Müdigkeit in mir. Wie gerne würde ich mich hinlegen und einschlafen. Einfach die Augen schließen, die abscheuliche Welt vor dem Haus aussperren und erst wieder aufwachen, wenn alles vorüber ist. Die Augen aufmachen und in grellen Sonnenschein blinzeln. Den Duft einer frisch gemähten Wiese und kühler Erde einatmen. Das beruhigende, unbeschwerte Singen der Vögel im Garten hören. Mich einfach aus dem schrecklichen Traum befreien, der wie eine Flutwelle über mich gekommen ist und Dreck, Gestank und Stille mit sich brachte. Plötzlich verfluche ich mich dafür, dass ich so alt geworden bin.

Verdammt, ich habe mein Leben gelebt und kann mich nicht beklagen. Ich habe eine tolle Frau gehabt und ein ebenso tolles Leben in den Hügeln über Devon geführt. Warum also konnte ich nicht vor etwa zehn Tagen einfach einen Herzstillstand erleiden und die Erinnerung an die Welt und mein Leben so mit ins Grab nehmen, wie ich beides gewohnt war? Aus welchem Grund musste ich mit ansehen, wie all das, was ich fast siebzig Jahre lang geliebt und gekannt hatte, von einer Minute auf die andere in sich zusammenfiel und nur schwarze, rauchende Ruinen zurückblieben? War das eine weitere von Gottes Prüfungen? Hatte die Geschichte mit Sarah nicht genügt?

Mein Blick geht kurz zur Decke, wie immer, wenn ich ein paar Worte mit Gott wechsele oder wer auch immer mir zuhören mag. Dann starre ich wieder mein trauriges Spiegelbild im Fernseher an.

Keine weiteren Erinnerungen, denke ich mir, als plötzlich Sarahs Antlitz auf der Mattscheibe erscheint. Nicht das kranke und abwesende Gesicht jener Sarah, die oben im Bett liegt und wahrscheinlich leise schnarcht, traumlos, mit einem dünnen Speichelfaden, der ihr aus dem Mundwinkel läuft. Nein, ich sehe eine junge, lebendige Version von Sarah, so wie sie war, als wir all jene Dinge unternommen haben, an die ich zuvor gedacht habe. Die strahlenden, blauen Seen, in denen ich schwimmen lernte, das unschuldige Lächeln, das mir einst die Sinne raubte ...

Das Antlitz der jungen Frau im Fernseher verschwimmt, als sich meine Augen mit Tränen füllen. Ich wische sie fahrig mit dem Handrücken weg, und als ich wieder zum Fernseher blicke, ist Sarah verschwunden. Ich flüstere ihren Namen. Zumindest bewegt der graue, alte Mann im Fernsehen seine Lippen. Doch er bringt keinen Ton heraus.

Ich lasse mich wieder in den Sessel sinken und starre auf den farblosen Stoff meiner Hose. Sie ist alt und die Nähte zerrissen. Doch sie war stets meine Lieblingshose, und ich trug sie meistens an jenen Tagen, an denen ich das Haus nicht verlassen musste und den Tag mit Sarah verbringen konnte.

So will ich es auch heute tun.

Dieser graue Mann im Fernseher macht mir Angst. Weil er mir so verdammt ähnlich sieht. Und die Gedanken, die seinen Verstand an den Rand eines stinkenden Morastes führen, gefallen mir ganz und gar nicht.

Als ich aufstehe, verschwindet der graue Mann aus dem Bildschirm und das Abbild eines leeren Sessels bleibt zurück. Ich gehe hinaus in den Flur und blicke zur Treppe, die nach oben führt. Doch dann drehe ich mich noch einmal um und sehe den Fernseher an, jenes nutzlos gewordene Gerät, durch dessen Nachrichten der Untergang der Welt erst angefangen hat. Als ich den schwarzen Bildschirm betrachte, stiehlt sich plötzlich ein Gedanke in den Sturm aus Empfindungen und Ängsten in meinem Kopf, der mir so verlockend und unbeschwert erscheint, dass ich mich ihm widerstandslos hingebe. Zum ersten Mal seit Tagen spüre ich so etwas wie Leben durch meinen Körper fließen.

Am Ende des Flures, hinter der Treppe, befindet sich eine schmale, braune Tür, die ich seit fast zwei Jahren nicht mehr geöffnet habe. So schnell es mir meine alten Beine gestatten, laufe ich zu ihr und drehe den kalten, verstaubten Messingknauf.

In all der Zeit, die wir hier in den Hügeln leben, habe ich stets alte Möbel und Kisten in dem kleinen Raum hinter der Tür verstaut, sodass mich ein kleines Museum der Erinnerungen empfängt, als ich den Raum mit einer dicken Kerze erhelle. Direkt am Eingang stellt sich mir ein altertümlicher, sperriger Schrank in den Weg, den Sarah zu Beginn unserer

Ehe mit ins Haus gebracht hatte. Bizarre Teufelsfratzen starren mir entgegen. Eine der Türen hängt schief in ihrer Verschraubung. Spinnweben schweben wie zarte Schleier zwischen den einzelnen Dämonenfratzen. Im Schein der flackernden Kerze glaube ich für einen Augenblick so etwas wie Leben in den geschnitzten Augen der Figuren zu sehen.

»Du wirst wirklich alt, du verdammter Narr«, flüstere ich leise und gehe um den Schrank herum.

Aus den Schatten dahinter schälen sich zahlreiche Kisten und Körbe mit altmodischer Wäsche und verstaubten Porzellanfiguren. Seltsamerweise erinnere ich mich an jedes Teil und daran, wie ich im Laufe der Jahre eines nach dem anderen hier drin verstaut habe. Das, was ich suche, finde ich in der hintersten Ecke, unter einem Stapel nach Moder und Staub riechender Wolldecken.

Die alte Seemannskiste hatte Sarah mit in unseren gemeinsamen Haushalt gebracht. Es war ein Erinnerungsstück an ihren Urgroßvater, der um 1890 herum zur See gefahren und in dieser Kiste all seine Habseligkeiten aufbewahrt hatte. Ich kann mich heute nicht mehr an den Namen des Mannes erinnern, obwohl mir Sarah so oft von ihm erzählt hat. Ein klein wenig schäme ich mich dafür. Doch erinnere ich mich noch sehr gut ihrer leuchtenden Augen, wenn sie von dem alten Seebären schwärmte, und ich denke, sich an die Augen seiner Freundin zu erinnern, ist einiges mehr wert, als den Namen eines Mannes zu wissen, den man persönlich nie kennengelernt hat.

Sarah hatte ihren Urgroßvater noch gekannt.

Sie hat mir an den Abenden, wenn wir in unserem neu gebauten Haus am Kamin gesessen und Tee getrunken haben, oft davon erzählt, wie sie als kleines Mädchen auf dem Schoß des grobschlächtigen Mannes gesessen und begeistert dessen Seemannsgeschichten gelauscht hatte. Aus diesem Grund wollte sie sich nie von der alten, zerschlissenen

Truhe trennen, auch wenn die Schlösser nicht mehr zu verschließen und die rostigen Scharniere locker waren. Für sie bedeutete die Kiste das Liebste, das sie jemals besessen hat, wie mir Sarah oft mit einem zarten Kuss und unschuldigem Augenaufschlag erzählte. Wie hätte ich verliebter Romeo ihrem Drängen, die Truhe mit in unser Haus zu bringen, jemals etwas entgegensetzen sollen?

Schnell habe ich die Decken zur Seite geräumt. Ich stelle die Kerze auf einem Stapel alter Bücher ab und beginne die Kiste aus der Ecke herauszuziehen. Es knirscht, als die Eisenfüße über den staubigen Boden reiben.

Als ich sie bis zur Tür gezogen habe und mich aufrichte, spüre ich überdeutlich, dass ich wirklich kein junger Mann mehr bin. Mein Atem geht schnell und schmerzt in der Brust.

Ich warte, dass sich mein Körper etwas beruhigt und lehne mich gegen den gewaltigen Eichenschrank mit den Teufelsfratzen, der den Rest des Raumes wie eine Wand von mir abtrennt. Dabei lasse ich meinen Blick über all die Dinge wandern, die mir und Sarah einmal so viel bedeutet haben. All die Bücher, Schränkchen und Figuren liegen nun in der Stille der Kammer unter einer grauen Staubschicht verborgen und harren darauf, dass ein einsamer Narr kommt, um sich ihrer zu erinnern.

Als sich mein Atem wieder beruhigt hat, nehme ich die Kerze, stelle sie vor die Truhe und beginne die eisernen Beschläge zu öffnen. Absperren konnte Sarah die Truhe natürlich nie, obwohl sie die Schlüssel dafür in einer kleinen Schatulle bei ihren Ohrringen aufbewahrte. Eines der Schlösser klemmt dennoch etwas, da sie seit Sarahs Krankheit nicht mehr geöffnet worden sind. Doch dann gibt das schwarz angelaufene Metall nach und ich kann den Deckel knarrend öffnen. Das Geräusch kommt mir im ersten Augenblick wie das nächtliche Heulen eines *Shoggothen* vor.

Während ich mir eine Hand ins Kreuz drücke, um die Schmerzen zu besänftigen, betrachte ich die Sachen, die Sarah und ich im Laufe unseres Lebens in der Truhe deponiert haben. Alte Kleider von Sarah, von denen sie sich nie trennen wollte, da sie diese bei unseren ersten Verabredungen getragen hatte und ihnen dadurch *»etwas Magisches anhaftet«*, wie sie mir oft glaubhaft versicherte, wenn ich sie auf ihren Sammeltick angesprochen habe.

Einige Bücher befinden sich in der Kiste, die es wert waren, nicht einfach dem Staub der Kammer überlassen zu werden und die für uns beide eine eigene Bedeutung besaßen. *»Der alte Mann und das Meer«* von Hemingway fällt mir ins Auge. In Bezug auf das Leben ihres Urgroßvaters natürlich ein Lieblingsbuch von Sarah. Zudem war es das erste Buch, das mir Sarah bei unserer zweiten Verabredung ausgeliehen hatte, damit ich ihre Begeisterung für das Seemannsleben teilen konnte. Das hat mir damals viel bedeutet, auch wenn mir das Buch nicht in dem Maße gefiel, wie ich es Sarah gegenüber angedeutet hatte. Es war vielmehr die Tatsache, dass sie mir bei unserer zweiten Verabredung bereits derart viel Vertrauen entgegenbrachte, dass sie mir ein für sie überaus wertvolles Buch anvertraute.

Ich nehme das Buch aus der Truhe und betrachte den Einband. Vorsichtig, als könnte ich die Erinnerung durch meine bloße Berührung zerstören, streiche ich mit dem Daumen über den harten Buchdeckel, der einen alten Mann in seinem Boot inmitten mannshoher Wellenkämme darstellt. Der Geruch staubiger, alter Seiten steigt mir in die Nase, und ein klein wenig bilde ich mir ein, den Geruch von Sarah an dem Buch wahrzunehmen.

Ich lege es wieder zurück, so vorsichtig, als bestünde es aus Glas. Dann nehme ich das heraus, wofür ich überhaupt in die Kammer gekommen bin, und schließe den Deckel ohne einen weiteren Blick in die Kiste zu werfen. Zu schmerzhaft sind die Erinnerungen, die mit jeder Sekunde, die ich den Atem längst vergangener Zeiten einatme, über mich hinwegbranden.

Das Gerät, das ich in Händen halte, habe ich nie gemocht. Es ist ein neumodisches DVD-Gerät, das mittels eines Akkus betrieben wird und für die Reise gedacht ist. Es war das letzte Geschenk unseres Sohnes, damit wir unsere Filme nicht mehr in der *»unterirdischen«* Qualität meines alten Videogerätes ansehen müssten, wie sich Barry auszudrücken pflegte.

Wir haben das Gerät nie benutzt. Zum einen, weil uns der aufklappbare Bildschirm zu klein war. Und zum anderen hingen Sarah und ich an unseren altmodischen Filmen, zu deren Charakter nun mal eine *»unterirdische«* Qualität dazu gehörte.

Selbst jetzt, da ich Barrys Geschenk in Händen halte und es von allen Seiten betrachte, erscheint es mir befremdlich. Ich weiß, wie man es bedient. Barry hatte sich damals die Mühe gemacht, mich in die Geheimnisse der modernen Technik einzuweihen.

Es ist kaum zu glauben, dass ich mein plötzliches Aufblühen im Moment tatsächlich auf dieses bis dahin nutzlose Gerät richte.

Ohne wirklich damit zu rechnen, dass der Akku nach all den Wochen in der Versenkung noch einen letzten Rest Ladung gespeichert hat, klappe ich den Bildschirm auf und drücke auf den runden Knopf, der das Gerät einschaltet. Tatsächlich leuchtet im nächsten Augenblick ein kleines grünes Lämpchen auf. Die Welle der Erleichterung, die mich in diesem Moment mit derartiger Härte trifft, dass mein alter Körper erschaudert, erschreckt mich zutiefst. Hat sich die Welt wirklich so weit gedreht, dass mich das Aufblinken eines kleinen Lämpchens derart aus der Fassung bringen kann?

Eine DVD ist ebenfalls eingelegt. Ich erinnere mich plötzlich daran, dass uns Barry unser beider Lieblingsfilm »*Casablanca*« zu dem Gerät dazu geschenkt hat. Wir hatten trotzdem unsere alte Videoversion bevorzugt und Barrys Geschenk nicht den Hauch einer Chance gegeben.

Aber die Zeiten sind andere.

Und so nehme ich das Gerät in die eine und die Kerze in die andere Hand und schließe die kleine Kammer wieder. Unwillkürlich frage ich mich, ob ich den Raum wohl jemals wieder betreten würde. Ein weiterer Gedanke, der mich aufwühlt.

Durch die Fensterläden fällt so viel trübes Tageslicht in die Wohnung, dass ich den Weg nach oben auch ohne eine Kerze finde. Ich puste die kleine Flamme aus und stelle die Kerze auf den Sockel des Treppengeländers, wie ich es mir zur Angewohnheit gemacht habe, damit ich die Kerzen auch im Dunkeln finden kann. Dann steige ich mit Barrys Gerät unter dem Arm die Stufen empor, wobei ich das Knarren der losen Stufe wie den Gesang der schönsten Sirenen empfinde. Dabei lächele ich zum ersten Mal seit zehn Tagen.

II

Sarah schläft, als ich das Zimmer betrete.

Die Luft ist stickig und schal.

Das graublaue Licht des Tages, das durch den schmalen Spalt zwischen den Fensterläden rinnt, taucht den Raum in farblose Schatten und verleiht ihm das Aussehen einer verstaubten Gruft. Sarah hat die Decke von sich gestreift. Ihr Körper wirkt dünn und zerbrechlich, die Haut fahl im Dämmerlicht.

Der Anblick ist mehr, als ich im Moment ertragen kann.

Ich stelle das DVD-Gerät auf den kleinen Tisch, gehe zu ihr und decke sie behutsam zu. Wieder fühle ich eine heiße Welle aus Scham in mir aufsteigen, weil es mir unangenehm ist, ihren abgemagerten Leib zu betrachten. Doch ich schaffe es einfach nicht, zu akzeptieren, was die Krankheit aus meiner einst lebenslustigen und fidelen Frau gemacht hat. Manchmal habe ich das Gefühl, dass von Sarah nur noch diese trostlose Hülle geblieben ist. Alles andere hat die Krankheit mit sich genommen. Ich weiß, dass diese Gedanken meiner Liebe zu Sarah nicht würdig sind, doch ich kann mich ihrer nicht erwehren und muss mich ihrer Verhöhnung willenlos hingeben.

Ihr Gesicht wirkt friedlich. Die Augen sind geschlossen und gleichen schwarzen Kohlestücken, die man ihr in die Höhlen gedrückt hat. Die spröden Lippen sind zu einer schmalen Line zusammengezogen. Ein Zeichen dafür, dass sie träumt.

Ich schiebe den Tisch direkt vor das Fußende des Bettes, stelle Barrys Gerät so auf, dass der kleine, aufklappbare Bildschirm zum Bett zeigt, und schalte es ein. Ein Blick auf die Anzeige sagt mir, dass der Akku noch zur Hälfte geladen ist. Als mir Barry das Gerät erklärt hat, war der Akku bereits von ihm aufgeladen worden.

Da wir damals jedoch fast den ganzen Abend benötigten, bis mir Barry jedes noch so unwichtige Detail der modernen Technik erklärt hatte, war natürlich nicht mehr viel Ladung vorhanden. Doch es sollte reichen, um einen Film anschauen zu können.

Es dauert einen Moment, bis ich die richtigen Knöpfe gefunden habe. Ich war noch nie ein Meister der Technik. Doch dann erscheint auf wunderliche Weise der Titelbildschirm mit dem Auswahlmenü der DVD. Ich drücke auf »Film starten«, ziehe meine Hausschuhe aus und klettere zu Sarah ins Bett.

Als ich die Decke anhebe, schlägt mir der Geruch von Schweiß und Essig entgegen. Ich frage mich, ob so der Tod riecht.

Auf den Unterarm abgestützt sehe ich ihr ins Gesicht und streichele sanft über die raue Haut ihrer Wange. Sie zuckt kaum merklich zusammen, und der Gedanke, dass sie meine Berührung gespürt hat, erfüllt mich mit Stolz und einer Hoffnung, die ich im Grunde nicht mehr besitze. Mir ist bewusst, dass diese Hoffnung ein Placebo ist, doch sie gefällt mir, und ist alles, woran ich mich noch klammern kann.

»Schatz, ich habe Humphrey mitgebracht«, sage ich leise.

Damals, wenn wir den Film auf dem altertümlichen Videogerät anschauten, das Barry so gern als *»unterirdisch«* bezeichnete, habe ich den Film immer mit diesen Worten angekündigt, wenn ich die Kassette aus dem Regal zog. Ihre Antwort darauf lautete immer: *»Ich hoffe, Ingrid ist auch mitgekommen.«*

Ein geliebtes, vermisstes Ritual.

Diesmal bleibt Sarahs Antwort aus. Sie schweigt und träumt ihren unbekannten Traum.

Ich schiebe meinen Arm so weit unter ihren leichten Körper, bis ihr Kopf auf meiner Schulter ruht. Ein saurer Geruch steigt von ihren Haaren auf.

Dann lehne ich mich mit dem Kopf gegen das Holzende des Bettes, klemme ein Kissen unter die Schultern und betrachte den kleinen Bildschirm von Barrys Geschenk, während meine Finger zärtlich durch Sarahs zerzaustes Haar streichen.

Jedes Wort und jeder einzelne Ton der Filmmusik wirken wie ein Dolchstoß in meinem Herzen. Ich spüre, wie die erbarmungslose Erinnerung an bessere Tage in mir aufzusteigen versucht. Zeiten, in denen ich den Film nicht allein angeschaut habe.

Ich versuche, mich auf den Film zu konzentrieren und die Dialoge in Gedanken mitzusprechen. Dabei streichen meine Hände ohne Unterlass durch Sarahs wirres, strähniges Haar, so wie damals, wenn sie ihren Kopf gegen meine Schulter lehnte. Wie oft haben wir Humphrey an kalten Winterabenden zugehört, während der Tee dampfend neben uns gestanden und das Feuer im Kamin die passende Begleitmusik geliefert hat.

Ihr Atem geht ruhig. Die Brust hebt sich gleichmäßig. Selbst diese Dinge erinnern mich an die längst vergessenen Abende, auch wenn ihr Atem diesmal nicht aus purem Wohlbefinden so gelassen ist.

Ich frage mich, wie es Barry geht.

Seit er uns das DVD-Gerät geschenkt hat, habe ich ihn nicht mehr gesehen. Wir haben zweimal miteinander telefoniert und vereinbarten, dass er uns zu Weihnachten besuchen kommt. Doch ich glaube, daraus wird nichts mehr. Er hat sich, seit die Welt still geworden ist, nicht mehr gemeldet. Wie sollte er auch? Das Telefon funktioniert nicht mehr. Und Post bekomme ich natürlich auch keine mehr, egal, wie sehr ich meine Zeitungen und Daryll mit seinem verdammten Fahrrad vermisse.

Barry arbeitet als Hubschrauberpilot für ein städtisches Hospital in Boston. Ich bin stets stolz auf ihn gewesen, dass er sich einen solch wichtigen und gut dotierten Job ausgesucht hat, der ihm obendrauf noch Spaß macht. Die Fliegerei hatte ihn schon als kleinen Jungen fasziniert.

Jetzt hege ich plötzlich die Hoffnung, dass eben dieser Job Barry vielleicht das Leben gerettet haben könnte.

Eventuell hat er es ja geschafft, sich und Shelley, sowie meine Enkelin Demi, in die Luft zu retten und irgendwohin zu fliegen, wo die Welt vielleicht noch in Ordnung ist. Die Vorstellung von Barry und seiner Familie über den Wolken gefällt mir. Gleichzeitig weiß ich allerdings, dass meine

Überlegungen nichts weiter als das Wunschdenken eines alten Narren sind. Hätte ich nicht längst etwas von ihm hören müssen, wenn er sich wirklich einen Helikopter geschnappt hätte und geflüchtet wäre?

Meine Gedanken wandern zu dem verwaisten Haus der Millers an der Straße zu Murphys Laden. Dann sehe ich Barrys schmucken Bungalow in einem Vorort von Boston, dessen weiße Fassade in der Sonne blendet und dessen Rasen im Vorgarten wie ein stilles grünes Meer anmutet. Was ist, wenn dieser kleine Palast, wie ich das Haus stets zu nennen pflegte, mittlerweile genauso dem Zerfall preisgegeben ist, wie alles andere auf der Welt?

Ich will mir nicht vorstellen müssen, nie wieder Demis Kinderlachen in dem gepflegten Bungalow zu hören. Nein, der Gedanke, dass Barry seine Familie mit dem Helikopter gerettet hat und irgendwohin geflogen ist, wo vielleicht andere Menschen sind, gefällt mir besser. Deshalb versuche ich, mich an dieser Vorstellung festzuhalten.

Humphreys Worte erreichen mich längst nicht mehr.

Und auch nicht Sams unvergleichliches Klavierstück.

»Barry«, flüstere ich und starre zur Decke. Das Farbenspiel des Films tanzt über den brüchigen Verputz. »Morgen fahre ich zu den Millers und sehe nach dem Rechten.«

Ich drehe mich zur Seite und streichele Sarahs Wange.

Liegt ein Lächeln auf ihrem Gesicht?

Oder ist es nur das, was ich sehen will?

Irgendwann schließe ich die Augen und schlafe ein.

Dabei träume ich von Barry, der mich mit Humphreys altem Flugzeug abholen kommt und mit mir zu einem Ort fliegt, wo das Gras noch grün und der Himmel blau ist.

Hier ist alles nur noch grau.

Grau und tot ...

III

Als ich aufwache, ist das DVD-Gerät stumm.

Irritiert blicke ich mich um. An dem Gerät leuchtet kein Lämpchen mehr, also ist der Akku nun vollständig leer.

Durch den Spalt des Fensterladens schimmert ein hässliches Grau, das den kleinen Raum in tiefe Schatten taucht. Fast erscheint es mir, als hätte jemand schmutzige Tücher über die Möbel gehängt.

Nicht mehr lange und die Nacht würde hereinbrechen. Und in ihrem Schleier kommen jene grotesken Kreaturen, die Murphy als Ungeheuer bezeichnet und ich als *Shoggothen.*

Bevor der letzte Rest Tageslicht erstickt werden würde, muss ich mich um Sarah kümmern.

Wehmütig schaue ich auf den schwarzen Bildschirm des DVD-Gerätes. Noch nie zuvor hatte ich mich so sehr nach Bogarts markantem Gesicht und seinem albernen Hut gesehnt. Ich ärgere mich maßlos darüber, dass ich eingeschlafen bin. Wer kann schon sagen, wann ich mir je wieder »*Casablanca*« ansehen werde?

Ich küsse Sarahs kalte Wange und schlüpfe in meine Pantoffel. Kaum, dass ich dem Bett entstiegen bin, hüllt mich die Kühle des Herbstes in einen unangenehmen Mantel.

Beim DVD-Gerät bleibe ich stehen und drücke unsicher auf den Einschaltknopf. Ich weiß nicht, was ich erwarte: Sams Pianospiel zu hören, oder einen jener lächerlichen Filmküsse der vierziger Jahre zu sehen? Dennoch drücke ich wiederholt den Knopf. Doch der Bildschirm bleibt schwarz, der Akku definitiv leer.

»Humphrey ist gegangen«, flüstere ich und blicke zu Sarah.

Ihr Gesicht am Rand der Bettdecke wirkt wie ein heller Fleck im Dämmerlicht. Ich frage mich, wann wir Bogart wohl alle folgen werden, wann um uns herum alles schwarz wird und unser Akku den Geist aufgibt.

Draußen im Korridor stolpere ich fast über das Gewehr. Es muss wohl umgefallen sein, während ich geschlafen habe. Vorsichtig hebe ich es auf. Es ist seltsam. Jahrelang habe ich keinen Gedanken an die Waffe verschwendet und sie im dunklen Schrank versteckt, weit weg von Sarahs und meinem Leben. Alles schien so sicher und alltäglich, dass derartige Dinge das Letzte waren, an das man dachte. Und jetzt, da sich alles so drastisch verändert hat, wage ich es kaum, den Schaft und den Lauf zu fest anzufassen, aus Angst, ich könnte das Einzige, das noch zwischen mir und dem Wahnsinn dieser Welt steht, zerstören; als würde das Gewehr in meinen Händen zu Staub zerfallen.

Ich klemme den Schaft gegen die Schulter und ziele auf den Boden. Über die Kimme zu sehen und zu zielen, erzeugt ein gutes Gefühl in mir.

Obwohl ich nicht weiß, ob ich wirklich dazu in der Lage wäre, das Gewehr auch abzufeuern, fühle ich mich sicher. Vielleicht würde das damit zusammenhängen, was sich vor dem Lauf befindet. Dabei denke ich an Murphy und daran, dass dieser elende Nichtsnutz mich mit Sicherheit in zwei Hälften geschossen hätte, wenn ich nicht von seinem Parkplatz verschwunden wäre. Ich glaube nicht, dass ich zu solch einer Handlung in der Lage wäre. Dafür ist der Wahnsinn in mir noch nicht weit genug fortgeschritten. Murphy hingegen schien nahe dran zu sein, den Verstand zu verlieren. Wer von uns beiden ist wohl der glücklichere Mann in einer Welt wie dieser? Mein alter Kumpel, der sich offensichtlich ein eigenes Reich geschaffen hat und sich den aberwitzigsten Verschwörungstheorien hingibt, oder ich alter Mann, der noch immer die fragliche Fähigkeit besitzt, all die Erlebnisse der vergangenen zehn Tage mit rationalem Verstand angehen zu wollen?

Auch wenn ich es mir nie eingestehen würde, doch tief in meinem Innern, wo die kleine Stimme haust, die mir permanent zuruft, ich solle aufgeben und mich der Stille der Welt anpassen, beneide ich Murphy.

Ich lasse meinen Blick wohlwollend über den glatten, kalten Lauf der Waffe wandern und lehne sie dann in die Ecke direkt neben der Schlafzimmertür.

Im selben Moment lässt mich ein Geräusch innehalten.

Meine Hand liegt noch auf dem kalten Stahl. Angestrengt blicke ich in das schummrige Zwielicht des Korridors, an dessen Ende sich die Pfosten des Treppengeländers als graue Säulen hervorheben. Die Kerze darauf scheint ein Dolch zu sein, der in die Nacht sticht.

Mit zu schmalen Schlitzen verengten Augen versuche ich das Dämmerlicht zu durchdringen. Ich habe aufgehört zu atmen, höre nur noch das heftige Schlagen meines alten Herzens und das Rauschen von Blut in meinen Ohren. Die Waffe endgültig loszulassen, wage ich nicht. Etwas war gegen die Küchentür geprallt, die hinaus auf die Veranda führt. Ein kurzer, dumpfer Schlag, als hätte jemand mit der Faust gegen das morsche Holz geschlagen.

Ich starre unentwegt zur Treppe, die hinunter ins Erdgeschoss führt. In meiner Panik glaube ich schemenhafte Gestalten auf der obersten Stufe zu erkennen. Doch die Schatten verschmelzen mit dem düsteren Licht und verschwinden.

Alles bleibt still.

Keine Schritte, kein weiteres Schlagen gegen die Küchentür.

Je länger ich nach vorn gebeugt vor der Schlafzimmertür stehe, meine feuchte Hand auf dem beruhigend kalten Stahl des Gewehrs liegend, desto surrealer erscheint mir die Situation. Hatte ich nicht vor ein paar Minuten noch über den beginnenden Wahnsinn bei Murphy nachgedacht?

Plötzlich komme ich mir wie ein kleiner Junge vor, der in der Nacht durch das Knarren einer Bodendiele aufgewacht ist und zu viel Angst hat, ins Schlafzimmer seiner Eltern zu laufen. Mein Rücken beginnt zu schmerzen, meine Beine zittern. Ich richte mich auf, lasse den Lauf der Waffe los und höre das protestierende Knacken von Knochen in meinem Körper. Mein Blick bleibt jedoch auf den Treppenabsatz am Ende des Flures gerichtet: Schatten, die sich auf der obersten Stufe bewegen, sich um die Holzpfosten des Geländers winden – und wieder verschwinden.

Ich schließe die Augen, warte auf das hölzerne Krachen der Küchentür, das Bersten von Glas, Schritte auf der Treppe, das Knarren der mittleren Stufe. Doch alles, was mich aus der zunehmenden Dämmerung anschreit, ist Stille.

Und doch bin ich mir sicher, dass etwas auf der Veranda war. Etwas ist gegen die Küchentür geprallt. Etwas hat versucht, sie einzuschlagen.

Das Hämmern meines Herzens lässt meinen Körper wie ein aufgezogenes Spielzeug zittern. Es ist noch nicht Nacht. Sie kommen nur im Dunkeln aus den Wäldern. Draußen ist es noch hell, wenn auch trübe und grau.

Heißt das, sie verändern sich? Hat die Welt sich wieder weitergedreht? Ich verfluche Sie, Mr. King! Sie, und ihren verdammten Satz!

Mit klammen Fingern greife ich zum Gewehr und fühle mich angesichts des Gewichtes sofort etwas ruhiger. Mit der Waffe im Anschlag schleiche ich auf die Treppe zu.

Wieder glaube ich, Schatten zu erkennen.

Doch je deutlicher sich das Geländer aus dem Grau des Flures schält, desto weniger Gestalten kann ich sehen. Ich wage es nicht, die Kerze anzuzünden. Der Lichtschein könnte mich verraten. Ein Umstand, über den ich mir in den vergangenen Tagen noch keine Gedanken gemacht habe.

An der Treppe angelangt, spähe ich vorsichtig über das Geländer hinunter ins Erdgeschoss. Der Flur liegt im Dunkeln. Die Türen zum Wohnraum und der Küche erscheinen mir wie dunkle Portale in andere Welten.

Keine Bewegung.

Keine Schritte.

Mit dem Lauf der Waffe von links nach rechts und wieder zurück zielend, steige ich die Treppe hinunter. Stufe für Stufe. Mein Herz rast. Das Knarren der mittleren Stufe hätte mich fast zum Schreien gebracht. Nur mit Mühe schaffe ich es, nicht wahllos ins Dunkel des Erdgeschosses zu feuern.

Mehrere Minuten verharre ich bewegungslos auf den Stufen, versuche mit dem Zwielicht zu verschmelzen. Niemand soll mich sehen.

Aber können sie meine Angst nicht riechen? Ich stinke danach, als wäre ich in einen Sumpf gefallen.

Zögernd gehe ich weiter.

Das Schweigen der Dämmerung am Fuße der Treppe scheint mich zu verhöhnen. Schon bilde ich mir ein, flüsternde Stimmen aus den Ecken zu hören.

Ruft da jemand meinen Namen?

Etwas ...?

Mein Körper wird von kaltem Schweiß eingehüllt, der meine Furcht schürt und mich aufstöhnen lässt. Meine Beine, die Stufe um Stufe hinabsteigen in eine fremde, bedrohliche Wohnung, sind nicht mehr die meinen. Doch so sehr ich mich danach sehne, zurück ins Schlafzimmer zu laufen, die Tür hinter mir zu verbarrikadieren und mich zusammen mit Sarah unter ihrer nach Tod stinkenden Decke zu verkriechen; ich darf mich nicht zum Sklaven meiner Furcht machen.

Es ist noch nicht dunkel!

Das, was da gegen die Küchentür geprallt ist, kann unmöglich eines der Wesen gewesen sein, die ich als *Shoggo-*

then bezeichne. Vielleicht hat der Wind einen besonders großen Ast gegen das Haus geschleudert. Oder etwas, das auf der Veranda stand, ist umgefallen.

Der Gedanke gefällt mir, doch im nächsten Moment fragt mich mein überreizter Verstand voller Panik, von welchem Wind ich spreche.

Ich weiß, dass man selbst auffrischenden Wind um den Dachfirst heulen hören kann. Wie oft habe ich an strengen Winterabenden im Bett gelegen und dem brutalen Lied gelauscht, welches über das Haus hinweggezogen war. Ich liebte stets solche Augenblicke, die mir die Behaglichkeit unseres Hauses erst so richtig nahe gebracht haben.

Doch an diesem Nachmittag habe ich kein Heulen gehört, keinen Wind. Trotzdem halte ich an meinen Theorien fest. Sie beruhigen mich und gestatten mir, mich mit dem nötigen Mut in die Küche vorzuarbeiten.

Das Fenster in der Küchentür starrt mir als trübes Quadrat entgegen.

Ich werde die Fenster mit Holz zunageln müssen, sage ich mir und könnte mich gleichzeitig ohrfeigen, dass ich das nicht längst schon getan habe. Nur die Läden zu schließen, würde eventuelle Angreifer nicht davon abhalten, ins Haus zu gelangen.

Nichts bewegt sich vor dem milchig grauen Fenster. Selbst die Schemen eines Busches verharren in völliger Reglosigkeit. Ich bleibe in der Tür stehen, durchsuche die Küche mit meinen Blicken, wobei ich mit der Waffe in jede Ecke ziele. Mein Finger liegt am Abzug. Meine Hand fühlt sich kalt und taub an. Doch die Tür ist verschlossen, das Fenster nicht zerbrochen. Niemand kann sich in die Küche gestohlen haben, ohne eine Spur zu hinterlassen.

Unzählige weitere Minuten vergehen. Mein Herz droht zu zerspringen, mein Atem geht schnell und schmerzt in der Brust.

Dann lege ich – ohne, dass ich bewusst darüber nachdenke – das Gewehr auf den Küchentisch, werfe einen letzten Blick durch das kleine Glasfenster hinaus in den Garten, und beginne schließlich mit automatisierten Bewegungen Sarahs und mein eigenes Abendessen vorzubereiten. Dabei denke ich nicht darüber nach, was ich tue. Meine Hände besitzen eigenes Leben, sind mir fremd. In Gedanken höre ich unablässig das Krachen gegen die Küchentür.

Es ist noch nicht Nacht, denke ich verzweifelt. Doch mein Mantra kann mich nicht beruhigen.

Als das Abendessen fertig ist, stelle ich alles auf ein Tablett, nehme das Gewehr mit der rechten Hand, steige lautlos die Stufen zum Schlafzimmer hinauf. Dabei lausche ich auf jedes Geräusch, halte den Atem an – und verfluche das Schlagen meines Herzens.

Als ich die Schlafzimmertür erreiche, sie öffne und mit betont langsamen Bewegungen wieder hinter mir schließe, spüre ich, wie ein finsterer Schatten von mir fällt, der sich beharrlich an mir festgeklammert hat. Das Gewehr habe ich mit ins Schlafzimmer genommen.

Während ich Sarah füttere, konzentriere ich mich auf ihr apathisches Gesicht und die schmatzenden Geräusche. Ich will an nichts anderes denken als daran, meine Sarah zu füttern und sie anschließend zu waschen. Ich will nicht daran denken, was vielleicht in diesem Augenblick um das Haus schleicht. Und nicht daran, was vielleicht gerade durch das kleine Fenster der Küchentür stiert.

Ich füttere Sarah, wische ihren Mund ab, esse selbst ein wenig und wasche sie anschließend mit kaltem Wasser. Warmes Wasser gibt es nur über dem Holzofen in der Küche. Und dorthin bringen mich an diesem Tag keine zehn Pferde mehr.

IV

Etwas später liege ich neben Sarah und lausche ihrem leisen Schnarchen.

Das trübe Licht des Nachmittags ist verschwunden, das Fenster ein finsteres Loch.

Schlafen kann ich nicht.

Meine Hand liegt auf dem Kolben des Gewehres, das ich vor meiner Brust halte.

Irgendwann in der Nacht höre ich das Heulen der Kreaturen.

Sie sind wieder da.

Doch keine kommt mehr zum Haus.

Kapitel 3

Danny

I

Irgendwann muss ich doch eingeschlafen sein.

Als ich die Augen öffne, schwimmt das Zimmer in grauen Farben, als betrachte man die Welt durch eine unscharfe Brille. Erschrocken richte ich mich auf und verfluche mich, dass ich trotz der Bedrohung die Nacht über nicht wach geblieben bin und mich dem Luxus des Schlafes hingegeben habe, den ich mir im Moment nicht leisten kann.

Mein Blick fällt auf Sarah. Sie schläft, die Lippen wieder zu einer festen Linie zusammengekniffen. Von welchen Träumen wird sie wohl heimgesucht? Mit Sicherheit sind sie nicht so furchtbar, wie die Welt um sie herum.

Mit klopfendem Herzen stehe ich auf, wobei mir das Gewehr von der Brust rutscht und krachend zu Boden fällt. Sarah stöhnt kurz im Schlaf auf.

»Verdammt«, fluche ich leise, hebe die Waffe auf und sehe sie voller Abscheu an. Das Poltern erschien mir überlaut in der Stille des Hauses. Hat sich nun selbst das Gewehr gegen mich verschworen? Am liebsten würde ich es in die Ecke werfen. Stattdessen klemme ich den Schaft unter den Arm, nehme das leere Tablett vom Vorabend und gehe in den Flur hinaus.

Im Tageslicht, das sich wie grauer Nebel durch das Haus wälzt, wirkt alles weit weniger bedrohlich und fremd als am Abend zuvor. Keine Schatten auf der obersten Stufe der Treppe. Keine Geräusche, die mich jetzt plötzlich im Angesicht des erwachenden Tages an einen besonders intensiven Traum erinnern, der mich in der Nacht zu narren versucht hat. Das Krachen gegen die Küchentür hallt in meiner Erinnerung nach, ähnlich dem Hall fernen Donners. Doch merkwürdigerweise erscheint mir das Poltern, im Licht des Morgens betrachtet, weit weniger unheilschwanger als noch vor wenigen Stunden. Vielleicht liegt es auch nur daran, dass ich nicht mehr die Kraft besitze, mir zu viele Gedanken darum zu machen.

Mir ist bewusst, dass ich, sobald ich mich zum Paria meiner Furcht mache, keinerlei Chancen mehr besitze, in dieser verrückten Welt zu überleben. Und wer sollte sich dann um Sarahs Wohlergehen kümmern?

Diese Tatsache, die mir so simpel und doch so erschreckend erscheint, ist vielleicht das einzig Verbliebene, das mich daran hindert, einfach zurück ins Schlafzimmer zu laufen und zu warten, bis erneut etwas gegen die Küchentür schlägt. Oder mir einfach den kalten Lauf der AYA unter das Kinn zu halten. Beides sind Optionen, die mir so verlockend erscheinen, dass ich ihnen nur schwerlich widerstehen kann.

Stattdessen gehe ich, wenn auch auf leisen Sohlen, hinunter ins Erdgeschoss, wobei ich die mittlere Stufe der Treppe gekonnt überspringe.

Keine unnötigen Geräusche.

Die Küche liegt in deprimierendem Grau. Keine Farben. Nichts Vertrautes.

Ein schmutziger, trostloser Schleier hängt in der Luft und verleiht dem Raum den Charme einer verblichenen Fotographie.

Ich habe den Eindruck, einen Blick in eine lange vergessene Vergangenheit zu werfen.

An der Tür bleibe ich stehen und versuche die Eindrücke der Küche, die ich zu erwarten glaube, alle auf einmal in mich aufzunehmen. Doch der Raum ist still und kalt.

Mein Blick fällt zu dem alten gusseisernen Holzofen, den Sarah so gerne zum Kochen benutzt hat, und den ich aus purer Sentimentalität nach ihrer Krankheit behalten habe, obwohl ich unsere Mahlzeiten lieber auf dem neumodischen Elektroherd zubereite. Wollte ich den Generator im Schuppen nicht anwerfen, würde ich den Ofen mit Holz befeuern müssen. Ich kann es Sarah unmöglich zumuten, ihre Mahlzeiten von nun an kalt einzunehmen.

Mit dem Gewehr im Anschlag gehe ich zur Tür, stelle mich seitlich von ihr auf und spähe vorsichtig durch das eingelassene viergeteilte Fenster. Schmutzige Schlieren ziehen sich quer über die Scheibe, als hätte jemand – *etwas* – mit der Hand oder einer schuppigen Klaue darübergewischt. Doch können diese ebenso gut von Wind und Regen herrühren.

Ich rüttele an der Tür und stelle erleichtert fest, dass sie noch immer verschlossen ist. Dennoch weiche ich nicht von dem Gedanken ab, dass ich die Fenster besser sichern muss. Die Geräusche in der Nacht waren eine deutliche Warnung.

Als ich den Schlüssel drehe – und mich somit der unwirtlichen Welt da draußen bis auf wenige Zentimeter nähere –, spüre ich, wie die kalte Furcht der Nacht in meine Glieder zurückgekrochen kommt. Ich öffne die Tür einen kleinen Spalt, weiche zurück, und ziele mit dem Gewehr auf den schmalen Streifen Tageslicht, der auf den abgenutzten Küchenboden fällt.

In Gedanken gehe ich plötzlich alle Widerlichkeiten durch, die mir in diesem Moment zustoßen könnten.

Doch alles bleibt ruhig.

Mit dem Lauf der Waffe stoße ich die Tür vollends auf. Eine unangenehme, feuchte Kälte brandet in das Haus und erinnert mich daran, dass ich lediglich einen Pyjama trage.

Als ich über die Schwelle trete und die frische, beißende Morgenluft einatme, spüre ich plötzlich, dass ich beobachtet werde. Bewegungsunfähig bleibe ich in der Tür stehen. Meine Augen suchen den verwilderten Garten ab, während ich das Gewehr fest gegen die Hüfte presse. Jenseits des Zaunes, der den Garten von der Wiese und dem Wald trennt, kann ich träge Nebelschwaden aufsteigen sehen. Nirgendwo eine Bewegung. Doch das Gefühl, beobachtet zu werden, ist so stark, dass es auf meiner Haut prickelt.

Durch das Gras im Garten weht ein kühler Wind, der braune Blätter und den Geruch von verrottetem Fleisch mit sich trägt. Ich mache mir keine Gedanken über den Verwesungsgestank, denn dies würde mich unweigerlich dazu animieren, dass mein Verstand sich in Kreisen zu bewegen beginnt, deren Zentrum einem alles verschlingenden Abgrund gleicht.

Wenn ich eines in den wenigen Tagen des Niedergangs gelernt habe, dann, dass man nicht alles mit rationalen Gedankengängen hinterfragen kann, ohne am Ende selbst Teil dieser sterbenden Welt zu werden.

Als ich auf die Veranda trete, sehe ich umgestürzte Tontöpfe und eine Gartenhacke, die auf den Stufen zum Garten liegt. Ich weiß, dass sie neben der Tür gestanden hat. Ebenso die Blumentöpfe, von denen zwei zerbrochen sind. Vielleicht hat derselbe Wind sie umfallen lassen, der auch den Schmutz gegen die Scheibe der Küchentür geweht hatte; so abstrus mir der Gedanke auch erscheint. Verzweifelt versuche ich mich daran festzuhalten, wie ein verängstigtes Kleinkind an den Busen seiner Mutter. Doch dann erblicke ich inmitten der Tonscherben und schwarzer, ausgetrockneter Blumenerde einen kreisrunden Abdruck, der mir das Blut in den Adern gefrieren lässt. Es ist derselbe Abdruck, wie ihn vielleicht ein Pferd im Schlamm hinterlassen würde. Der Abdruck eines Hufes.

Mit klopfendem Herzen weiche ich in die Küche zurück.

Plötzlich erscheint mir die unheimliche Stille des Morgens wie das infernalische Schreien einer Bestie. Das Gefühl, von unzähligen Augen aus ihren Verstecken heraus beobachtet zu werden, ist so real, dass es meine Furcht bis ins Unerträgliche steigert.

Mit dem Fuß trete ich die Tür zu. Das Glas vibriert scheppernd im Rahmen. Mit zitternden Händen drehe ich den Schlüssel.

Dann kehrt auch in meinen Gedanken Stille ein.

Ich sinke neben dem Holzofen die Wand hinab und bleibe dort sitzen. Einige Minuten starre ich, schwer atmend, auf das helle Rechteck der Scheibe in der Küchentür. Aus dieser Perspektive erscheint mir der Raum fremd und bedrohlich, der kalte Ofen neben mir wie ein schlafendes Monster.

Während mein Herz in gefährlichem Tempo meinen bebenden Körper zu versorgen versucht, schließe ich die Augen. Dabei presse ich das Gewehr wie ein Baby fest gegen meine Brust.

II

Ich kann nicht sagen, wie lange ich dort auf der Erde gekauert habe, und auch nicht, ob ich eingeschlafen bin. Doch als ich die Augen wieder öffne, spüre ich eine seltsame Ruhe in mir. In den ersten Sekunden fürchte ich mich vor ihr, denn sie scheint mir zu sagen, dass ich nun endgültig den Verstand verloren und den Kampf gegen diese schreckliche Welt aufgegeben habe. Doch dann empfange ich meinen merkwürdigen Frieden als wichtigen Verbündeten gegen alle Ängste, die mich jenseits der Küchentür erwarten würden.

Ich weiß nicht, welchem Umstand ich diese Gelassenheit zu verdanken habe. Vielleicht liegt es einfach nur an dem Schock, den mir die Entdeckung des Hufabdruckes auf der Veranda verpasst hat; das Wissen, nicht alleine zu sein. Mein Geist scheint eine Art Schutzmechanismus aufgebaut zu haben, der mich gegen die Schrecknisse dieser neuen Welt zu verbergen sucht, indem er sie einfach nicht mehr zu mir durchdringen lässt. Ich habe keinerlei Erklärung dafür, doch ich hinterfrage sie genauso wenig wie den Gestank nach Verwesung in der kalten Morgenluft. Manchmal erscheint es mir besser, das »Warum« grauenhafter Tatsachen nicht zu verstehen.

Ächzend stehe ich auf, wobei die unbequeme Haltung auf dem Boden ihren schmerzhaften Tribut fordert. Meine Hüfte schmerzt und durch meine Knie jagen spitze Nadelstöße bis zu den Füßen hinunter.

Ich lasse das milchige Rechteck der Küchentürscheibe nicht aus den Augen. Noch immer rührt sich nichts. Eine unheimliche Stille lastet über dem Haus.

Es kommt mir vor, als ducken sich die alten Mauern und das morsche Gebälk tief in die Schatten dieses ewig währenden Schweigens.

Als ich die Tür öffne, und sie – wie schon zuvor – mit dem Lauf der Waffe aufstoße, empfangen mich dieselbe Kälte und derselbe Gestank wie zuvor. Unwillkürlich halte ich den Atem an. Gleichzeitig spüre ich, dass das Gefühl, beobachtet zu werden, verschwunden ist. Ob es Teil meines neuen Selbstschutzes ist oder ob ich mir dieses Gefühl aufgrund meiner überstrapazierten Nerven zuvor nur eingebildet hatte, vermag ich nicht zu sagen. Doch es hilft mir, Ruhe zu bewahren und im Chaos meines Kopfes erste klare Gedanken zu fassen.

Nachdem ich noch einmal die Umgebung mit meinen Blicken überprüft habe, trete ich auf die Veranda hinaus und verwische den Hufabdruck auf den Holzbrettern mit meinem Pantoffel. Die Überreste der Tontöpfe schiebe ich klirrend zur Seite.

Nachdem nichts auf meinen Lärm reagiert hat und auch das Gefühl unmittelbarer Bedrohung nicht zurückgekehrt ist, gehe ich ins Haus zurück, ziehe meinen Morgenmantel über und trete erneut in den Garten hinaus.

Während ich durch das feuchte Gras zum Schuppen laufe, lasse ich das Gewehr nicht aus der Hand. Mein Blick wandert immer wieder zum Gartenzaun und den wallenden Nebelpfützen dahinter.

Erst als ich den Holzverschlag mit schnellen Blicken und hektischen Bewegungen mit dem Lauf des Gewehres untersucht habe, stelle ich die Waffe neben die Schuppentür und beginne damit, passende Bretter und Werkzeug zum Verbarrikadieren der Fenster herauszusuchen. Ich tue dies mit völlig normalen Bewegungen, wie ich sie in einer völlig normalen Welt gehandhabt hätte.

Ein gutes Gefühl.

Ein verlorenes Gefühl, das meinen Verstand wie warme Sonnenstrahlen flutet. Dabei lausche ich unentwegt auf jedes Geräusch, das eventuell von draußen zu mir hereindringt.

In der Mitte der Hütte steht der Generator. Mit sehnsüchtigen Blicken betrachte ich den altertümlichen Motor, der uns schon in so manchem Winter, wenn die Stromleitungen zugefroren und gebrochen waren, unverzichtbare Dienste geleistet hat. An diesem Morgen erscheint er mir wie der gigantische Schatten eines schlafenden Ungetüms.

Ein kurzer Blick in den Tank zeigt, dass er noch über die Hälfte mit Diesel gefüllt ist. Und in einer eisernen Wanne in der Ecke des Schuppens stehen noch zwei bis zum Rand gefüllte Kanister mit Kraftstoff. Dennoch wage ich es nicht, den Generator anzuwerfen. Wer kann schon sagen, welche Geschöpfe durch den Motorenlärm des Gerätes aus ihren Verstecken hervorgelockt werden?

Als ich genügend Bretter, sowie einen Hammer und lange und kurze Nägel zusammengesucht habe, schleppe ich alles keuchend zur Veranda hinüber, wobei ich den Zaun und die Welt dahinter nicht aus den Augen lasse. Mit einem irritierenden Summen auf den Lippen beginne ich, die Fenster zu vernageln. Wieder schimpfe ich mich einen ausgemachten Narren, dass mir diese Vorsichtsmaßnahme nicht schon früher eingefallen war.

Das Hämmern erscheint mir überlaut in der Stille des Gartens. Als würden direkt neben mir Granaten detonieren. Dass meine Waffe direkt vor mir gegen die Hauswand lehnt, beruhigt mich nur wenig. Ich stelle mir vor, wie die fürchterlichen Wesen in den Wäldern ihre hässlichen Schädel in Richtung des Lärms umdrehen. Ihre Nüstern blähen sich auf, schnuppern ... und finden den Angstschweiß eines alten Mannes in der Luft. Geifer tropft von ihren zähnebewehrten Fängen, während ihre schwerfälligen Leiber sich langsam in Bewegung setzen, zielstrebig auf das rhythmische Geräusch und den verlockenden Geruch des Fleisches zu.

Trotz dieser schreienden Gedanken arbeite ich unverdrossen weiter, immer wieder über die Schulter blickend. Mehrmals halte ich inne, da ich in den Nebelfetzen jenseits des Zaunes träge Bewegungen zu erkennen glaube. Mein Atem rasselt in der Brust, als wäre ich gerade einen Marathon gelaufen.

Als ich sehe, wie die Fenster eines nach dem anderen unter faserigem, feuchtem Holz verschwinden, fühle ich mich wohler. Wenn es auch mein Herz schwer macht. Denn wie weit hat sich die Welt weitergedreht, dass man das vertraute Heim zu seiner eigenen finsteren Gruft umbauen muss?

Meine Arme beginnen zu schmerzen und kalter Schweiß rinnt über meine Stirn, trocknet jedoch schnell im kühlen Herbstwind. Ich bin so viel körperliche Arbeit nicht mehr gewohnt. Dazu schmerzt meine Hüfte immer noch. Dennoch ruhe ich nicht, bis der letzte Nagel im Holz verschwunden und von den Fenstern keine Spur mehr zu sehen ist.

Von jetzt an wird es auch am Tage dunkel im Haus sein, denke ich. Ein verbittertes Lächeln zieht sich über mein erschöpftes Gesicht. Allerdings kann ich nun unbedenklich Kerzen brennen lassen, ohne die Aufmerksamkeit der Geschöpfe auf uns zu ziehen.

Mit klopfendem Herzen und tauben Händen, jedoch zufrieden mit mir und meiner Arbeit, gehe ich in den Schuppen zurück und trage einige Scheite Holz in die Küche, die ich in den dafür vorgesehenen Behälter neben dem Holzofen lege.

Heute Abend wird Sarah eine warme Mahlzeit bekommen, denke ich in meinem Überschwang. Dazu eine schöne heiße Tasse Tee; bei romantischem Kerzenschein.

Ganz wie in alten Zeiten.

III

Bevor ich es mir mit Sarah in unserer Festung gemütlich machen kann, steht allerdings noch der Besuch bei den Millers auf dem Programm. Ein Blick in die kleine Speisekammer neben der Küche sagt mir, dass dieses Vorhaben nicht ganz ohne Eigennutz geplant ist.

Cindy war stets eine ausgezeichnete Köchin gewesen. Davon haben Sarah und ich uns an mehr als einem gemeinsamen Abend überzeugen können. Und wer weiß schon zu sagen, was diese Frau alles in ihrer Kammer lagerte, bevor alles begonnen hat. In Zeiten wie diesen, müssen die Menschen zusammenhalten. Zudem mache ich mir Sorgen um Cindy und Danny, da ich keine Anzeichen ihrer Anwesenheit gesehen habe, als ich am Tag zuvor während meiner Fahrt zu Murphy an ihrem Haus vorbei gekommen bin. Ich habe beide immer sehr geschätzt und gemocht. Und so mache ich mich am frühen Nachmittag mit meinem klappernden und rauchenden Pick-up auf den Weg.

Beflügelt von dem Wissen, Sarah in einem jetzt sicheren Haus zurückzulassen, und zufrieden mit meiner Arbeit vom Mittag, fühle ich mich zum ersten Mal seit Tagen von den ehernen Fesseln der Furcht befreit. Der Strudel meiner Gedanken ist zum Stillstand gekommen und die schrecklichen Bilder der *Shoggothen* sind zu farblosen Erinnerungen verblasst.

Ich weiß, dass diese Sicherheit trügerisch ist und ich Gefahr laufe, blindlings in eine Bedrängnis zu rennen, die ich noch am Morgen mit meinen geschärften Sinnen sofort erkannt hätte. Doch mein Körper und Geist sind ausgelaugt. Und im Moment, in der Enge der Fahrerkabine des Pickups, den dröhnenden und stotternden Motor unter mir und das Quietschen der Karosserie um mich herum, empfinde ich den wenigen Halt, den ich mir erschaffen habe, so fiktiv er auch sein mag, als willkommene Abwechslung zu den Schrecknissen der vergangenen Tage.

Dennoch bin ich beruhigt, dass mir die Flinte als Beifahrer dient und ihr Kolben aus dem Fußraum zu mir heraufragt. Auf dem Sitz neben mir liegt die Taschenlampe.

Der Boden ist holprig und voller Pfützen. Anscheinend hat es geregnet in der Nacht.

Während ich durch eine Landschaft fahre, deren vertraute Hügel und Kurven mir so fremd erscheinen als befände ich mich zum ersten Mal in dieser Gegend, versuche ich nicht über die Ereignisse der vergangenen Nacht nachzudenken. Doch ich kann nicht verhindern, dass einzelne Bilder, sowie das widerliche Lärmen an der Küchentür, wie schwarze Tümpel in meinen Verstand einsickern und meine Gedanken zu ertränken versuchen. Seltsamerweise bleibt die damit verbundene Furcht aus. Vielleicht liegt es auch daran, dass ich während dem Fahren die rechte Hand auf dem trostreichen Lauf der Waffe liegen habe.

Immer wieder muss ich den Scheibenwischer einschalten. Nebel hält sich trotz der fortgeschrittenen Stunde hartnäckig und legt sich wie der tote Atem der Welt auf die Scheibe. Schon nach wenigen Minuten ist meine Sicht von schmutzigen Schlieren getrübt, in denen sich die Melancholie des Tages entstellt widerspiegelt.

Eine unangenehme Kälte dringt durch die Ritzen der Karosserie. Jedes Härchen meines Körpers ist aufgerichtet. Auch wenn ich es zu vermeiden suche, meinen Blick durch die Hügel schweifen zu lassen, so kann ich doch nicht verhindern, dass ich trotz allen Unbehagens die Welt um mich herum fast schon begierig in mich aufsauge. Als würde man einen schrecklichen Autounfall betrachten, von dem man unmöglich seinen Blick abwenden kann.

Wieder frage ich mich in einem Anflug stiller Verzweiflung, wann ich endlich aus diesem Alptraum erwachen würde. Scheinbar ist mein Verstand noch immer nicht bereit, jene dämmerige und schweigsame Landschaft, die so gleichgültig wie ein düsterer Film an meinem alten Pick-up vorüberzieht, als die einzig wahre Welt zu betrachten. Vielleicht ist es der letzte Instinkt der Menschheit, der mich an eine Hoffnung glauben lässt, die längst im Nebel dieser neuen Welt versunken ist. Und diese Hoffnung lässt mich alten Narren noch immer daran glauben, dass ich irgendwann in der Nacht von meinem eigenen Schrei aufgeweckt werde und mich schweißgebadet in der Dunkelheit unseres Hauses umblicke, während Sarah neben mir tief und fest schläft.

Ein Blick zum Schaft des Gewehres, der wie ein unheilschwangerer Schatten aus dem Fußraum des Wagens herausragt, macht mir bewusst, dass diese Hoffnung die größte Selbsttäuschung ist, zu der ein alter, seniler Mann fähig sein kann.

Der Gedanke daran, nie wieder aufzuwachen und bis in alle Ewigkeit in diesem bizarren Schauspiel meines Unterbewusstseins gefangen zu sein, erschreckt mich zutiefst. Er raubt mir viel der Gelassenheit, die mich mit dem Vernageln der Fenster wie eine warme Meereswelle im Sommer umspült hatte.

Als nach einer langgezogenen Kurve die beiden geschwärzten Holzpfosten auftauchen, die den schmalen Weg zum Haus der Millers flankieren, bin ich froh darüber, die deprimierenden Gedanken, die mich erneut zu erdrücken drohen, in ihre Schatten zurückdrängen zu können. Ich halte den Wagen an und starre durch das verdreckte Seitenfenster des Pick-ups zu dem schmalen Sandweg, der sich bis zur Veranda der kleinen Holzhütte windet. Das Vibrieren der Karosserie lässt die Welt um mich herum erzittern.

Die Hütte sticht wie ein finsterer Dorn aus der Stille der Hügel heraus. Sie anzusehen, schmerzt so sehr, dass mir das Atmen schwerfällt. Dunkles, trockenes Laub bedeckt den Sandweg und wird vom kühlen Herbstwind vor sich hergetrieben. Fast überkommt mich der Eindruck, als würden sich unzählige, riesige Insekten über den Weg auf das Haus zubewegen.

Dannys Buick steht immer noch vor der Veranda. Eine Schicht aus kleinen Zweigen und Laub hat sich auf dem Dach und der Motorhaube niedergelassen, ähnlich wie es bei Murphys Wagen gewesen war. Ich bilde mir sogar ein, die verdorrten Blätter unter den Reifen rascheln zu hören. Die Fliegengittertür hängt noch immer schief und schlägt im Wind auf und zu. Das Geräusch erinnert mich an das monströse Schlagen meines Hammers, als ich die Fenster mit Brettern vernagelt habe. Das rhythmische Schlagen der Tür erscheint mir plötzlich als das einsamste Geräusch der Welt. Meine Kehle schnürt sich zusammen und meine Brust beginnt zu schmerzen.

Ich spiele mit dem Gedanken, mit dem Pick-up den schmalen Weg zur Hütte hinaufzufahren. So, wie ich es in früheren Jahren oft getan hatte; alleine oder mit Sarah auf dem Beifahrersitz, das Radio auf unseren Lieblingssender eingestellt, der Oldies aus der guten, alten Zeit zum heruntergedrehten Fenster hinausbrüllt. Doch auf irgendeine verrückte Weise erscheint mir dieses Vorhaben unpassend angesichts der unnatürlichen Stille, die das Haus der Millers unter sich zu bedecken scheint.

Als sich meine Hand erneut auf den Gewehrkolben legt, spüre ich augenblicklich, wie sich mein Herz und Verstand beruhigen. Die Waffe zu berühren, scheint das Einzige zu sein, was ich in dieser reglosen Welt noch mit Sicherheit assoziiere, und dieser Umstand erschreckt mich zutiefst.

Ich schalte den Motor ab und versuche das sterbende Stottern der altersschwachen Maschine und die daraufhin einsetzende Stille zu ignorieren. Nicht zu viele Gedanken über Dinge machen, die nicht sein dürfen, sage ich mir. Mein kindliches Mantra lässt das schwere Hämmern meines Herzens gegen die Brust abklingen, bis ich nur noch ein leichtes Beben meines Oberkörpers spüre.

Mit der freien Hand greife ich die Taschenlampe, klemme sie mit der Plastikhalterung in eine Gürtelschlaufe meiner Hose und trete in den nebeldurchdrungenen Tag hinaus. Die Lampe pendelt bei jeder meiner Bewegungen und schlägt gegen meinen Oberschenkel.

Vorsichtig blicke ich mich um. Eine Zeremonie, die mir in den letzten Tagen in Fleisch und Blut übergegangen ist, und mir so natürlich erscheint, wie das morgendliche Zähneputzen. Es scheint viel Wahres an den Worten zu sein, wenn man sagt, der Mensch sei ein Gewohnheitstier. Doch hatte ich nie jemanden darum gebeten, mich an all die Scheußlichkeiten und Eigenheiten dieser neuen Welt gewöhnen zu müssen. Auch nicht Gott, der sich von seiner Schöpfung scheinbar aus purer Langeweile abgewendet hat.

Nirgendwo regt sich etwas. Die Hügel und Büsche liegen schweigend als graue Schatten im tristen Nachmittag. Ich versuche mich daran zu erinnern, wann es das letzte Mal zu solch fortgeschrittener Stunde Nebel in den Bergen gegeben hat. Ohne eine befriedigende Antwort auf mein Nachsinnen zu erhalten, überquere ich die Straße - nicht ohne in alter Gewohnheit nach links und rechts zu schauen - und bleibe zwischen den morschen Begrenzungspfählen des Sandweges stehen. Der schmale Pfad windet sich in einer leichten Steigung zwischen niedrigem Buschwerk und frisch gepflanzten Bäumen bis zur Veranda der Hütte. Tiefe Reifenspuren haben sich im Laufe der Jahre in den braunen Sand gegraben.

Ein letztes Mal über die Schulter blickend, nehme ich den Weg hinauf zum Haus der Millers in Angriff. Dabei halte ich mich geduckt und lasse meinen Blick über Baumgruppen und hohe Gräser gleiten. Fast komme ich mir vor wie ein Soldat in einem dieser alten Vietnamfilme. Das schrille Kreischen der Fliegengittertür begleitet meinen Weg mit schauerlichem Gesang. Dennoch bin ich dankbar für dieses Geräusch, da es mir zeigt, dass die Welt noch immer existiert – egal auf welch furchtbare Weise.

Dann ist es plötzlich still. Erst nach zwei weiteren Schritten bemerke ich, dass ich mich durch eine absolut schweigende Welt bewege. Ich bleibe stehen und starre auf die

Fliegengittertür, die jetzt vollkommen bewegungslos in ihren rostigen Scharnieren hängt. Der Wind ist abgeflaut und nur noch als kühle Liebkosung im Gesicht zu spüren. Selbst die Büsche, die den Weg säumen, scheinen in ihrer Bewegung erstarrt. Kein Laub raschelt mehr oder tanzt verloren durch die Luft.

Es ist, als hätte die Welt den Atem angehalten. Als würde sie den alten, grauen Mann beobachten, der sich wie ein Fremder durch die schwarzen Farben einer Welt bewegt, die jeglichen Lebens beraubt worden ist.

Als ich zum Haus blicke, habe ich das absurde Gefühl, den Schatten einer tief auf der Erde kauernden Bestie zu betrachten, die mir entgegenstarrt und auf eine Gelegenheit wartet, sich auf mich zu stürzen. Der Griff um den Gewehrkolben verstärkt sich. Als ich zögerlich weitergehe, wirkt das Geräusch meiner Schuhe auf dem welken Laub wie das Zerbrechen kleinster Knochen unter meinen Schritten. Ich bin mir sicher, dass man das Rascheln bis hinunter nach Devon hören kann.

Doch wer ist dort noch, der es würde hören können?

Mein Blick heftet sich auf den blauen Buick von Danny, als ich mich ihm nähere. Wie ich von der Straße aus vermutet hatte, ist der Wagen seit geraumer Zeit nicht mehr bewegt worden. Kleine, schwarze Zweige bedecken das Dach und die Motorhaube, als hätte sie ein Kind nach dem Spielen dort liegen lassen. Blätter haben sich um die Reifen gelegt, die grau und ausgetrocknet wirken. Eine Schicht braunen Schmutzes bedeckt die Scheiben, doch ich kann genug erkennen, um zu sehen, dass der Wagen leer ist.

Zumindest Danny muss sich also im Haus befinden, denn der Weg nach Devon ist weit. Auch wenn er noch relativ jung ist, würde Danny an einem trüben Tag wie heute den Weg in die Stadt oder zu Murphys Laden nicht zu Fuß zurücklegen wollen.

Als ich dem Wagen den Rücken kehre, erwartet ein Teil meines Verstandes - jener, der mich mit schrillen Schreien daran zu hindern versucht, weiterzugehen -, dass eines der widerlichen Wesen aus dem Wald plötzlich mit wildem Fauchen durch die Windschutzscheibe des Buicks gesprungen kommt und sich mit seinen gekrümmten Klauen in meinen Rücken krallt. Doch das Gefühl vergeht, als ich einen Schritt auf die unterste Stufe der Veranda setze. Das graue Holz knirscht unter meinen Füßen. Ein Geräusch, das eben jenem überstrapazierten Teil in mir vorspielt, das Haus würde sich stöhnend im Schlaf erheben und wieder niedersinken.

Ich halte in meiner Bewegung inne und starre auf das schwarze Rechteck der offenen Tür. Das Fliegengitter hängt schief davor und bewegt sich keinen Zentimeter mehr. Ich kann sehen, dass in dem engmaschigen Geflecht große Löcher klaffen. Als hätte jemand - oder *etwas* - versucht, sich gewaltsam Zutritt ins Haus zu verschaffen. Der Anblick der morschen Tür ist eine weitere unumstößliche und furchterregende Tatsache dieser neuen Welt, ebenso wie die widernatürliche Stille, die mich wie ein zu enger Mantel einhüllt. Doch wie gesagt, der Mensch ist ein Gewohnheitstier. Und so konzentriere ich mich auf die offene Haustür.

Danny und Cindy hätten niemals die Tür unversperrt gelassen. Besonders nicht zu diesen Zeiten. Jedes kleine Härchen in meinem Nacken richtet sich auf, als ich darüber nachdenke, Dannys Namen zu rufen. Doch mir ist gleichzeitig bewusst, dass der bloße Klang meiner verlorenen und echolosen Stimme mir die Furcht nur noch tiefer in die Knochen treiben würde. Nur zu gut entsinne ich mich des grausigen Klanges meiner Worte, als ich vor Murphys Laden gestanden habe.

Einige Minuten stehe ich unentschlossen da. Ein regloser, grauer Schatten, inmitten von Nebelfetzen, welken Blättern und einem gespenstischen Schweigen. Ich starre auf die gähnende Öffnung der Tür ... und das Haus starrt zurück. Direkt in meine Seele. Es beobachtet mich mit stoischer Ruhe und wartet, was dieser Eindringling auf den Stufen der Veranda zu tun gedenkt.

Endlich gelingt es mir, mich aus diesem tranceähnlichen Zustand zu befreien und die Kontrolle über meine wirbelnden Gedanken zurückzuerlangen. Der Lauf meiner Waffe zielt genau in die Mitte des Eingangs, als ich vorsichtig die knarrenden Stufen hinaufsteige und mich über das trockene Holz der Dielenbretter der Tür nähere. Rechts davon lehnt ein Korbsessel umgedreht gegen die Hauswand, um ihn vor Regen und Blättern zu schützen. Ich erinnere mich, dass Cindy oft in diesem Sessel gesessen hat, wenn ich zu Besuch gekommen war. Meistens hatte sie ein Buch umgedreht auf ihrem Schoß liegen, so dass ich den Einband erkennen und mich mit ihr über verschiedene Schriftsteller unterhalten konnte, die wir beide gut fanden. Manchmal saß sie aber auch einfach nur da, hatte die Augen geschlossen und die Hände im Schoß gefaltet. Dann räusperte ich mich immer verlegen, wie es ein schüchterner Schuljunge bei den Eltern seiner großen Jugendliebe tun würde, bis Cindy die Augen öffnete und mich mit ihrem freundlichsten Lächeln willkommen hieß.

Diese Bilder aus den alten Tagen fluten plötzlich über mich hinweg, als mein Blick den Korbsessel streift. Mir wird bewusst, dass Cindy Miller wahrscheinlich nie wieder in ihrem geliebten Sessel sitzen wird. Der Gedanke ist so grauenvoll und wird doch gleichzeitig in der Stille des Tages von grässlicher Realität begleitet.

Ich wende mich wieder der Tür zu. Meine Schritte hämmern wie Donner durch die Hügel, obwohl ich so leise wie möglich zu schleichen versuche. Ich trete neben das Fliegengitter, stoße es mit dem Lauf der Waffe vollends auf und erschrecke mich törichterweise ob des erneuten Quietschens der rostigen Scharniere.

Augenblicke später kehrt wieder Stille ein. Mit zusammengekniffenen Augen starre ich auf das Schwarz vor mir. Es dauert einige Sekunden, bis sich mein Blick an die neuen Lichtverhältnisse gewöhnt hat. Dann kann ich graue Schatten erkennen, die sich schnell als die Kommode und der kleine Tisch herausstellen, die seit Jahren im Eingangsbereich der Millers stehen. Auf dem runden Holztisch habe ich immer meine Autoschlüssel abgelegt, wenn ich zu Besuch gewesen war. Und die Kommode diente stets als Ablage für Mäntel und meinen grauen Hut, der jetzt in einem Schrank in Sarahs Zimmer liegt und nutzlos geworden ist.

Ich kenne mich im Haus der Millers fast ebenso gut aus, wie in meinem eigenen. Zu oft war ich hier gewesen, um Cindys Kochkünste zu bewundern, oder mit Danny einfach am Abend zusammen auf der Veranda zu sitzen und ein kaltes Bier zu trinken. Daher weiß ich, dass die Tür vor mir, welche sich in der Dunkelheit als schwarzes Rechteck präsentiert, direkt in die Wohnstube führt.

Ich zögere, einen ersten Schritt über die Schwelle zu setzen. Doch wider alle Vernunft trete ich in die Dunkelheit ein und bleibe im Türrahmen stehen. Ein kurzer Blick über die Schulter verrät mir, dass die Welt im trüben Licht des Nachmittages immer noch schweigsam verharrt.

Als ich mich wieder umdrehe, brauchen meine Augen erneut einige Sekunden, um sich an die Nacht im Haus zu gewöhnen. Mir scheint, dass Danny sämtliche Fensterläden geschlossen hat.

Vorsichtig setze ich einen Fuß vor den anderen und versuche das Dunkel mit meinen Blicken zu zerschneiden. Dabei folgt der Lauf der Waffe jeder meiner Bewegungen. Mein Finger liegt am Abzug. Ein beißender Gestank nach Urin und Schweiß, vermischt mit Abfällen und alten Lebensmitteln, dringt aus dem Haus zu mir. Und noch ein weiterer Geruch, den zu akzeptieren ich mich zunächst weigere. Doch ich komme nicht umhin, mir einzugestehen, dass er mich an altes, ranziges Fleisch erinnert.

Ich trete vor die Stubentür und lausche, indem ich ein Ohr dicht an das Holz halte.

Stille.

Ich drehe mich um und sehe mich in dem kleinen Raum um, den Cindy gerne als ihren »Empfangsraum« bezeichnet hat, der allerdings nichts weiter als ein rechteckiger Korridor ist. Verschiedene Türen zweigen von hier ab, führen in weitere Teile der Hütte.

Ich überlege, in welchem Raum ich mit meiner Erkundung beginnen soll, als mich ein Geräusch erstarren lässt. Blitzschnell drehe ich mich wieder um und starre auf die geschlossene Tür, an der ich zuvor gelauscht habe und die in die Wohnstube führt. Deutlich konnte ich hören, dass etwas umgestoßen wurde. Ein dumpfes, kurzes Krachen, als würde etwas zu Boden fallen und dort einige Zentimeter über den Teppich rollen.

Dann wieder Stille.

In meinem Kopf beginnen die schrecklichsten Bilder wie schwarze Blumen in einer sturmgepeitschten Nacht zu sprießen. Ich schüttele den Kopf, wie man es normalerweise nur in billigen Filmen sieht, wenn der Hauptdarsteller sich vor dem Einfluss unheimlicher Gedanken zu schützen versucht. Bewegungslos verharre ich vor der Tür, das Gewehr auf die Mitte des Türblattes gerichtet, das Holz förmlich mit meinen Augen durchbohrend.

Wenn in diesem unheiligen Augenblick etwas durch die Tür preschen würde, hätte ich mit Sicherheit nicht die Nerven, zwischen Freund und Feind zu unterscheiden. Mein bebender Zeigefinger würde unweigerlich und mit präziser Genauigkeit den Abzug betätigen. Und es wäre mir in diesem Moment höchster Angst vollkommen egal, was ich treffen würde.

Ein schöner Held.

Der Letzte seiner Art.

Ich warte darauf, dass sich das Geräusch wiederholt; dass irgendetwas umgestoßen wird, oder sich - im schlimmsten Fall - Schritte der Tür nähern.

Doch kein Poltern. Keine schlurfenden Schritte.

Und doch ...

Etwas bewegt sich hinter der Tür.

Ich kann nicht sagen, ob ich beginne, Geräusche zu hören, die sich mein Verstand einzubilden glaubt, oder ob ich hier in diesem dunklen Raum allmählich, aber unausweichlich, den Verstand verliere.

Doch außer *hören* kann ich die Bewegung auch *fühlen*.

Mit jeder Nervenfaser meines Körpers.

Es ist, als würde ein samtener Schleier zärtlich über meine Haut gezogen. Eine verführerische und doch entsetzliche Liebkosung, die meine Sinne in einer derart eindringlichen Weise schärft, dass ich mich für einige Sekunden schwindelig fühle. Dennoch halte ich den Lauf der Waffe beharrlich auf das dunkle Rechteck der Tür gerichtet. Wie lange ich so da stehe, mit angehaltenem Atem und dröhnenden Herzschlägen in meiner Brust, vermag ich nicht zu sagen. Mir erscheint es als eine nie enden wollende Ewigkeit.

Doch als ich weiterhin in tiefe Stille gehüllt bleibe, beginnt eine absurde Selbstsicherheit die tiefsitzende, kalte Furcht in mir zurückzudrängen. Ich spüre, wie eine Kraft in mir an die Oberfläche steigt, welche der unheimlichen Situation absolut unangemessen erscheint, und deren Existenz in mir, mich aufs Höchste verwundert.

Mit leisen Schritten trete ich an die Tür, lausche noch einmal durch das Holz und drücke das Türblatt schließlich mit dem Fuß nach innen, wobei ich das Gewehr nach Cowboyart an der Hüfte halte und auf das schwarze Rechteck ziele, das sich mir offenbart. Hektisch lasse ich meinen Blick durch das Schwarz wandern. Doch wie schon im Korridor, dauert es auch hier einige Sekunden, bis sich meine Augen an das graue Zwielicht der Wohnstube gewöhnt haben.

Ich erkenne die Sitzgruppe mit dem monströsen Marmortisch, an dem wir vier an so manchen Abenden gesessen haben und uns von Cindys Küche verwöhnen ließen, oder jeder ein Glas Cognac genossen hatte. Wobei unsere beiden Damen an dem scharfen Alkohol lediglich genippt hatten, während Danny und ich uns an dem guten Cognac gütlich taten, bis unsere Zungen schwer wurden. Danach hörten wir auf zu Trinken, denn so viel Gentleman waren wir beide.

Gegenüber der Couch erkenne ich den Fernseher, dessen Bildschirm in der Dunkelheit ein unheimliches, fahles Leuchten von sich gibt, als vertrete er das Tor in eine andere, düstere Welt.

Durch die zu gezogenen Gardinen gegenüber der Tür sickert ein kränklicher Streifen sterbenden Tageslichtes und taucht den Raum in kraftloses Grau. Doch dieser triste Schein reicht aus, um die Gestalt zu erkennen, die in einem Sessel am Kopfende des Tisches kauert.

Augenblicklich spannt sich mein Körper an. Ich reiße das Gewehr hoch, klemme den Schaft gegen die Schulter und ziele über den Lauf auf den Schemen, der reglos in der Dunkelheit verharrt. Die Taschenlampe an meiner Hüfte schlägt ob der plötzlichen Bewegung hart gegen den Oberschenkel. Das Dröhnen meines Herzens hat sich in das kalte Hämmern von Stahl auf einem Amboss verwandelt.

»Wer ist da?«, frage ich und erschrecke über den kläglichen Klang meiner Stimme.

Die Antwort, die unter normalen Umständen auf der Hand liegen musste, fällt mir in Anbetracht kalten Entsetzens, das mich fest umklammert hält, nicht im Traum ein. Und so liegt es an der schattenhaften Gestalt, mir das Einleuchtende näherzubringen.

»Leg das Gewehr weg, Harv.«

In meinem Verstand jagen die widersprüchlichsten Gedanken und Szenarien einander, sodass ich mehrere Augenblicke brauche, um in der müden und schleppenden Stimme, die meines Nachbarn und Freundes erkennen zu können.

»Verdammt, Danny!«, flüstere ich mit einer Mischung aus Entsetzen und tief empfundener Erleichterung. »Warum sitzt du im Dunkeln?«

Ich lasse den Lauf des Gewehrs sinken und trete in die Dämmerung des Zimmers. Eine kleine Ewigkeit scheinen wir uns durch das Dunkel anzustarren, ohne dass sich einer von uns bewegt.

Währenddessen fällt mir der intensive Geruch auf, der mir bereits auf der Veranda entgegengeschlagen war, und der den Raum wie eine dunkle Wolke erfüllt. Ich kann kalten Schweiß riechen, verdorbene Lebensmittel und altes Bier, dazwischen der scharfe Gestank von Urin und Kot.

Die Gestalt vor mir bewegt sich kaum merklich, als sie mir endlich antwortet: »Die Dunkelheit ist alles, was mir geblieben ist.«

Dannys Stimme hat nichts mit dem vitalen und freundlichen Menschen gemein, den ich in der Erinnerung sehe, während ich auf seinen Schatten starre. Eine tiefe Resignation hat sich der Worte meines Nachbarn bemächtigt. Fast klingt seine Stimme wie das verzweifelte Weinen eines Gepeinigten.

Kalter Schweiß bildet sich auf meiner Stirn und in meinen Handflächen. Ich blicke mich im traurigen Schimmer des wenigen Tageslichts in der Wohnstube um, suche nach Cindy, die nur selten von Dannys Seite weicht. Doch mein

Freund und ich scheinen die einzigen lebendigen Wesen in diesem Raum zu sein.

»Was redest du da?«, frage ich in Ermangelung aufmunternder Worte.

Irgendwie will mir nicht recht einfallen, was ich tun kann. Ich war mit der Absicht gekommen, mehr über den Verbleib meiner Freunde herauszufinden. Und vielleicht auch, um mir selbst zu beweisen, dass der verrückte Murphy und ich nicht die einzigen Überlebenden in den Hügeln, vielleicht sogar auf der ganzen Welt sind. Und jetzt, da ich nur wenige Meter vor Danny Miller stehe, einem Mann, dessen Nähe und Geist ich stets genossen habe, will mir nicht in den Sinn kommen, welche Worte der Situation angemessen sind.

»Dann sag mir, Harv, wohin das Licht ist. Was ist aus der Welt geworden?«

Ich bin versucht ihm zu sagen, dass draußen, vor den geschlossenen Läden und zugezogenen Gardinen, ein trüber, aber heller Tag allmählich in den Abend übergeht. Doch noch ehe ich mein Wort an Danny richten kann, verstehe ich seine Frage. Er hat Recht. Die Düsternis der Tage, wie sie über die Welt gekommen ist, hat nichts mit dem Licht jener Tage zu tun, als ich mit einer Flasche Cognac oder Rotwein in der Hand eben jenes Haus betreten und mich auf einen gemütlichen Abend gefreut hatte. Mit dem Lachen und der Gegenwart meiner Freunde scheint sich auch das Licht verdunkelt und sein Leben verloren zu haben.

Während ich den Schatten von Danny betrachte, überkommt mich plötzlich eine rauschende, kaum bezwingbare Woge aus Mitleid. Nicht nur für meinen Freund, wie er so da sitzt, in trübem Zwielicht und mit einer Stimme zu mir spricht, die nichts mehr mit dem jungen Mann gemein hat, den ich gekannt habe. Durch Danny wird mir mit einem brutalen Schlag bewusst, dass es da draußen nichts mehr gibt, das uns an das altbekannte und vertraute Leben erinnert, das wir stets als so selbstverständlich hingenommen haben. Wann haben wir das letzte Mal angehalten, um eine Wolke zu betrachten? Oder den Duft einer wilden Wiese am frühen Morgen bewusst eingeatmet? All diese Begriffe, die unser Leben und unsere Empfindungen prägten, haben ihre Farben verloren und liegen in tiefe Schatten gekauert danieder. Der Duft von nassem Gras hat sich in den Gestank von Moder und Fäulnis gewandelt. Und die klare Luft der Hügel, die stets ein wenig mit der Würze alter Bäume geschwängert gewesen war, trägt mit ihrem eisigen Hauch den Geruch von Verwesung mit sich.

Wir haben verloren, denke ich und spüre, wie sich mein Blut in Eis verwandelt und meinen Körper erfrieren lässt.

Die Überheblichkeit unserer Art war der uralten Kraft unserer Welt nicht gewachsen, auch wenn wir stets etwas anderes geglaubt haben. Wir sind niedergetrampelt worden, so wie wir Blumen auf einer Wiese zertreten, und haben all das verloren, an das wir jemals glaubten und das unser Dasein ausgemacht hat.

All das begreife ich plötzlich, während ich Danny betrachte.

Er scheint mich anzustarren. In der Dämmerung des Raumes kann ich sein Gesicht lediglich als graues Oval erkennen. Doch er sagt kein Wort.

»Wo ist Cindy?«, ergreife ich schließlich das Wort.

Angesichts der Stille, die das Haus erfüllt, erscheint mir meine Stimme inhaltslos und fremdartig. Trotz des Gestankes kann ich nicht einmal das Summen von Fliegen hören.

Als Antwort erhalte ich ein heiseres Kichern. Der Schatten bewegt sich. Als Danny mir antwortet, klingt seine Stimme nasal.

»Cindy? Du willst wissen, wo meine liebe Cindy ist?«

Ich nicke, doch wird mir gleichzeitig bewusst, dass Danny meine Erwiderung nicht erkennen kann.

»Ist sie nicht hier? Hat sie ihre Eltern besucht?«

Ich gehe alle Möglichkeiten durch, welche in mir die Hoffnung nähren, dass es Cindy möglicherweise gut gehen könnte. Doch Danny versetzt mir einen weiteren Dolchstoß.

»Cindy ist hier, Harv. In unserem Schlafzimmer.«

Ich weiß, dass sich das Zimmer im oberen Stockwerk befindet und schaue unbewusst zur Decke, als könnte ich Cindy durch die Dielenbretter sehen.

»Geht es ihr gut?«

Mein Blick fällt wieder auf Danny und ich glaube zu erkennen, wie dieser den Kopf schüttelt und ihn dann kraftlos auf die Brust sinken lässt. Der Atem meines Freundes beginnt schneller zu gehen. Gelegentlich kann ich ein leises Schluchzen hören. Meine Sorge wächst. Das kalte Gefühl, mich in einem surrealen Traum zu bewegen, füllt meinen Magen wie hartes Gestein aus.

Ich gehe langsam auf Danny zu, wobei ich den Lauf meiner Waffe zu Boden richte. Doch das scharfe, metallische Klicken eines Spannhahns lässt mich abrupt inne halten. Entsetzt starre ich auf den unförmigen Schemen meines Nachbarn, der offensichtlich ebenso wie ich ein Gewehr in Händen hält.

»Cindy ist krank«, kommt Dannys Antwort aus der Dunkelheit, als hätte das Spannen des Gewehrhahns niemals zwischen uns stattgefunden und wäre nur ein Gespinst meiner überreizten Fantasie gewesen. »Sie ist gebissen worden.«

Seine Worte klingen emotionslos und ohne jegliches Gewicht. Die Dunkelheit der Wohnstube verschluckt den Klang seiner Stimme und lässt nur ein totes Flüstern zurück.

Die Stille, die auf Dannys Worte folgt, jagt mir einen eisigen Schauer über den Rücken.

»Was ...«, setze ich mit brüchiger Stimme an.

Doch Danny kommt mir zuvor.

»Sie war im Garten, das dumme Ding«, murmelt er, als würde er zu sich selbst sprechen. Ich habe Danny noch nie in dieser Art über seine Frau reden hören. Erst viel später, als ich Zeit fand, über das Ganze – und Dannys Situation im Speziellen – nachzudenken, erkannte ich die traurige Wut und seine wahren Gefühle hinter diesen Worten.

»Unsere Vorräte gingen zur Neige. Zumindest das, was aus unserem Garten stammt. Du weißt ja, wie sehr Cindy auf gesunde Ernährung achtete.« Trotz der Dunkelheit glaube ich zu sehen, wie ein bitteres Lächeln über sein Gesicht streicht. »Selbst in diesen verfluchten Zeiten, in denen ihr Gott sich einen Dreck drum kümmert, ob wir uns gesund ernähren oder nicht.« Dannys Lächeln ist eindeutig verschwunden. »Sie wollte Äpfel holen. Du weißt, dass wir noch welche in Körben im Holzschuppen aufbewahren.«

In meinen Gedanken entsteht ein farbenfrohes Abbild des Gartens meiner Nachbarn, das nicht im Geringsten in Einklang mit den verstaubten Grautönen unserer Wirklichkeit steht. Gleichzeitig schiebt sich ein Schatten in dieses Bild, düster und bedrohlich, noch ehe Danny meine Ahnung bestätigen kann.

»Eines dieser Viecher hatte sich hinter dem Schuppen versteckt. Dort, wo das Brennholz liegt.«

Das leuchtende Bild eines sommerlichen Gartens mit blühenden Bäumen und unvergleichlichen Düften in meinem Kopf, färbt sich von den Rändern her in ein tiefes Schwarz, als würde man eine Fotographie verbrennen. Die Gerüche von nassem Gras und blühenden Sträuchern verwandeln sich in den Gestank wilder Tiere.

»Ich habe sie schreien hören und wollte nach draußen laufen. Aber als ich gerade die Tür erreicht habe, kam sie mir entgegen gestolpert.« Dannys Stimme bricht, und aus dem Zwielicht der Wohnung dringt ein jämmerliches Schniefen zu mir. »Sie war voller Blut, Harv. Alles war voll davon. Ihr Kleid, ihre Haare. Selbst im Gesicht hatte sie Blut.« Wieder ein bitteres Lächeln. »Und in ihrer Hand trug sie immer noch einen Apfel. Einen gottverdammten Apfel!«

Danny verstummt. Kein Stöhnen, keine Worte, kein Atmen mehr. Für Sekunden erstickt die Stille über dem Haus alles. Selbst mein eigener Atem scheint aufgehört zu haben. Der Schatten im Wohnzimmer sitzt reglos da.

Ich bin versucht, in die Dunkelheit zu treten und Danny mit freundschaftlicher Wärme zur Seite zu stehen. So, wie wir es in all den Jahren so oft gegenseitig getan haben, wenn einer von uns Probleme hatte. Doch ich entsinne mich dem Spannen des Abzugshahnes, und so bleibe ich bewegungslos und stumm im Türrahmen stehen. Für wenige endlose Sekunden scheint die Welt aufgehört zu haben, sich weiterzudrehen.

»Sie ist tot, Harv«, spricht Danny endlich weiter und reißt mich mit seinen Worten aus meiner Starre. »Ich hab' sie auf die Couch gelegt und versucht einen Arzt zu erreichen.« Ein tiefes Schluchzen. Der Schatten erzittert. »Aber die ganze Welt ist vor die Hunde gegangen. Egal, wo ich angerufen habe, es ging niemand dran. Selbst meine Schwester und meine Mutter konnte ich nicht erreichen.«

Ich suche nach Worten. Will etwas sagen. Irgendetwas. Muss unbedingt diese unerträgliche Stille in meinen Gedanken beenden. Es ist, als hätte mein Kopf aufgehört zu funktionieren. Doch noch ehe ich etwas Sinnloses von mir gebe, spüre ich plötzlich, wie sich Dannys Blick durchdringend auf mich richtet – dieses unheimliche Gefühl beobachtet zu werden, bei dem sich alle Nackenhärchen aufrichten.

»Als ich zurückkam, war sie tot.« Dannys Stimme klingt mit einem Schlag nüchtern. Als hätte ihn das Aussprechen von Cindys Tod jegliche Emotionen geraubt. »Aber sie war nicht lange tot.«

Die Enge in meinem Kopf verwandelt sich in düstere, blickdichte Tücher, die Dannys Worte einem Rinnsal gleich in meinen Verstand sickern lassen. War mein Freund über den Tod seiner geliebten Frau verrückt geworden? Ergibt er sich dem Wahnsinn, um der schrecklichen Realität vor der Haustür entfliehen zu können?

Anscheinend beginne ich ebenfalls den Verstand zu verlieren, denn ich kann Danny so gut verstehen, dass ich ihn fast schon ob seiner Unzurechnungsfähigkeit beneide.

Vielleicht ist dies die einzige Möglichkeit zu überleben.

»Ich habe ihre Hand gehalten. Die ganze Zeit über. Hab' einfach auf dem Boden vor der Couch gesessen und sie festgehalten. Verdammt, Harv, ich hatte nichts mehr und wusste nicht, wie es ohne Cindy weitergehen sollte.«

Unwillkürlich denke ich an Sarah. Was würde geschehen, wenn sie nicht mehr bei mir wäre?

Der Gedanke, dass Sarah das Einzige auf der Welt ist, das mir noch einen Grund zu Leben gibt, erschreckt mich zutiefst. Denn wie stark konnte Sarah ihr Band zwischen uns noch spinnen? Wie stark ist sie noch, um zu wissen, dass ich sie in diesen Tagen mehr brauche als jemals zuvor?

Eine Bewegung reißt mich aus meinen angsteinflößenden Gedankengängen. Danny hebt sein Gewehr und richtet den Lauf zur Decke. Zum ersten Mal kann ich seine Waffe als schwarze Silhouette erkennen. Und der Anblick ist alles andere als beruhigend. Zumindest zielt mein Freund nicht auf mich, so wie es Murphy getan hat.

»Wir haben lange so da gesessen, meine Cindy und ich«, fährt Danny mit tonloser Stimme fort. Im Zusammenspiel mit dem Schatten seiner Waffe erscheint er mir wie ein gedemütigter Krieger, der seine Männer einen nach dem anderen in einer Schlacht verloren hat. »Und dann haben sich ihre Finger plötzlich bewegt. Ganz schwach. Ihre Finger haben nach meinen getastet.«

Danny atmet jetzt schwerer. Unter die Kälte des Tages mischt sich ein schleichendes Gefühl von Grauen, das mich frösteln lässt.

»Ihre Hand war kühl, Harv. Noch nicht kalt, wie die einer Toten, aber auch nicht mehr lebendig. Ich wusste das. Ich wusste das in dem Moment, als sie sich zu bewegen begann. Frag mich nicht, wieso.«

Ich kann förmlich sehen, wie der Schatten resignierend den Kopf schüttelt.

»Ich wusste einfach, dass etwas nicht in Ordnung war. Die Art, wie sich Cindy bewegte; wie ihre kalten Finger nach meiner Hand tasteten. Ich weiß nicht ...«

Einige Sekunden Schweigen, in denen die Totenstille in dem Haus wieder näher aus der Dunkelheit auf mich zu gekrochen kommt.

»Kennst du diese Filme mit Untoten? Die, welche wir uns als kleine Jungs immer heimlich angeschaut haben? Du weißt schon ...«

Danny lacht kurz auf. Doch es klingt bitter und voller Tränen.

»Ich glaube, genau das war es, was aus Cindy geworden ist. Ihre Hand ... sie hat sich tot angefühlt. Und ihre Bewegung, als sei es nicht ihre eigene. Weißt du, was ich zuerst dachte?«

Danny nimmt das Gewehr wieder herunter und der Schatten des Laufs verschwindet im Zwielicht.

»Mein erster Gedanke war, dass sich jemand einen üblen Scherz erlaubt. Dass jemand in mein Haus gekommen ist und meine Cindy als Marionette benutzt. Mit Fäden und so, und dass er damit ihre Hand in meiner bewegt.«

Bei Dannys Worten spüre ich, wie sich in meinem Magen ein gewaltiges Loch auftut, das den letzten Rest meines Lebens zu verschlingen droht. In Gedanken stelle ich mir die Folgerungen meines Freundes vor. Eine Szenerie, die eine groteske Komödie beinhalten sollte, über die man mit Gänsehaut schmunzelt. Doch das, was ich in meinem Kopf sehe, ist ein Gemälde abscheulichsten Inhaltes.

»Cindy wollte sich aufsetzen. Sie war immer noch blutüberströmt. Aber sie wollte sich aufsetzen, und ich habe ihr geholfen. Dabei habe ich die Kälte ihrer Haut gespürt, und noch etwas anderes, das ich mir bis jetzt nicht eingestehen will.«

Die Stille des Hauses kriecht noch näher an uns heran, als versuchte sie, uns zu belauschen. Ein schwarzes, schweigendes Vergessen.

»Sie hat nicht geatmet«, flüstert Danny und beginnt zu weinen.

Wüsste ich nicht, dass sich mein Freund und Nachbar vor mir im Dunkeln des Zimmers befindet, so wäre ich dem Irrtum erlegen, einen kleinen Jungen vor mir zu haben, den man ausgeschimpft hatte, weil er Äpfel vom Baum des Nachbargrundstückes gestohlen hat.

»Sie hat nicht geatmet«, wiederholt Danny stockend. »Sie hat einfach dagesessen. Mit dieser fürchterlichen Wunde am Hals, aus der immer noch das Blut floss, da die Handtücher verrutscht waren, als sie sich aufsetzen wollte. Und sie hat nicht geatmet.«

Wieder spüre ich Dannys flehenden Blick durch das Dunkel auf mich gerichtet. Er will Antworten auf all das, was er mir erzählt – und nicht versteht. Auf all die schrecklichen Dinge, die er in den letzten Tagen erlebt hat. Aber ich bin der Letzte, der ihm Antworten geben kann.

Ich kann nur da stehen, für Danny nicht mehr als ein schwarzer Umriss in der Wohnzimmertür, und kann ihm zuhören; ihm das Gefühl geben, das er nicht alleine auf der Welt ist, auch wenn die Welt um uns herum, uns genau das die letzten Tage mitzuteilen versucht.

»Und ihre Augen ...«

Ich wünschte, Danny würde den Mund halten.

»Ihre Augen waren nicht ihre Augen.«

Seine Worte durchdringen die dichten Tücher in meinem Kopf wie die frisch geschärften Klingen eines Schwertes.

»Cindy hatte blaue Augen. Du weißt doch, Harv. Dieses wunderschöne, leuchtende Blau.«

Ich versuche mich an Cindys Augen zu erinnern. Doch alles, was ich sehen kann, ist eine trostlose und doch willkommene Dunkelheit in meinem Kopf.

»Dieses ... dieses Ding ... hatte graue Augen. Milchige, graue Augen, als hätte man jede Farbe aus ihnen herausgewaschen.«

Plötzlich, als hätten Dannys Worte einen Bann von mir genommen, sehe ich Cindy vor mir. In all der Abscheulichkeit, die ihr Mann mir geschildert hat. Ich kann das Blut sehen, farbenfroh und grässlich, das aus ihrem Hals schießt und das Leben mit sich nimmt. Ihre Kleider, auf die sie stets so viel Wert gelegt hat, mit dunklen Flecken überzogen, die seltsam schwarz und rot schimmern. Und ihre Augen ... die Augen ... des *Dings*, das aus Cindy geworden ist. Graue, leere ... tote ... Augen.

Das alles verschlingende Loch in meinen Eingeweiden schließt sich mit einem hässlichen Schmatzen. All die Furcht, das Grauen und die aufkommende Panik bahnen sich ungehindert ihren Weg in meinen gemarterten Verstand. Die schreckliche Stille des Hauses zieht sich in finstere Ecken und Nischen zurück. Zurück bleibt ein entsetzliches Kreischen, das schlimmer als die Stille ist und mich anfällt wie ein ausgehungertes Tier. Und dieses Schreien gebärt eine unaussprechliche Furcht in mir, deren Züge denen meiner Sarah gleichen und mir das Blut in den Adern gefrieren lässt. Ich sehe Cindy vor Augen, mit einem abgestumpften, leblosen Blick und der milchigen Pupille einer Blinden. Dann sehe ich Sarah ...

»Wo ist sie jetzt?«, frage ich mit krächzender Stimme.

Die ganze Zeit über hatte ich kein Wort gesprochen. Und jetzt fühle ich mich nicht dazu in der Lage, ganze Sätze zu formulieren.

Dannys Schatten bewegt sich kaum merklich. Er scheint noch immer zu weinen. Dann erscheint der schwarze Lauf der Waffe, der erneut zur Decke zeigt.

»Ich habe sie in unser Schlafzimmer gebracht«, antwortet er, als sei das Gewehr sein Arm, der ins Obergeschoss deutet.

»Ich weiß nicht, was dieses Ding ist. Aber es sieht immer noch aus wie meine Cindy. Deshalb dachte ich, ich sperre sie oben ein und warte ab.«

»Warten auf was?«, entfährt es mir. Ich bereue die Worte, noch ehe ich sie ausgesprochen habe.

»Warten auf was«, wiederholt Danny apathisch. Dabei stöhnt er lautstark. »Warten ...«

Ich wende mich ab und blicke in die Richtung, in der die Treppe an den Korridor anschließt. Erkennen kann ich in der Dunkelheit nichts. Aber das Gefühl, dass sich in dieser Richtung das Ding befindet, das Danny noch immer als seine Frau ansieht, lässt mich erneut frieren.

»Warten ...«, flüstert Danny, und ich begreife, dass der Verstand meines Freundes durch den Anblick seiner Frau nicht mehr zu retten ist. Wie sehr ich ihn doch beneide. Und wie deutlich mir das die eigene Verwundbarkeit offenbart.

Eine morbide Neugierde hat von mir Besitz ergriffen. Mir ist nur allzu deutlich bewusst, dass ich Sarah unmöglich so lange allein lassen kann. Doch gleichzeitig will ich wissen, was diese Kreatur, die Cindy im Garten angefallen hat, aus ihr gemacht hat.

Mit einer seltsamen Nüchternheit wird mir bewusst, dass dieses Wesen aus Dannys Garten und meine *Shoggothen* die gleichen Geschöpfe sind. Und sie haben sich in der Nähe meines Hauses herumgetrieben, waren sogar bis auf die Veranda gekommen, wenn ich meiner Fantasie noch Glauben schenken kann. Ein Grund mehr, zu erfahren, auf welche Abscheulichkeiten ich mich vorbereiten muss, wenn sich diese Biester einmal Zugang zu meinem Haus verschaffen sollten.

Die Kälte dieses Gedanken und wie ich damit umgehe, erschreckt mich zutiefst.

Trotz einer namenlosen Furcht, die sich tief in meinen Leib gegraben hat, erkenne ich plötzlich, dass ich mich Danny nicht anschließen darf, so sehr ein Teil von mir es sich auch erhofft, diesem Alptraum zu entfliehen. Wenn ich, und vor allem meine Sarah, eine Chance haben soll, diese Apokalypse zu überleben, und sei sie auch noch so gering, dann muss ich mich auf das Wesentliche konzentrieren. Auch wenn sich die Worte, die plötzlich meinen Verstand füllen, wie die verzweifelten Durchhalteparolen eines mittelmäßigen Actionfilms anhören mögen.

Während Dannys Flüstern immer unverständlicher wird und ein herzzerreißendes Schluchzen letztendlich aus den Schatten des Wohnzimmers dringt, greife ich nach meiner Taschenlampe und schalte sie ein. Ich wage nicht, den Strahl auf ihn zu richten. Stattdessen leuchte ich in Richtung der Treppe zum Obergeschoss und erstarre.

Der Dielenboden ist über und über mit Blut beschmiert. An manchen Stellen kann ich nur noch dunkle, dickflüssige Flecken erkennen, die in den Teppich eingetrocknet sind. Andere schimmern in einem gespenstischen Rot.

Der Gestank raubt mir den Atem. Als ich den Lichtkegel der Taschenlampe höher wandern lasse, kann ich Blutspritzer und schwarze Schlieren an den Wänden erkennen. Es ist eine schreckliche, unmenschliche Spur aus Blut, Schleim und dem Gestank von verwesendem Fleisch, die geradewegs auf die alte Holztreppe zuführt.

Als ich Fußspuren in den geronnenen Blutpfützen erkenne, muss ich all meine Überwindung aufbieten, um mich zögerlich weiter fortzubewegen, anstatt schreiend aus dem Haus zu laufen.

Oder mich Danny und seiner Apathie anzuschließen ...

Von dem kläglichen Wimmern meines Freundes begleitet, steige ich Schritt für Schritt die Stiege zum Schlafzimmer empor. Die Dielen quietschen unter meinen Füßen, was mich an die eigene Treppe in der fernen Sicherheit meines Hauses erinnert.

Den Lauf des Geländers wage ich nicht zu berühren, denn ich kann blutige Handabdrücke auf dem faserigen Holz erkennen. Ob sie nun von Danny oder dem *Ding* Cindy stammen, vermag ich nicht zu sagen.

Mit jeder Stufe, die ich höher steige, bleibt Dannys Schluchzen weiter hinter mir zurück, bis ich schließlich wieder von tiefer, erdrückender Stille umgeben bin. Ich fühle mich wie ein Bergsteiger, dessen Luft mit jedem Höhenmeter dünner wird. Mein Herz beginnt zu rasen und ich atme mit weit geöffnetem Mund. Der Strahl der Taschenlampe wandert unstet und zitternd über den verdreckten, von Blutschlieren und Fußstapfen besudelten Boden vor mir. Der Gestank erinnert mich an Tierställe.

Als ich den Treppenabsatz erreicht habe, bleibe ich stehen und lausche in das Schweigen des Hauses, sofern es mein brüllendes Herz zulässt.

Dannys Flüstern dringt wie die Ahnung eines Windes zu mir. Sonst bleibt alles still.

Der Lichtfinger findet fast automatisch die Tür des Schlafzimmers. Das Holz wirkt dunkel und abweisend, als hätte jemand mit roter Farbe »Verschwinde« darauf gemalt. Die Spur aus Blut endet direkt davor. Ich kann das metallische Funkeln eines Schlüssels im Taschenlampenlicht sehen. Darauf schwarze Flecken.

Vorsichtig, mich nach allen Seiten hin absichernd, trete ich vor die Tür. Meine zitternde Hand legt sich auf das alte Holz, das Danny so oft hatte neu streichen wollen, es aber nie getan hat.

Ich bilde mir eine unheimliche Kälte ein, die von der Tür und dem Raum dahinter ausgeht. Mit klopfendem Herzen halte ich den Atem an, lege mein Ohr gegen das Türblatt und lausche. Etwas bewegt sich hinter der Tür. Das Rascheln von Kleidung dringt kaum hörbar nach draußen. Dazwischen zwei Schritte.

Ich nehme die Lampe, klemme sie mir unter den Arm, so dass der Lichtkegel auf die Tür fällt, und richte das Gewehr nach vorn, während ich mit der freien Hand nach dem blutverkrusteten Schlüssel greife.

Nur mit Widerwillen gelingt es mir, das kalte, klebrige Metall zu umschließen und so lautlos wie möglich den Schlüssel zu drehen. Ein kurzes Klicken zerschneidet die Stille wie eine Explosion. Ich wage mich kaum zu bewegen. Doch nichts stürzt sich von der anderen Seite gegen die Tür. Alles bleibt ruhig.

In Gedanken beginne ich bis *»drei«* zu zählen. Selbst meine innere Stimme klingt blechern und tonlos. Bei *»fünf«* gelingt es mir endlich, den Türknauf zu drehen und die Tür mit einem feinen Quietschen nach innen zu stoßen.

Sofort trete ich zwei Schritte zurück, nehme die Taschenlampe in die eine und das Gewehr in die andere Hand.

Wie ein alternder Westernstar bleibe ich breitbeinig im Flur stehen und starre auf das, was mir der matte Schein der Taschenlampe enthüllt. Dannys Worte hatten ein grauenvolles Abbild von Cindy in meinem Kopf erzeugt. Doch das, was sich wie ein bleicher Schemen nun aus der Dunkelheit schält, lässt mich an allem zweifeln, was mir je in meinem Leben als wichtig erschien. Mein Verstand wagt sich nach meinen siebzig Lebensjahren sogar in Regionen vor, die bislang für mich unantastbar erschienen. Zum ersten Mal in meinem Leben stelle ich Gott und die Lehren seiner Herrlichkeit der Schöpfungen in Frage.

In der Mitte des Zimmers steht, brutal von den gnädig verschlingenden Schatten befreit, ein Wesen, das nichts mehr mit einem Menschen gemein hat – und dennoch eindeutig als Cindy Miller zu erkennen ist.

Ihr einst volles, blondes Haar hängt in grauen, spinnwebartigen Strähnen über einen Schädel, dessen Wangen eingefallen sind. Über die hervortretenden Knochen spannt sich dünne, graue, pergamentartige Haut, die an Stein erinnert, und Cindy das Aussehen einer lange begrabenen Mumie verleiht. Ihre Augen liegen tief in diesem Totenschädel und gleichen finsteren Löchern. Das graue Fleisch ihrer Lippen ist zurückgezogen, weshalb mir Cindy ein grausames, ironisches Lächeln zu schenken scheint. Die einst makellose Gestalt ist ausgemerzt und dürr, als hätte man dem Körper binnen kürzester Zeit jegliche Flüssigkeit entzogen.

Sie steht mitten im Raum, im Rampenlicht meiner Taschenlampe – die entsetzlichste Schauspielerin, die ich je gesehen habe –, und starrt mir mit leerem Blick entgegen. Ihr Oberkörper ist nach vorn gebeugt, die Arme hängen schlaff nach unten. Selbst die Haut ihrer Hände, die aus den zerrissenen Ärmeln einer ehemals weißen Bluse ragen, erscheint im bleichen Licht grau und ausgetrocknet.

Ich trete unweigerlich zurück, bis ich die mit Holz vertäfelte Wand des Korridors im Rücken spüre. Dabei wandert der Lichtkegel unstet über die gespenstische Erscheinung, taucht sie in willkommenes Dunkel, um sie gleich darauf wieder mit blasphemischer Gewalt in den kalten Strahl der Taschenlampe zu zerren. Der Gestank von stickiger Luft und Erbrochenem schlägt mir wie eine saure Woge entgegen und bringt mich zum Würgen.

Ich denke an Dannys Worte, als er Cindy – das *Ding* – mit untoten Kreaturen aus unzähligen Horrorfilmen verglich. In Gedanken sehe ich die Gestalt durch das Zimmer stürzen, die zu Klauen gekrümmten Hände nach mir ausgestreckt, während ein unartikuliertes Stöhnen der Kehle des Dings entsteigt. Selbst den lodernden, debilen Hunger nach menschlichem, warmem Fleisch kann ich in den finsteren Augen der heranwankenden Kreatur erkennen.

Doch nichts von all dem geschieht.

Cindy – ich komme nicht umhin, die bizarre Kreatur inmitten des Schlafzimmers immer noch als Dannys Frau und meine Nachbarin zu sehen – steht einfach nur da, starrt mich an und rührt sich nicht. Ihr welkes Gesicht gleicht einer reglosen Totenmaske, ohne jegliche Empfindungen. Ihr Blick scheint durch mich hindurchzugehen. Und doch spüre ich auf grauenvolle Weise, wie mich diese farblosen, tief in ihren Höhlen verborgenen Augen beobachten.

»Hilf mir«, dringt plötzlich ein heiseres Keuchen zwischen dem grauen Fleisch der Lippen hervor. Ein glitzernder Faden gelber Flüssigkeit tropft auf ihr Kinn.

Ein kleiner, noch lebendiger Teil meines Verstandes sagt mir, dass Cindy kein Mensch mehr ist. Sie scheint nicht einmal mehr am Leben zu sein, als hätte sie einfach vergessen, dass sie tot sein sollte. Wie kann sie da mit mir sprechen? Mein Verstand scheint mir einen seiner grausamen Streiche zu spielen.

Mein Blick fällt auf die Wunde an Cindys Hals. Dort, wo sich die Hauptschlagader befindet. Der Blutfluss, von dem mir Danny berichtet hat, ist versiegt. Die Haut ihres Halses gleicht auf die Entfernung einer düsteren Kraterlandschaft aus verwesendem Fleisch und braunen Knochen, die wie verstümmelte Zähne aus ihrem Innern herausragen. Ihre zerrissene Bluse ist mit einer schwarzen, verkrusteten

Masse bedeckt, die mich an die getrockneten Blutspuren im Flur erinnert.

»Bitte«, flüstert die Kreatur leise.

Ihr Körper dreht sich in meine Richtung. Das Schaben ihrer bloßen Füße über den Holzboden ist das entsetzlichste Geräusch, das ich jemals gehört habe. Sie hebt ihren Arm ein Stück, als versuche sie, nach mir zu greifen. Ihre Finger bewegen sich wie zuckende Spinnenbeine. Dann fällt ihr Arm kraftlos an der Seite herab, schwingt wie der einer Marionette hin und her.

»Sieh, was aus mir geworden ist.«

Ihre schleppende Stimme schabt wie Schleifpapier durch meinen Verstand.

»Cindy ...«, beginne ich, doch mein Verstand versagt seinen Dienst. Ungläubig starre ich auf dieses Wesen, das einmal ein Mensch gewesen ist.

»Hilf mir ... Harv ... ich will nicht werden ... wie *Sie* ...«

Ich schüttele den Kopf, versuche die eisige Lähmung zu bezwingen, die mich fest in ihren Händen hält.

»Was ist geschehen?«, höre ich mich fragen und denke dabei an Dannys Worte. Seltsamerweise ist das Erste, woran ich denken muss, der Apfel, den Cindy in der Hand gehalten haben soll, als sie blutüberströmt ins Haus gewankt kam.

»Ich beginne zu vergessen«, stöhnt das Ding. Ein unartikulierter Laut steigt aus ihrer zerfetzten Kehle auf. »Diese Kreaturen machen uns ... zu ihresgleichen ...«

»Danny hat gesagt, du bist tot.«

Die Stimme, die mit Cindy spricht, scheint nicht meine eigene zu sein. Ich spüre den harten Kolben des Gewehres an meiner Hüfte und die eiserne Kälte des Abzugshebels unter meinem Zeigefinger. Unverständlicherweise zittert der Lichtkegel kaum, der jenes totenähnliche Wesen aus den Schatten des dunklen Zimmers reißt.

Ich schwimme in einem kalten Ozean, der mich betäubt.

»Ich kann nicht sterben«, weint Cindy. Etwas, das aussieht wie eine schwarze Träne, fließt aus ihrem Auge und zieht eine schmutzige Spur über die graue Wange. »Ich bin wie diese ... Kreatur. Sie hat mich gebissen und mir ihr ... Leben gegeben.«

Das Ding macht einen unbeholfenen, langsamen Schritt auf die Tür zu.

»Ich werde wie sie ... ich werde ein Monster.«

Cindy stößt ein helles, langgezogenes Heulen aus, als würde sie lange angehaltene Luft aus ihren toten Lungen pressen. Der Laut hallt schauerlich durch die Zimmer.

Ich frage mich unweigerlich, ob dieses *Geschöpf* überhaupt noch atmet.

»Ich vergesse«, flüstert Cindy. Ihre Stimme klingt als würde sie mit Wasser gurgeln. »Lass nicht zu, dass ich vergesse ... ein Mensch zu sein ...«

Ein weiterer Schritt. Ihre Arme heben sich in grausamer Langsamkeit. Der Stoff ihrer Bluse knistert, als würde man eine Kiste über Sand bewegen.

»Hilf mir ... bitte ... lass mich sterben ...«

Sie wirft den Kopf mit einem schnellen Ruck zurück und stößt erneut einen hellen, langgezogenen Schrei aus. Schwarze Flüssigkeit, die unmöglich Blut sein kann, beginnt aus ihrer Wunde am Hals zu tropfen.

Das Jaulen der Kreatur erfüllt die stille Welt wie das Brüllen infernalischen Donners, der über den Himmel rollt. Ich kann förmlich spüren, wie mich die Dunkelheit des Hauses bedrängt und mich unter ihrem kalten Gewicht zu ersticken droht.

»Du bist tot«, versuche ich das Erzittern der Welt um mich herum durch meinen eigenen Schrei zu bannen. Kalter Schweiß steht auf meiner Stirn und rinnt brennend in die Augen.

»Ich bin nicht tot ... ich werde zu einer untoten Kreatur ... hilf mir ... Harv ... töte mich ...«

Cindys Stimme versinkt in einem Würgen. Aus ihrem Mund ergießt sich ein Schwall dickflüssiger Schwärze. Ihre dünnen Finger greifen ekstatisch in die Luft, als könnten sie mich packen.

Ich beschließe instinktiv, auf diese kleine brüllende Stimme in meinem Kopf zu hören, die der letzte kümmerliche Rest meines Verstandes sein muss. Ich springe auf die Tür zu, ergreife mit der Hand, in der ich das Gewehr halte, den Türknauf, und lasse die Tür mit einem lauten Krachen ins Schloss fallen, wobei der Gewehrkolben wie das Poltern schwerer Stiefel gegen das Türblatt schlägt.

Als die Kreatur aus meinem Blickfeld verschwindet, fühle ich mich augenblicklich besser und spüre, wie mich das lähmende Entsetzen, das mich die ganze Zeit über in ihrem Bann gehalten hat, etwas aus seinem eisernen Griff entlässt. Mit vor Panik zitternden Fingern drehe ich den Schlüssel. Von jenseits der Tür glaube ich eine Bewegung zu hören. Als würde sich etwas sehr langsam in diese Richtung bewegen. Schlurfende Schritte nähern sich und scheinen direkt hinter der Tür zu verharren. Unverständliche, gurgelnde Laute sind zu hören. Mit Schaudern stelle ich fest, dass das Ding weiterhin meinen Namen von sich gibt. Mich trennt nur noch ein altes, mit Blut verkrustetes Türblatt von diesem Ding, das Danny als *untot* bezeichnet hatte.

Ohne es wirklich zu wollen, trete ich erneut von der Tür zurück. Dabei starre ich wie gebannt auf den blutverkrusteten Schlüssel. In meinem Kopf entsteht ein schreckliches Bild, wie sich dieser wie von Geisterhand im Schloss dreht. Das metallische Klicken, wenn die Eisenbolzen des Schlosses einer nach dem anderen zurückgeschoben werden, fährt durch meinen Verstand wie ein Schwall eisigen Wassers.

Doch noch ehe ich das einzig Vernünftige und Logische tun kann, nämlich so schnell es geht aus diesem Haus und zurück in mein eigenes, gesichertes Heim zu fliehen, wird die Stille um mich herum, die mich tagelang tief in ihrem Schoß verborgen gehalten hatte, von ohrenbetäubendem Donner zerfetzt. Die Luft ringsum vibriert, als würde sich ein Schwall heißer Luft durch den Korridor wälzen.

Ich wirbele herum und lasse den Strahl der Taschenlampe unkoordiniert durch das Dunkel gleiten. Meine Ohren dröhnen, ob des gewaltigen Schlages, und ein feines Pfeifen zeugt davon, dass ich mir das Geräusch nicht bloß eingebildet habe. Ein plötzliches Schwindelgefühl erfasst mich mit höhnischem Gekreisch und droht mir die Beine unter dem zitternden Leib fortzureißen. Dennoch stürme ich auf die Treppe zu, wobei ich mich mit der Schulter immer wieder an der Wand abstützen muss. Der Lichtkegel tanzt in wildem Entzücken vor mir her, während ich die Stufen ins Erdgeschoss hinabsteige. Noch immer hallt der Donner in meinen Ohren wie das Echo eines grässlichen Lachens.

Mir wird mit einer erschreckenden Nüchternheit bewusst, dass das, was die Stille auf so unsägliche Weise zerfetzt hat, der laute, harte Schuss eines Gewehres gewesen sein muss.

Dannys Gewehr ...

Die Erkenntnis trifft mich mit der Wucht eines Faustschlages und lässt mich am Ende der Treppe straucheln. Ich lasse das Gewehr mit einem lauten Poltern fallen und fange meinen unvermeidlichen Sturz am Treppengeländer ab. Über die Decke und die mit Blutschlieren verkrusteten Wände huschen abwechselnd tanzende Schatten und die grellen Lichtpunkte der Taschenlampe. Ich spüre einen heißen Stich in der Kniescheibe, als ich damit unsanft auf die unterste Stufe pralle. Doch ich ziehe mich mit heiserem Stöhnen am Geländer nach oben, greife die Taschenlampe mit beiden

Händen und laufe mit stechender Brust auf das schwarze Rechteck der Wohnstubentür zu.

Der scharfe Geruch von Kordit und Blei dringt in den Flur. Darunter die zarte Ahnung von warmem Blut und sterbendem Fleisch.

Ich weiß, was mich erwarten wird.

Doch ich laufe unbeirrt – fast hypnotisch – weiter, bis ich gegen den Türrahmen pralle und ein stechender Schmerz über meine Schulter und den Arm bis zu den Fingerspitzen hinunter läuft. Die Taschenlampe gleitet mir aus den tauben Händen und rollt scheppernd über den Teppich. Mitten in der Bewegung bleibe ich erstarrt stehen und stiere auf das unfassbare Bild, das sich meinen weit aufgerissenen, tränenbenetzten Augen darbietet.

Aus dem stroboskopartigen Muster, das die Lampe an die Wände und Decke wirft, schält sich in grausigem Rhythmus die Gestalt von Danny, der breitbeinig auf der Couch sitzt, den Kolben des Gewehres zwischen den Beinen und den im Lichtschimmer glänzenden Lauf nach oben gerichtet – dorthin, wo Dannys Kopf hätte sein sollen. Doch aus dem blutbesudelten Hemdkragen ragen lediglich nasse Fleischfetzen und Gewebe zwischen seltsam bleichen Knochensplittern hervor. Eine sprudelnde Fontäne leuchtend roten Blutes spritzt aus dem Stumpf des Halses und färbt sein ehemals blaues Hemd in einen grotesken violetten Ton. Mich überkommt der wahnwitzige Gedanke, dass Danny von innen heraus explodiert ist, wie es eine Cartoon-Figur tun würde, die eine Stange Dynamit gefressen hat.

Die Stimme in mir schreit. Ich spüre die Hysterie hinter dem Kreischen und weiß, dass es nur noch eine Frage der Zeit ist, bis ich selbst unweigerlich davon befallen werde.

Mit zitternden Knien bücke ich mich nach der Taschenlampe und halte den Lichtkegel unverständlicherweise genau auf Dannys gemütlich sitzenden Leichnam. *Als würde er darauf warten, mit mir ein Bier trinken zu können.* Ein Anblick, der mich bis ans Ende meines Lebens verfolgen wird.

Ich muss hier raus, denke ich plötzlich mit logischer Vernunft.

Das Donnern des Gewehres könnte vielleicht einige der Kreaturen aus den Wäldern anlocken. Und Dannys Haus ist alles andere als gesichert.

Als ich mich abwenden will, kapituliert meine Selbstbeherrschung vor dem unausweichlichen Tribut, den die letzten Tage von einem alten Mann einfordern. Mit lautem Krächzen und gebeugtem Rücken übergebe ich mich neben den Türrahmen. Der Gestank vermischt sich mit dem Blut und Fleisch zu einer perfekten Symbiose.

Mit Tränen der Erschöpfung und der Trauer in den Augen drehe ich mich um, als der Schein der Taschenlampe von etwas reflektiert wird, das auf der kleinen Kommode nahe der Eingangstür liegt. Als ich es genauer beleuchte, erkenne ich das metallische Gehäuse eines Mobiltelefons. Ohne weiter darüber nachzudenken, stecke ich das Handy in meine Hosentasche, gehe zur Treppe zurück und nehme mein Gewehr. Das alles tue ich mit einer unnatürlichen, mir fremden Ruhe und Selbstverständlichkeit.

Mir ist bewusst, dass die kleine, dem Tode nahe Stimme in mir, mich lenkt und dirigiert. Mein Verstand scheint zu keiner Handlung mehr fähig. Ich lasse mich von ihr nach vorn treiben, renne aus dem Haus und sauge die frische, kühle Nachmittagsluft tief in meine Lungen. Mein Bein schmerzt von dem Aufprall auf die Treppenstufe und meine Fingerspitzen sind noch immer taub von dem Schlag gegen den Türrahmen. In meinen Augen brennen Tränen und aus meinem Mund sickern unentwegt unartikulierte Laute und Worte, die keinen Sinn ergeben. Die Stimme treibt mich den Sandweg hinunter. Sie schreit mich an und flutet meinen Körper mit eisigem Wasser.

Hinter mir kann ich das helle Quietschen der Fliegengittertür hören. Der Wind hat aufgefrischt und zerrt an meinen Haaren. Mit klammen Fingern fährt er unter meine Kleidung.

Mein Atem geht stoßweise, unterbrochen von der sinnlosen Litanei, die ich zwischen meinen Lippen hervorpresse. Mein Herz droht die viel zu enge und schwache Brust zu durchschlagen. Die Lungen schmerzen, und plötzlich weiß ich, dass ich auf diesem verdammten Sandweg zusammenbrechen und ersticken werde. Ich werde eins werden mit dieser unwirtlichen Welt. Ein grauer Mann in einer grauen Welt.

Doch meine Beine laufen weiter, trotz der heißen Schmerzwellen, die durch mein Knie laufen. Längst schon ist mein Körper erschöpft und ausgelaugt. Doch er greift auf Reserven zurück, von denen ich bislang keine Ahnung hatte.

Die Stimme schreit.

Sie keift wie ein hysterisches Weib.

Lauf!

Als ich den Motor starte, höre ich es nicht. Steinchen und Dreck prasseln gegen den Unterboden.

Doch in meinem Verstand bleibt alles still.

Da ist nur diese Stimme. Das Schreien meines eigenen Verstandes und das Donnern des Schusses aus Dannys Waffe.

Irgendwann – in diesem fürchterlichen Alptraum – schlage ich die Küchentür hinter mir zu.

Ich sinke zu Boden ...

... und halte mir die Ohren zu.

Die Schreie sind so schrecklich.

Kapitel 4

Harv

I

An diesem Abend spüre ich die Kälte in meinen Knochen als bestünden sie aus Papier. Ich stehe in der Küche und bereite das Abendessen. Dabei halte ich mich der Verandatür zugewandt und achte auf jedes verdächtige Geräusch, das aus dem Garten zu mir dringt.

Die kleine quadratische Scheibe in der Tür habe ich von innen mit Holz vernagelt. Zwei Kerzen brennen auf dem Tisch, auf dem ich die Mahlzeiten zubereite. Im Ofen knistert feuchtes Holz.

Den Generator im Schuppen habe ich nicht anzuwerfen gewagt. Die Euphorie des Morgens, als ich die Fenster verriegelt und unser Haus in eine vermeintlich sichere Festung verwandelt hatte, ist nach den Geschehnissen in Dannys Haus einer eiskalten, lähmenden Furcht gewichen. Auf keinen Fall möchte ich die Kreaturen im Wald durch das Klappern der alten Maschine im Schuppen in die Nähe des Hauses locken.

Das Bild von dem Ding in Dannys Schlafzimmer, das einmal Cindy gewesen ist, hat sich wie das Abbild eines besonders grässlichen Traumes in meine Gedanken gebrannt. Ihre Worte martern noch immer meine zitternde Seele.

Doch noch schlimmer ist der Anblick meines toten Freundes. Das Abbild erscheint, sobald ich die Augen schließe. Auch wenn ich nur blinzele, sehe ich in diesen Bruchteilen von Sekunden den zerfetzten Leichnam Dannys, wie er auf der Couch sitzt und darauf wartet, dass sein alter Kumpel Harv mit einem Bier zurückkommt. Selbst der Gestank nach Pulver und Blut scheint die Küche zu schwängern.

Alles dreht sich in meinem Kopf. Es kommt mir vor, als würde sich die Welt um mich herum ständig verzerren. Manchmal habe ich das Gefühl nach links umzufallen. Dann wieder denke ich, dass ich jederzeit nach hinten gegen die Wand fallen müsste.

Während ich eine Banane, deren Schale bereits braun ist, in kleine Stücke schneide, wird das Bild der Küche ständig von den toten Augen des *Cindy-Dings* überblendet, die mir aus der Dunkelheit des Schlafzimmers entgegengestarrten. In meinen Ohren kann ich immer noch das träge Schlurfen von Schritten hören, die sich der Tür nähern, sowie das Rascheln dreckiger, blutverkrusteter Kleidung.

Ich sehe meinen Händen dabei zu, wie sie die Banane in eine Schale schieben und mit Milch übergießen, deren Haltbarkeit fast abgelaufen ist. Das sind nicht meine Hände. Die Bewegungen erscheinen mir wie in Zeitlupe. Dann lassen sie heißes Wasser aus dem alten Blechtopf vom Ofen in zwei Tassen mit Teebeuteln fließen, greifen nach der mit Blumen verzierten Dose und lassen zwei Zuckerwürfel in die eine Tasse fallen, die meine ist. Während die Finger nach dem kleinen Löffel greifen, um den Zucker zu verrühren, hebt sich mein Blick und heftet sich auf das vernagelte Rechteck, wo sich das Fenster der Verandatür befindet.

War da ein Geräusch?

Ich halte inne. Der Geruch frisch aufgebrühten Tees steigt mir in die Nase. Ich kann die Hitze des Wassers an der Hand spüren, die den Löffel hält.

Ich glaube Cindys Stimme zu hören, die meinen Namen flüstert.

Alles bleibt ruhig.

Als ich die beiden Tassen auf das Tablett zu Sarahs Banane und den zwei Brotscheiben stelle, deren Kruste leichte Schimmelränder aufweist, verharre ich kurz in meiner Bewegung und schließe die Augen. Der Geruch, der mir vom Tablett entgegensteigt, erinnert mich an bessere Zeiten. Tage, in denen Sarah im Wohnzimmer vor dem Kamin wartete und wir es uns beide bei unserer traditionellen Tasse Tee gemütlich gemacht hatten.

Ich versuche das Bild dieser lange vergangenen Tage in mir heraufzubeschwören. Irgendwo in meinem Unterbewusstsein, dort, wo man all die Schätze des Lebens vergräbt und man seine schönsten Erinnerungen bewahrt, weiß ich, dass ich diese ganz besonderen Zeiten in einer goldenen Truhe hüte, auf deren Deckel in leuchtenden Buchstaben »Sarah« geschrieben steht.

Es fällt mir schwer, mich an diese Abende zu erinnern. Daran, wie Sarah in ihrem Sessel gesessen hat, die Beine übereinander geschlagen und das Kinn auf eine Hand gestützt, als würde sie angestrengt über etwas nachdenken. An die Art, wie sie ihr langes Haar hochgesteckt hatte, damit es sie nicht beim Tee trinken stört. Oder an den unvergleichlichen Ausdruck ihrer Augen, wenn ich zu ihr an den Kamin trat, dasselbe Tablett wie jetzt in Händen, und ihr mit einer galanten Verbeugung ihren Tee servierte.

Selbst das Knistern der Holzscheite in der Feuerstelle, das jede meiner Erinnerungen wie eine Symphonie begleitet hatte, kann ich nur als weit entfernte Ahnung wahrnehmen.

Alles was ich deutlich sehen kann, ist dieses grässliche Ding im Schlafzimmer der Millers – und Danny, dessen Schädel an der Wand hinter ihm klebt, während Rauch aus der Mündung seines Gewehres aufsteigt und sich mit den spritzenden Blutfontänen aus seinem Halsstumpf vermischt.

Fast erscheint es mir, als verliere der Schatz, den ich stets gehegt und gepflegt habe, seinen Glanz. So, wie die Tage dieser neuen Welt. Meine wertvollsten Erinnerungen verblassen und werden grau. Gerade so, als würden sie zu Staub zerfallen.

Als ich die Augen wieder öffne, lassen Tränen meine Sicht verschwimmen. Ich fühle mich so alleine, wie noch nie zuvor in meinem Leben. Danny ist nicht mehr da. Und Cindy scheint sich in einen wandelnden Leichnam verwandelt zu haben.

Und Sarah ...?

Heißt es nicht, wenn die Erinnerungen an schöne Tage verblassen, stirbt der Mensch?

Der Gedanke daran, lässt mich instinktiv den Kopf schütteln. Ich blicke zur Tür und darüber hinweg zur Decke und durch sie hindurch, dorthin, wo andere *Gott* vermuten. Meine Tränen schmecken salzig. Ich lecke sie von den Lippen und ziehe die Nase hoch.

»Nimm mir nicht alles weg«, flüstere ich mit erstickter Stimme. »Nicht meine Erinnerungen. Und nicht Sarah.«

Lange Zeit starre ich einfach nur vor mich hin und versuche die Farben in meine Gedankengänge zurück zu zwingen. Sarahs Kleid, das sie meistens an jenen Abenden am Kamin getragen hat; die Farbe ihrer Haarspangen; die Farbe der leckenden Flammen im Kamin.

Doch alles bleibt grau. Wie die Asche, die sich über die Welt gelegt hat.

Ich stelle eine der Kerzen auf das Tablett und gehe mit gesenktem Kopf ins Schlafzimmer hinauf. Die mittlere Stufe der Treppe knarrt wie immer, doch selbst dieser vertraute Laut erscheint mir plötzlich bedeutungslos.

II

Sarah sieht mich an, während ich ihr eine Bananenscheibe nach der anderen zum Mund führe. Die Tasse Tee steht neben ihr auf dem Nachttisch und erfüllt das kleine Zimmer mit dem Duft alter Tage.

Unsere Blicke treffen sich. Ich frage mich, was sie wirklich sieht.

Erkennt sie in mir noch den Mann, mit dem sie seit über vierzig Jahren verbunden ist und dessen Liebe und Aufmerksamkeit sie sich stets sicher sein konnte? Erkennt sie noch die Farbe meiner Augen, die sie stets als »Gottes Blau« bezeichnet hatte? Oder bin ich nur ein weiterer Schatten in ihrer grauen Welt? Kann sie den Tee riechen? Sieht sie sich in Gedanken vor dem knisternden Kaminfeuer sitzen, während draußen der kalte Wind um die Ecken des Hauses pfeift?

Ich werde nie eine Antwort auf diese Fragen erhalten. Alles, was ich tun kann, ist, mir einzureden, dass sie genau dies alles tut, was ich mir so sehnlich von ihr wünsche. Dass ihre Welt nicht ihre Farben verloren und sich zu grauer Asche gewandelt hat.

Sie kaut langsam auf der Banane und verzieht ihr Gesicht wie unter Schmerzen, als sie schluckt. Dabei stößt sie jedes Mal ein leises Klagen aus.

Jeder Laut von ihr trifft mich wie ein Faustschlag in der Magengegend. Er erinnert mich an Cindys heiseres Stöhnen. Ich weiß, wie schwer es ihr fällt, eigenständige Bewegungen auszuführen. Selbst das Schlucken gestaltet sich als zunehmend schwieriger. Lediglich das Atmen, ein angeborener Instinkt des Körpers, funktioniert, ohne dass man sich Sorgen machen muss, wie mir ihr Arzt auf meine nervöse Nachfrage hin versichert hatte.

Als die Schüssel mit der Banane leer ist, stelle ich sie auf das Tablett, greife mit der linken Hand unter Sarahs Hinterkopf und hebe sie sanft in meine Richtung, um ihr mit der rechten Hand die Teetasse zu den aufgesprungenen Lippen zu führen. Ihr Mund bewegt sich, als würde sie noch immer die Banane zerkauen, während mich ihre Augen unentwegt anstarren. Auf groteske Weise werde ich an den stumpfen Blick von Cindy erinnert. Wenn ich mich etwas zur Seite beuge, starrt Sarah mit leerem Blick an mir vorbei zur Decke. Sie folgt meiner Bewegung nicht.

Den Tee muss ich ihr stets behutsam geben, denn selbst das Schlucken von Getränken fällt ihr zunehmend schwerer. Für mich ist dieses Ritual eine Messlatte ihres Zustandes. Und wenn ich an diesem Abend dabei zusehe, wie der Tee immer wieder aus ihrem Mundwinkel auf ihr Nachthemd tropft und sich dort schon bald ein hässlicher, brauner Fleck gebildet hat, weiß ich, dass es ihr genauso schlecht geht, wie ich mich fühle.

Werden die Erinnerungen grau, stirbt der Mensch ...

Nachdem ich Sarah wieder behutsam auf ihr Kissen habe sinken lassen, nehme ich die beiden Scheiben Brot und esse endlich selbst etwas. Mit jedem Bissen in die harte und ausgetrocknete Rinde spüre ich, wie sehr der Hunger der letzten Tage an mir nagt. Nicht mehr lange und die letzten Reste der Speisekammer werden aufgebraucht sein. Es muss mir gelingen, in nächster Zeit etwas zu Essen aufzutreiben. Doch mit diesem Gedanken geht einträchtig das Bild von Cindy einher, wie sie in den Garten hinausgeht, um Äpfel für ihre Familie zu holen.

Lebensmittel zu besorgen kann den sicheren Tod bedeuten.

Der Gedanke schafft es nicht, bis in meinen Verstand vorzudringen.

Ich ziehe Sarah für die Nacht um, wasche ihr Gesicht und kämme ihr strähniges Haar. Dann sehe ich ihr zu, wie sie die Augen schließt und den Kopf in die Richtung dreht, in der ich in der Nacht neben ihr liegen werde. Etwas, das sie schon immer getan hat. Und immer noch tut.

Der Gedanke daran, immer noch ein kleiner Teil ihrer Persönlichkeit zu sein, ist beruhigend. Auch wenn sie es wahrscheinlich unbewusst tut.

Einen sanften Kuss auf ihre Stirn hauchend, nehme ich die Kerze vom Nachttisch und gehe zum Tisch hinüber, auf dem immer noch Barrys DVD-Gerät steht. Ich starre den jetzt nutzlosen, schwarzen Bildschirm an und denke daran zurück, wie ich mir mit Sarah ein letztes Mal »*Casablanca*« angesehen hatte. Fast glaube ich, Bogarts Stimme in meinem Kopf zu hören. Doch das ist alles nur Einbildung. Das Haus bleibt stumm.

Draußen vor den Fenstern herrscht ein tiefes Schweigen über eine graue Welt.

Ich falte die Hände ineinander, als würde ich zu einem Gott beten, an den ich nicht mehr glaube. Mit leerem Blick starre ich in die Flamme der Kerze und versuche im ruhigen Schein des Feuers zu versinken. Irgendwohin. Nur weg von diesem Ort. Meine Gedanken sind leer und scheinen stillzustehen.

Was soll ich als nächstes tun?

Wie soll es weitergehen?

Danny ist tot. Er hat sich mit seinem verdammten Gewehr den Schädel weggeblasen.

Und Cindy? Cindy ist gleichsam tot. Und doch steht sie im Schlafzimmer der kleinen Hütte mitten im Raum und starrt aus blinden Augen zur Tür. Wartet darauf, dass irgendjemand den Schlüssel umdrehen wird.

Wahrscheinlich flüstert sie gerade meinen Namen. Oder vergisst sie wirklich ein Mensch zu sein? Ich frage mich, ob sie wohl bis in alle Ewigkeit dort stehen wird, denn wer sollte sich noch in das Haus der Millers verirren? Gab es denn überhaupt noch jemanden auf der Welt?

Der Gedanke ist zu gewaltig, als dass ich ihn an diesem Abend noch greifen und festhalten kann. So, wie er in meinem Kopf entstanden ist, verschwindet er auch wieder. Als hätte ich den DVD-Spieler ausgeschaltet und zurück bliebe nur der schwarze, reflektierende Bildschirm.

Irgendwann greife ich in die Tasche meiner Hose. Warum weiß ich nicht. Ob es ein Instinkt ist oder einfach nur der unbewusste Wunsch meines Körpers nach Bewegung, kann ich nicht sagen. Doch als meine Hand wieder auf der Tischplatte erscheint, hält sie das Handy aus Dannys Wohnung zwischen den Fingern. Ich selbst habe nie ein solches Gerät der Moderne besessen. In der Küche hängt das alte, schwarze Telefon, schon mit Ziffertastatur, das mich stets mit der Außenwelt verbunden hatte und für meine Begriffe völlig ausreichend gewesen war. Doch seit Beginn des Weltuntergangs – ich weiß noch immer nicht, mit welchem Wort ich den Zustand unserer neuen Welt treffender beschreiben könnte – funktioniert der Apparat ebenso wenig wie der Strom.

Ich drehe das Handy in den Fingern und betrachte das stumpfe Reflektieren der Kerzenflamme auf dem kleinen Display. Bei Barrys sporadischen Besuchen habe ich ihn oft kopfschüttelnd dabei beobachtet wie er das kleine Telefon benutzte, obwohl ich doch einen zuverlässigen Apparat in der Küche hängen hatte. Daher weiß ich, dass ich nur auf einen der Knöpfe drücken muss, um das Display zum Leuchten zu bringen.

Noch während ich mit dem Daumen über verschiedene Tasten streiche, frage ich mich, wie lange der Akku eines

Handys wohl halten würde. Danny hatte sein kleines Telefon mit Sicherheit in den letzten zwölf Tagen nicht aufladen können. Und wer weiß, was er alles damit angestellt hat, was den gespeicherten Strom verbrauchen könnte. Mit Sicherheit hatte er in den ersten Tagen der Apokalypse versucht, alle Nummern anzuwählen, die er gespeichert hat. Und das mehrmals, weil er einfach nicht glauben wollte, dass er niemanden seiner Freunde oder von seiner Familie erreichen konnte.

Wie groß kann also die Möglichkeit sein, dass der Akku noch einen letzten Rest von Strom besitzt?

Doch noch bevor mich der Gedanke vollends auf den dunklen Grund meiner Depression hinabzieht, leuchtet mit einem Schlag das kleine Fenster des Handys in einem unwirklichen Blau auf, das mich im ersten Moment an das abendliche Fernsehbild längst vergangener Tage denken lässt. Kleine Bildchen erscheinen im Display vor dem Hintergrund einer sonnendurchfluteten Berglandschaft. Ich muss die Augen zu schmalen Schlitzen zusammenpressen, um unter den Zeichen »Kontakte«, »Nachrichten« und verschiedene andere Worte erkennen zu können. Wie viel Strom das Telefon besitzt, kann ich nicht sagen. Doch dem leuchtend roten Balken in der rechten oberen Ecke nach zu urteilen, würde ich nicht mehr lange Freude an diesem kompakten Gerät haben.

Ich spüre, wie sich eine hungrige Anspannung meiner bemächtigt. Mit einem Schlag sind Danny und Cindy vergessen. Hatte mein Besuch im Haus der Nachbarn womöglich doch noch etwas Gutes gehabt? War dies meine Belohnung dafür, dass ich in den dunklen, nach Blut und Urin stinkenden Zimmern des Hauses fast den Verstand verloren habe?

Ich drehe das Telefon erneut in den Händen, als könnte ich ein geheimes Fach entdecken. Das Gerät besitzt zweifelsohne noch einen letzten Rest Strom, wie ihn die Welt nicht mehr kennt. Aber braucht es nicht auch anderswo Strom, damit ich irgendjemanden mit diesem Wunder modernster Technik erreichen kann?

Im Fernsehen hatte ich einmal einen Bericht über Handymasten und ihre Auswirkungen auf die Gesundheit von Menschen gesehen, die in unmittelbarer Nähe dieser Stationen lebten. Mittels dieser Masten wurden Gespräche und Nachrichten von einem Ort an den nächsten gesendet. Und ich glaube mich zu erinnern, dass der Reporter damals etwas von einem Notstromaggregat erzählt hat, das sich im Falle eines flächendeckenden Stromausfalls einschaltet, um die Versorgung der Handynutzer zu gewährleisten. Wie lange mochte ein solches Aggregat wohl die Stromversorgung übernehmen? Kann ich darauf hoffen, dass die Handy masten in den letzten zwölf Tagen nichts von ihrer Funktionalität eingebüßt haben?

Aufregung, wie die eines kleinen Kindes zur Weihnachtszeit, beginnt von mir Besitz zu ergreifen. In Gedanken gehe ich alle möglichen Leute durch, die ich jemals in meinem Leben kennengelernt habe. Menschen, von denen ich teilweise seit über zwanzig Jahren nichts mehr gehört habe und die mir mittels dieses Gerätes plötzlich wieder so nahe erscheinen. Ich denke selbst an Leute, deren Telefonnummer ich nie besessen habe, nur um mich in dem wärmenden Gefühl zu suhlen, mit einem Schlag nicht mehr alleine auf der Welt zu sein. Den ruinösen Gedanken, dass von all den Personen, die in meinem Kopf wie ein endloser Film ablaufen, wahrscheinlich kein einziger mehr am Leben ist, lasse ich nicht zu.

So sehr ich die Parade möglicher Stimmen, die mich durch dieses Handy erreichen mögen, auch genieße, so nenne ich mich doch im nächsten Augenblick einen ausgewachsenen Narren. Bei all meiner Besessenheit, die mein Herz wie einen alten Dampfhammer in der Brust dröhnen lässt, habe ich den einzigen Namen, der mir wirklich etwas bedeutet und der mir als einziger real und erreichbar erscheint, in keiner Sekunde in Betracht gezogen. Dabei hatte ich nie den Eindruck gehabt, ein derart schlechter Vater gewesen zu sein, dass ich mein eigen Fleisch und Blut ans Ende der Liste setze. Barrys Nummer habe ich stets aus dem Gedächtnis gewusst.

Wie ein Handy wirklich funktioniert, weiß ich nicht. Doch als ich damit beginne, die endlos lange Nummer meines Sohnes auf der kleinen Tastatur einzutippen, erscheinen die Ziffern eine nach der anderen im Display. Gleichzeitig spüre ich, wie der Hammer meines Herzens meine zitternde Brust zu zerbersten droht. Ein bitteres Lächeln stiehlt sich auf mein Gesicht, als ich daran denke, dass mein altes Herz die plötzliche Aufregung vielleicht nicht überstehen würde.

Als ich die fertig eingetippte Telefonnummer vor Augen sehe, betrachte ich die Zahlenfolge mit einer seltsamen Ergriffenheit, die mir meine Kehle zuschnürt. Plötzlich halte ich kein Telefon in Händen, sondern Barry selbst. Mein Sohn ist mir mit einem Schlag so nah wie noch nie zuvor. Selbst bei seinen Besuchen in den Hügeln, war mir Barry nie so präsent vorgekommen, wie in diesem Moment, in dem ich seine Nummer in dem blau leuchtenden Display betrachte.

Dann verschwinden die Ziffern plötzlich. Das Blau des Bildschirms wird erst grau und dann zu einem leblosen Schwarz. Entsetzt beginne ich auf den Tasten des Handys herumzudrücken, bis das Display erneut aufleuchtet. Doch Barry ist verschwunden. Scheinbar hat die moderne Technik nicht so viel Zeit, als dass man sich seinen Emotionen hingeben kann.

Ich tippe die Nummer erneut ein und erfreue mich an jeder vertrauten Ziffer, die auf dem Bildschirm erscheint. Dann drücke ich ohne Umschweife auf das kleine grüne

Symbol des Telefonhörers, auf welches Barry immer gedrückt hat, wenn er eines seiner wichtigen Telefonate mit dem Krankenhaus führen musste. Ich sehe zu, wie eine Ziffer nach der anderen kurz aufleuchtet und danach eine Folge von blinkenden Punkten erscheint.

Zögernd halte ich das Handy ans Ohr, während ich in Gedanken bereits Worte formuliere, mit denen ich Barry zu begrüßen gedenke. Was sollte ich zu ihm angesichts dieser fürchterlichen Situation sagen? War eine normale Unterhaltung, wie etwa zum Geburtstag oder zu Weihnachten, überhaupt möglich?

Ich spiele mit den absurden Gedanken, Sarah zu wecken, während ich darauf warte, den lange ersehnten Klingelton zu hören. Vielleicht würde es ihr gut tun, Barrys Stimme zu hören. Immerhin hatte Sarah unseren Sohn über alle Maßen geliebt und tagelang geheult, als er uns eines Tages eröffnete, dass er sich eine eigene Wohnung nehmen wolle, da er die räumliche Trennung von seiner späteren Frau Shelley nicht mehr verkraften würde.

Mein Blick fällt auf die sich sanft hebende Brust von Sarah. Nein, ich würde sie schlafen lassen und ihr morgen davon berichten, über was ich mit Barry geredet habe.

Ich starre in die Flamme der Kerze. Noch immer kann ich kein Klingelzeichen hören. Meine Finger beginnen miteinander zu spielen. Mein Zeigefinger fährt nervös über den Daumen. Wie lange benötigte ein Handy für eine Verbindung? Länger als mein altmodischer Apparat in der Küche? Ich erinnere mich, dass Barry bereits nach wenigen Sekunden seinen Chef oder eine der Schwestern aus dem Hospital erreicht hatte.

Das Hämmern meines Herzens erfüllt mich plötzlich mit Eiseskälte. Als würde mit jedem hektischen Schlag kaltes Wasser durch meine Adern gepumpt. Ich nehme das Telefon in die Hand und betrachte das Display. Der Bildschirm ist schwarz. Mit fahrigen Bewegungen drücke ich mehrere Tasten gleichzeitig. Nichts geschieht.

Während ich das Handy zu schütteln beginne, füllen sich meine Augen mit Tränen. Immer wieder halte ich in meinen unkontrollierten Bewegungen inne und starre ungläubig auf den schwarzen Bildschirm. Mit heiserem Stöhnen beginne ich das Telefon auf die Tischplatte zu schlagen. Durch den Luftzug flackert die Kerze und die Schatten an den Wänden beginnen ihren grotesken Tanz. Sehe ich da nicht spöttische Fratzen, die mich verhöhnen?

Sarah rührt sich mit einem tiefen Seufzer unter ihrer Decke.

Als ich auf das Display starre, kann ich im dunklen Bildschirm das verkleinerte Spiegelbild meines entsetzten Gesichtes erkennen. Tränen rinnen über die Wangen des alten Mannes, der mich anstarrt, und glänzen sanft im Kerzenlicht. Wieder fahre ich mit den Fingern über die Tasten. Ich drücke das grüne Telefonsymbol, doch das Handy bleibt tot. Wie der Rest der Welt.

Die Ziffern sind verschwunden. Die sonnengefluteten Berge sind verschwunden. Barry ist verschwunden ...

Das Handy beginnt vor meinen Augen zu verschwimmen. Die Ränder meines Blickfeldes versinken in grauem Nebel und bringen mir eine Einsamkeit nahe, die mich in grabesgleiche Furcht taucht. Selbst Sarahs Nähe, die in den letzten zwölf Tagen der einzige Anker für mich gewesen war, kann mich nicht aus dem Sog dieser nie empfundenen und fremdartigen Angst retten. Die Welt schrumpft auf die Größe des dunklen Bildschirmes zusammen.

Ich verstehe plötzlich die ausweglose Situation, in der ich mich befinde und die ich bislang stets zu leugnen versucht habe.

Es gibt nichts mehr in den Hügeln und in der ganzen Welt, das mich aus dem stillen Grab meines Hauses hinausziehen kann. Das Schweigen, das sich uns mit jedem Tag mehr nähert, als würde sich ein Raubtier auf samtenen Pfoten heranpirschen, wird ewig währen und uns eines Tages mit einer Gleichgültigkeit verschlucken, wie es sich zuvor den Rest der Welt genommen hat.

Die Welt hat sich endgültig weitergedreht.

Es gibt nichts mehr, für das es sich zu leben lohnt.

Mein Blick fällt auf Sarah, deren Brust sich gleichmäßig hebt und senkt.

Ich schäme mich für diesen letzten Gedanken. Doch er ist so wahr wie das Grau, das sich wie auslaufende Farbe über die Welt verteilt. So wahr wie das schwarze Display.

Ich nehme das Handy, betrachte ein letztes Mal den toten, grauen Mann im Bildschirm, und werfe es gegen die dunkle Wand neben dem Fenster. Plastik zerbricht und etwas rollt über den Boden, ehe wieder Stille in dem kleinen Zimmer Einzug hält.

Mit dem letzten Atemzug wird das Grau zu guter Letzt auch mich nehmen.

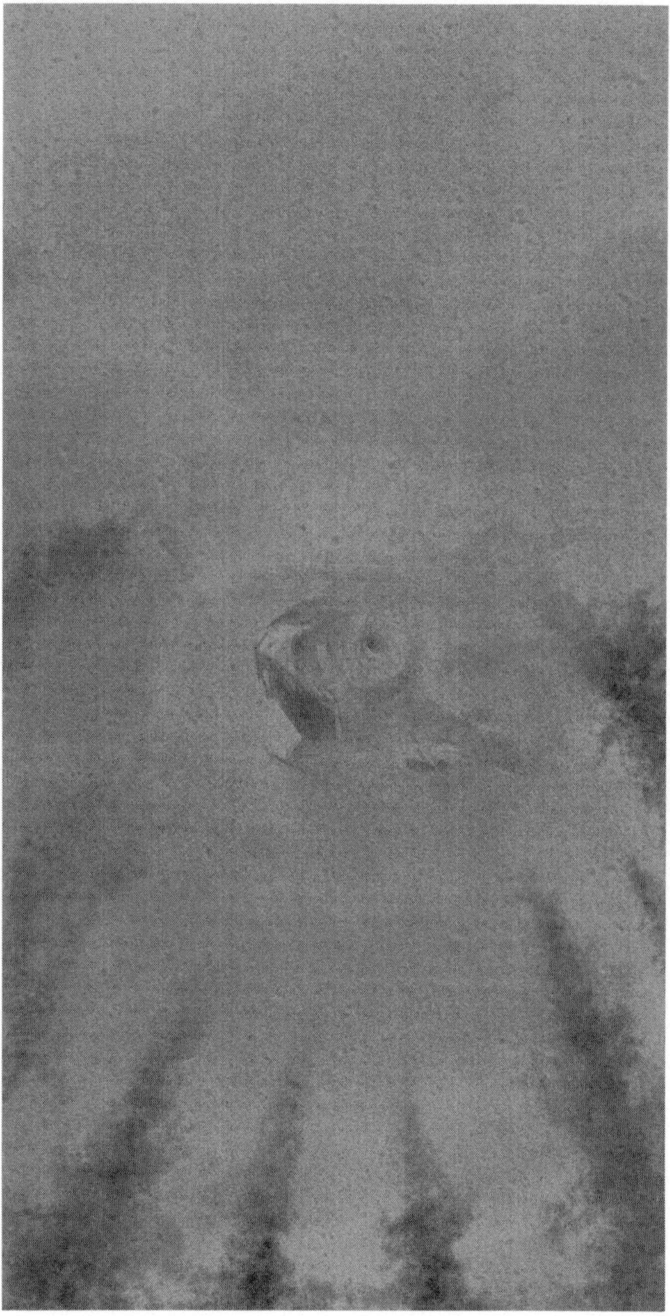

Kapitel 5

Barry

I

Meine Träume haben ihre Farben verloren. Ich gehe durch eine Welt, die mich still und kalt empfängt und deren Luft nach Moder schmeckt, als würde man den Kopf in einem mit Algen bewachsenen Teich unter Wasser stecken.

Ohne meine eigenen Schritte zu hören, betrete ich Räume, deren Wände ebenfalls grau sind. Wenn ich den Kopf in den Nacken lege, verwandelt sich das Grau in zunehmender Höhe in ein flackerndes Schwarz, bis es sich in völliger Dunkelheit verliert. Eine Decke kann ich nicht erkennen.

Der Geschmack von bitterem Kupfer und verschimmelten Nahrungsmitteln liegt wie ein dichter Pelz auf meiner Zunge und bringt mich zum Würgen. Meine Beine bewegen sich wie von selbst. Meine Arme, die Hände, nichts gehört mehr zu meinem Körper. Ich bin ein Geist in einer Geisterwelt; ohne Geräusche, ohne Farben.

Ich weiß, dass ich mich in einem Traum befinde. Selbst an die Tatsache, dass ich Dannys Handy voller Frust gegen die Wand warf und das Gehäuse zerbrochen ist, kann ich mich erinnern. Auch daran, dass ich meinen Pyjama angezogen habe und mit Tränen in den Augen behutsam neben Sarah ins Bett gestiegen war, um sie nicht aufzuwecken.

All das sehe ich deutlich vor mir, während ich mit schleppendem Gang durch dieses graue Land irre.

Ich sollte aufwachen, denke ich mir, und versuche mich allein durch Gedanken dazu zu zwingen, diesem merkwürdigen Traum zu entfliehen.

Aber war es überhaupt ein Traum?

Wie konnte man in einem Traum wissen, dass man träumt? So etwas ist schlicht unmöglich, denn bisher hatte ich noch nie gewusst, dass ich mich in einem Traum befinde. All die schrecklichen Dinge, die ich in meinem Leben geträumt habe, bedeuteten in jenen scheußlichen Momenten die Realität für mich. So lange, bis ich schreiend aus diesen Alpträumen erwacht war.

Und jetzt bin ich plötzlich in dieser sterilen, farblosen Welt gefangen und spüre, wie ich immer tiefer in ihren unheilvollen Sog gedrängt werde.

Das kann kein Traum sein.

Ich muss aufwachen, brüllt eine Stimme in höchster Verzweiflung in mir. Ich kann nicht zulassen, dass mich das Grau in seinen sterbenden Schoß lockt.

Wie Ungeheuer ragen die schroffen Felswände grauer und schwarzer Berge um mich herum auf. Ich wandele in einem Tal voller düsterer Schatten, die, einer wogenden Flut gleich, über die finsteren Hänge auf mich zu gekrochen kommt. Der Himmel ist ein endloses schwarzes Tuch, das die schweigende Welt zu ersticken droht. Dann bin ich plötzlich wieder in einem Haus, ohne, dass da eine Tür gewesen wäre, durch die ich ging. Es ist mein Haus. Das Haus, das ich vor über vierzig Jahren für Sarah und mich in den Hügeln über Devon gebaut habe.

Doch da ist nichts mehr, das eine Farbe aufweist. Die Tapeten, deren Blumenmuster nach Sarahs Wünschen stets kräftige Sommerfarben versprüht haben, besitzen die kalte Farbe von Asche. Die Bretter des Dielenbodens erscheinen mir wie das verwaschene Schwarz einer mondlosen Nacht. Selbst die Luft verbirgt sich hinter einem grauen, trüben Nebel, der den maroden Geruch des Todes mit sich trägt. Und überall herrscht diese unheimliche, verzehrende Stille.

Das muss das Schweigen des Todes sein, denke ich und spüre eine eisige Kälte durch meinen Körper fließen.

Kann man im Traum frieren?

Wieder wird mir bewusst, dass ich mich selbst dabei beobachte, wie ich durch die Ruinen der alten Welt laufe. Der einzige Trost, den ich verspüre, ist die Tatsache, dass ich weiß, dass dies alles nur ein Traum ist. Ein realer, tiefgreifender und zermürbender Traum. Und doch will es mir nicht gelingen, mein anderes Ich aus diesem bleichen Nebel zu ziehen, der die grauen Berge und das graue Haus erfüllt.

Vielleicht ist dies die erste Stufe des Todes, höre ich eine Stimme sagen, die meiner sehr ähnelt.

Ist es möglich, dass man auf den Tod durch eine Traumreise vorbereitet wird? Kann ich mich deshalb nicht befreien, weil mich die kalten Klauen des Vergessens bereits festhalten und ihre Krallen sich tief in mein Empfinden und mein Denken gegraben haben? Wenn dies wirklich der Tod ist, so, wie wir ihn als Mensch verstehen und erleben wollen, dann kann ich nur sagen, dass ich ungemein erleichtert bin.

In dieser neuen, schrecklichen Welt, die draußen vor dem Haus lauert und in der Kreaturen wie die *Shoggothen* ihr Unwesen treiben, habe ich mir den Tod als eine schwarze, Pest treibende Verrottung vorgestellt.

Nie hätte ich zu träumen gewagt, auf eine derart sanfte und stille Weise den letzten Weg des Lebens antreten zu dürfen.

Zum ersten Mal, seit ich mich selbst in dieser grauen Welt beobachtet habe, kann ich ein Lächeln auf meinem Gesicht erkennen.

Doch die Welt ist nicht still ...

Meine Augen versuchen die trübe Bleiche der Zimmer zu durchdringen. Meine Ohren lauschen in diese allgegenwärtige, erdrückende Stille, durch die sich plötzlich ein stetes Summen nähert. Im Traum bleibe ich stehen und drehe mich einmal um mich selbst. Das Grau der Wände verschwimmt zu einem rußigen Nebel, der mich an tanzende Dämonen erinnert. Das Geräusch scheint aus den tristen Farben zu sickern und die verderbliche Luft zu schwängern. Es lässt jedes Härchen auf meinem Leib erzittern.

Ich verliere den Halt, pralle mit dem Rücken gegen die Wand des Zimmers, und kann selbst in meinem Traumgespinst den Schmerz spüren, der gleißend durch meine Schulter fährt. Durch die Nebelfetzen starre ich in eine Welt, deren Konturen verschwimmen, als würde sie sich unter Wasser befinden. Mit den Händen fahre ich über meine Augen, spüre die Schmerzen der Anstrengung hinter meinen altersschwachen Lidern.

Ich muss raus aus diesem Alptraum, schreie ich mir selbst in stiller Verzweiflung zu. Dies ist nicht der Tod. Der Tod ist still...

Das Summen wird lauter. Etwas bewegt sich auf das Haus zu.

Mit Händen, die nicht meine sein können, greife ich nach dem Harv Jennings, der erstarrt an der grauen Wand in dem grauen Haus kauert. Die Finger bekommen den Stoff seines Pyjamas zu fassen. Selbst im Traum trage ich den Schlafanzug, den ich für gewöhnlich anhabe, da er eines der letzten Geschenke von meiner Sarah ist.

Stoff raschelt, während meine Hände den grauen Mann derbe schütteln. Ich kann den Widerstand des erstarrten Körpers fühlen, als ich ihn aus dem Haus zerren will. Fort von den grauen Zimmern. Fort von dem unsäglichen Traum. Fort von dem unheimlichen Summen ...

Ich beginne zu schreien. Ich kreische wie ein hysterisches Weib.

Wach auf.

Doch kein Laut zerteilt die Stille des Traumes. Nur dieses beständige, sich nähernde Brummen.

Meine Hände packen den alten Leib fester. Sie ziehen, als versuchten sie den Arm vom Körper zu reißen ...

Mit einem heißeren Schrei wache ich auf und blicke mich mit tränennassen Augen hektisch im fahlen Zwielicht des Zimmers um. Mein Herz rast, das Oberteil des Schlafanzuges klebt schweißnass an meinem Oberkörper. Meine Brust hebt und senkt sich in rascher Folge.

Die bleichen Schatten des Mobiliars im Zimmer erscheinen mir verschwommen, als würde die Luft im Sommer über dem Asphalt flirren. Ich presse die Augen zusammen und spüre die angenehme Kühle der Tränen. Aber auch eine schwere Müdigkeit, die sich hinter den Lidern verbirgt. Ich frage mich plötzlich, ob ich in der Nacht überhaupt geschlafen habe oder ob mein Traum vielleicht doch einer abartigen Wirklichkeit entsprach.

Mein Blick findet Sarah, deren Brust sich kaum merklich, doch regelmäßig, hebt und senkt. Ihre Augenlider flackern, als betrachte sie Bilder in ihren Gedanken, die nur sie selbst sehen kann. Träumt sie von grauen Zimmern in einem grauen Haus?

Noch während ich ihr friedliches Gesicht betrachte, spüre ich, wie sich das warme Gefühl der Zuneigung in einen Ozean aus Eiskristallen verwandelt. Wie in meinem Traum, ist auch die Welt um mich herum nicht mehr still. Das tiefe Summen zieht einer düsteren Wolke gleich durch das Haus.

Kein Traum ...

Augenblicklich springe ich aus dem Bett und bleibe mitten im Zimmer stehen. Mein Atem geht schwer und droht meine Lungen zu zerbersten. Der Raum scheint zu schrumpfen und mich mit seinen grauen Wänden zu erdrücken. Mein Blick hastet zur Tür, die nur angelehnt ist. Durch den Spalt kann ich die Schwärze des Korridors erkennen. Dann starre ich zum Fenster. Fahle Lichtfäden dringen durch die schmalen Ritzen der Holzläden und wirken wie die Finger von Toten, die sich tastend ihren Weg ins Zimmer suchen. Ich kann Staubflocken im trüben Tageslicht schweben sehen. Grauen, schmutzigen Staub.

Das Raunen kommt von überall her. Es sickert durch die Wände und flutet den Raum mit seinem unheilvollen Murmeln, kriecht über die Decke und stürzt sich wie eine ausgehungerte Bestie auf mich. Selbst aus dem alten Holzboden steigt das Geräusch als sündhafter Nebel hervor und umschließt meinen zitternden Leib mit kalten Fingern. Es dauert eine ganze Weile, bis mein überforderter Verstand realisiert, dass das Summen von draußen kommt. Es steht über dem Haus, als würde etwas Gigantisches auf dem Dach kauern. Und es wird beständig lauter.

Ich werde an einen Heuschreckenschwarm erinnert, wie ich ihn in diversen Horrorfilmen gesehen habe, der sich, einer schwarzen, alles verzehrenden Wolke gleich, über das Land ausbreitet und die Sonne verdunkelt.

Dieser unsinnige Vergleich ist im Augenblick das Beste, was mir zu diesem Summen einfällt. Mit keuchendem Atem wirbele ich herum und laufe zum Gewehr, das neben der Schlafzimmertür an der Wand lehnt. Mit schnellen, einstudierten Handgriffen überprüfe ich, ob die Kammern geladen sind. Dann richte ich die Waffe in den leeren Raum und versuche herauszufinden, aus welcher Richtung sich das Geräusch nähert. Und - vor allem - was sich dem Haus nähert.

Hektisch drehe ich mich einmal um mich selbst. Das Murmeln verwandelt sich in ein gleichmäßiges Pulsieren, das die Luft zu zerteilen scheint, als würde etwas Großes über den Himmel pflügen. Meine Vorstellung von einem Heuschreckenschwarm löst sich in Luft auf. Plötzlich stelle ich mir resigniert vor, dass die Insekten vielleicht das angenehmere Übel gewesen wären, als das, was tatsächlich da draußen ist. Was ist, wenn die *Shoggothen* nicht die einzigen Ungetüme sind, welche die Erde ausgespien hat? Was für Monstrositäten mochten in den Lüften lauern?

Ich kann spüren, wie die Luft um mich herum zu vibrieren beginnt. Selbst hier, im abgedunkelten Schlafzimmer, das nur dürftig von den wenigen Strahlen Tageslicht erhellt wird, spüre ich die unsichtbaren Erschütterungen um mich herum. Sie streichen über mein Gesicht und meine Hände, als versuche die Luft selbst, mich zu liebkosen und mit ihren eiskalten Berührungen zu verführen. Mit erbarmungsloser Härte kriechen sie unter meine Kleidung. Das Gefühl, jedes Härchen einzeln ausgerissen zu bekommen, überkommt mich wie die Brandung eines dunklen Meeres.

Mein Blick fällt auf Sarah. Unbeeindruckt von der drohenden Gefahr atmet sie flach und ruhig. Wie sehr ich sie in diesem Augenblick beneide.

Als ich zum Fenster sehe, scheint der Staub in den schwermütigen Lichtstreifen wilder zu tanzen. Einer schrecklichen Ekstase gleich, erbebt der ganze Raum. Das Haus scheint in den Grundfesten zu erzittern. Der Tod tanzt in den grauen Ritzen der Fensterläden.

Etwas Gigantisches rollt über den Himmel.

Mir wird bewusst, dass ich nicht abwarten darf, bis dieses – *Ding* – sich auf das Haus stürzt um an das Fleisch zu gelangen, das es zweifelsohne wittert. Mit brüllendem Herzen renne ich zum Fenster, reiße die Flügel auf und werde im nächsten Moment von der ganzen Wucht des sonoren Brummens erwischt.

Das Glas in den Scheiben vibriert. Selbst der Fensterrahmen verschwimmt vor meinen Augen.

Ich löse die Verschlüsse der Holzläden, trete zurück, schließe für eine letzte Sekunde die Augen und atme tief ein. Doch es will mir nicht gelingen, meinen bebenden Körper zu beruhigen.

Mit einem krächzenden Aufschrei stoße ich die beiden Fensterläden nach außen, wo sie krachend gegen den Giebel prallen. Grelles Tageslicht strömt, einem Wasserfall gleich, ins Zimmer und blendet mich. Die Schatten meiner Gruft verschwinden winselnd in Ecken und Nischen. Ich kneife die Augen zu schmalen, tränenden Schlitzen zusammen und spähe unter vorgehaltener Hand ins Freie hinaus.

Die ganze Welt scheint in Aufruhr. Die allgegenwärtige, starre Stille der Hügel ist einem Rauschen und Donnern gewichen.

Die Bäume jenseits des Gartenzaunes neigen sich in wildem Tanz der Erde entgegen. Dann strecken sie sich hilfesuchend dem wolkenbedeckten Himmel entgegen, um gleich darauf erneut zu Boden gedrückt zu werden. Äste und braunes Laub wirbeln in wilder Jagd durch die Luft, schlagen krachend gegen das Haus. Das Toben aufgewühlten Grases und euphorisch schaukelnder Büsche erfüllt den Tag. Und über allem thront das gigantische Brummen eines schwarzen Ungetüms.

Ungläubig starre ich der Bestie entgegen. Der Wind peitscht mir ins Gesicht und ich schmecke Staub auf der Zunge. Meine Augen brennen. Doch das alles spüre ich nicht.

Ich brauche einige Zeit, bis ich realisieren kann, was meine tränenfeuchten Augen da sehen. Zu lange bin ich scheinbar schon alleine und einer Situation ausgesetzt, die in meinem alten Leben zu groß und zu grotesk gewesen wäre, um sie vollständig erfassen zu können. Dann sickert die ganze herrliche Wahrheit wie flüssiges Glück langsam in meinen Verstand hinein.

Ein Hubschrauber, flüstere ich in Gedanken.

Das Wort erscheint mir so fremd wie es einem Kleinkind vorkommen muss, dass die unendliche Welt der Sprache für sich zu entdecken beginnt.

»Ein Hubschrauber«, rufe ich dann laut aus und starre mit weit aufgerissenen Augen zum Himmel empor.

Selbst die Lautstärke meiner Stimme kommt mir fremd vor. Wann habe ich denn das letzte Mal geschrien, wenn ich meinen kurzen Besuch bei Murphy einmal außer Acht lasse?

Trotz der erhobenen Stimme sind meine Worte durch den Lärm der Rotoren kaum zu verstehen.

Ich drehe mich zu Sarah um und stelle besorgt fest, dass sie sich unter ihrer Bettdecke windet und ein angespannter Ausdruck ihrem Gesicht das Aussehen einer eingeschüchterten Fratze verleiht. Fast erscheint es mir, als befände sie sich in einem besonders schlimmen Alptraum.

Einen letzten Blick auf den schwarzen Schatten am Himmel werfend, gehe ich zum Bett hinüber, setze mich auf die Kante neben Sarah und streiche ihr behutsam über die feuchte Stirn.

»Sarah, meine Liebe«, sage ich, wobei meine Worte im infernalischen Brummen verschwinden, sobald sie meine Lippen verlassen haben.

Ich beuge mich zu Sarah hinab und flüstere ihr direkt ins Ohr. »Ein Hubschrauber. Über dem Haus fliegt ein Hubschrauber.«

Kaum kann ich meine Aufregung verbergen, die mich derart plötzlich befällt, wie all die Tage zuvor die nackte Angst ums Überleben.

»Wir sind gerettet.«

Mit bebenden Lippen drücke ich Sarah einen Kuss auf die Stirn und streiche ihr Haar aus dem Gesicht. Sie liegt jetzt wieder still. Die Anspannung, die sich ihrer bemächtigt hatte, ist verflogen. Ich bin glücklich darüber, dass meine Stimme es immer noch schafft, meine geliebte Sarah zu beruhigen. Dann, während ich ihr friedliches Gesicht betrachte, überkommt mich die Erkenntnis mit einem kalten, kurzen Schlag, der mich augenblicklich zum Fenster zurücktreibt. Am Fußende des Bettes bleibe ich hängen und stoße mir schmerzhaft das Knie. Doch den Schmerz spüre ich nur im Unterbewusstsein.

Ein Helikopter ...

Er war nicht schwarz, wie es ein Hubschrauber der Regierung hätte sein müssen. Das Ding am Himmel war rot. Rot und weiß.

Ich lehne mich weit aus dem Fenster, in den kalten Wind der Rotorblätter hinein, und spähe durch aufgewirbelten Staub und Blätter zum Himmel empor.

Rot und weiß. Die Farben der Rettungshubschrauber städtischer Hospitäler.

Barry war Hubschrauberpilot gewesen. Und er flog für das Boston Memorial Hospital.

Als hätte der Pilot meine Gedanken erraten, öffnet sich die seitliche Schiebetür des Helikopters und eine kleine schwarze Gestalt erscheint in der Luke.

Ich presse meine Augen zu schmalen Schlitzen zusammen und schirme sie mit einer Hand gegen den reißenden Wind ab. Der Schatten bewegt sich, hebt einen Arm, der auf die Entfernung dünn wie ein Strich wirkt. Dann stoße ich einen heiseren Schrei aus und spüre im gleichen Augenblick wie sich meine ohnehin feuchten Augen mit einem Sturzbach von Tränen füllen.

Demi.

Ich kann nicht glauben, was mir meine Augen zu suggerieren versuchen. Mit dem Ärmel meines Pyjamas wische ich die Tränen weg und versuche mich auf die schmale Gestalt im Hubschrauber zu konzentrieren. Die Welt um mich herum verschwindet für einen kurzen Augenblick. Selbst der aufgewirbelte Sand und das beständige Schlagen der Rotorblätter durch die Luft verlieren ihre Bedeutung.

Übrig bleiben einzig und allein der rot–weiße Helikopter, die offene Luke, die mir wie das seitlich geöffnete Maul einer Bestie erscheint, und die winkende Gestalt inmitten dieses Maules.

»Demi!«, brülle ich in heller Aufregung.

Mein Hals protestiert und schmerzt fast augenblicklich. Mein Herz beginnt in wildem Takt in meiner viel zu kleinen Brust zu hämmern.

»Sarah, unsere Kleine ist da«, rufe ich über die Schulter.

Dann lehne ich mich so weit aus dem Fenster wie ich es wage und beginne mit beiden Armen ekstatisch zu winken.

»Unsere Kleine ist da.«

II

Zwei Stunden später stehe ich in der Küche und bereite das Essen.

Eine Angelegenheit, die mir früher als so selbstverständlich erschien, bedeutet für mich im Moment die schönste Arbeit der Welt.

Ich habe Feuer im alten Eisenofen gemacht und lausche in stiller Andacht dem Prasseln der Scheite im Brennraum, während ich in fast vergessener Betriebsamkeit in Töpfen rühre, Gemüse schneide und Kartoffeln schäle. Alles Dinge, die Barry aus einem großen Leinensack der Armee zu Tage befördert hat.

Es muss ein ganzes Leben lang her sein, dass ich derart frische Zutaten auf dem Tisch liegen hatte. Dementsprechend groß ist mein Hunger, als mir die delikatesten Düfte in die Nase zu steigen beginnen.

Mehrere Kerzen sind um den Ofen herum und auf der Arbeitsplatte aufgestellt, so dass mein Tun in warmes Licht getaucht wird. Durch die Ritzen der Bretter, die ich vor das Fenster und die Verandatür genagelt habe, ergießt sich schwerfällig graues Tageslicht, doch vermag es meine Hochstimmung und den heimeligen Touch des Kerzenscheins nicht zu trüben.

Barry sitzt im Wohnzimmer und hat sich ein Glas Whiskey eingegossen, den er ebenfalls aus seinem Zaubersack hervorgeholt hatte. Er hat mir einen Drink angeboten, doch ich habe dankend abgelehnt. In diesen schrecklichen Zeiten möchte ich mich nicht dem Teufel Alkohol ergeben.

Barry hatte früher nie getrunken.

Das Gefühl, wie in alten Zeiten für meinen Sohn und seine Familie zu kochen, tut mir gut. Es gibt mir etwas zurück, das ich in den letzten zwei Wochen verloren geglaubt hatte. Das gute und intensive Gefühl, dass jemand da ist, um den man sich kümmern kann, und man nicht völlig allein auf der Welt ist.

Wieder beschleicht mich bei dem Gedanken ein schlechtes Gewissen, Sarah gegenüber. Aber mein altes Mädchen dürfte ganz genau wissen, was ich mit meinen inneren Worten auszudrücken versuche. Denn zu guter Letzt war sie es gewesen, die mir den einzigen nachvollziehbaren Grund geliefert hatte, bis zum heutigen Tag am Leben zu bleiben.

Ich stelle mir Barry vor, wie er auf der Couch sitzt; auf seinem Platz neben der Armlehne, den er immer innehatte, wenn er uns besuchte. Einzig das Glas mit Whiskey will nicht so recht in meine Vorstellung familiärer Idylle passen.

Demi ist nach oben gegangen. Sie wollte einige Augenblicke mit ihrer Großmutter alleine verbringen. Mehr hat sie nicht gesagt. Vermutlich braucht sie nur einen Platz, an dem sie weinen kann. Und wo kann man das besser, als in der Nähe einer vertrauten und geliebten Person. Wie oft hatte ich selbst in den letzten Tagen neben Sarah gelegen, meinen Arm um ihren hageren Körper gelegt und habe mich von meinen Gefühlen übermannen lassen.

Demi hat nicht viel geredet seit sie hier ist. Überhaupt hat sich meine Kleine sehr verändert seit ihrem letzten Besuch. Und der liegt gerade einmal ein paar Wochen zurück. Doch wer vermag ihr diese Wandlung zu verdenken? Ich bin mit Sicherheit der letzte Mensch, der das tut.

Auch Barry kommt mir verändert vor. Ruhiger und ernster. Als sein Vater bin ich fast geneigt zu sagen, er kommt mir vernünftiger vor.

Aber wenn diese scheußlichen Zeiten den letzten Menschen eines gegeben haben, dann die Tatsache, dass man das eigene Leben mehr zu schätzen lernt. Nichts erscheint einem wichtiger, als einen Weg zum Überleben zu finden. Jeder Morgen ist wichtiger als der vorangegangene. Und jeder Gedanke verlangt mehr Abwägung und Überlegung, da er der letzte sein kann.

Demzufolge hat sich Barry zum Besseren verändert. Wobei ich damit nicht sagen will, dass er vorher ein schlechter Mensch gewesen wäre. Vielleicht hatte er das Leben damals einfach nur als zu leicht eingestuft – als zu selbstverständlich. Etwas, das man nicht weiter erachten muss, das einfach jeden Tag aufs Neue seinen programmierten Verlauf nimmt.

Doch in dieser neuen Zeit ist nichts mehr selbstverständlich. Nicht einmal Kartoffeln und Gemüse, was ich mit zunehmendem Eifer und Hunger in meinem Topf verrühre. Dabei frage ich mich, wie sehr ich mich selbst verändert habe. Bin auch ich ... vernünftiger geworden?

Ich denke mal, ich mache mir mehr Gedanken um mich selbst, um Sarah und um die Welt, in der wir nun leben müssen. Das sind Dinge, die ich in diesem Ausmaß früher nie getan habe, die jetzt allerdings unerlässlich sind.

Nicht alles scheint schlecht in diesen Tagen. Der Untergang der Welt hat uns Überlebende dazu gebracht, zu uns selbst zu finden. Und das ist doch immerhin etwas.

Die Oberflächlichkeit und die Blindheit, die Wunder des Lebens und der Natur als selbstverständlich zu betrachten, habe ich eingebüßt. Und dafür eine Sichtweise erhalten, die nichts mehr mit den Träumereien und Wunschgebilden meines alten Lebens gemein hat. Man lernt auf brutale Weise mit der Realität zu leben, und dieser neue Blickwinkel des Lebens erlaubt keine Flucht über die Grenzen hinaus.

Hinter mir knarren Bodendielen. Als ich über die Schulter blicke, steht Barry in der Küche. Sein Glas Whiskey ist zur Hälfte geleert. Vielleicht hat er sich auch schon ein zweites eingeschenkt. Doch ich sage nichts.

Er lehnt gegen den Küchentisch und sieht mich an. Sein Blick kommt mir unendlich traurig vor. Es tut weh, den eigenen Sohn in einem derartigen Zustand zu sehen.

Unsere Blicke treffen sich.

Selbst Barrys Augen haben sich seit seinem letzten Besuch verändert. Sie wirken dunkler und ernster.

Mein erster Eindruck, als ich ihn auf der Wiese hinter dem Haus gesehen habe, wo er den Helikopter gelandet hat, war, dass seine Augen ihre Farbe verloren haben. Dennoch finde ich in seinem Blick dieselbe Liebe und Verbundenheit, die er mir seit seiner Kindheit entgegengebracht hatte. Daran hatten auch sein Umzug nach Boston und seine immer seltener werdenden Besuche nichts geändert. Es tut gut, in diesen abgestumpften Augen noch immer Wärme vorzufinden.

Mein Blick fällt auf das Glas. Dann wieder in seine Augen.

Während ich mich dem Essen widme, sehe ich aus den Augenwinkeln heraus, wie Barry den Whiskey auf den Tisch stellt.

»Es ist schön dich zu sehen, Dad«, sagt er mit leiser Stimme, als befürchte er, jemanden aufzuwecken.

Ich blicke über die Schulter und lache.

»Du hast mir das zwar schon ein paar Mal gesagt, aber ich höre es immer wieder gerne.«

Barry lacht ebenfalls und schüttelt den Kopf.

Die Begrüßung am Helikopter war herzlich gewesen und wir hatten beide zu weinen angefangen.

Ungeachtet der lauernden Gefahren im nahen Wald, war ich in Pyjama und Morgenmantel in die feuchte Kälte hinausgerannt, hatte meine Augen gegen den allmählich verebbenden Sturm der Rotorblätter abgedeckt und war zu der offenen Luke gelaufen.

Demi hatte in der Hocke dort gesessen, sich an zwei Haltestangen festgehalten und mich mit Tränen in den Augen angesehen.

Als ich meine Arme nach ihr ausstreckte, war sie ohne zu zögern aus der Luke und auf mich zu gesprungen. Ihr Gewicht hätte mich fast von den Beinen geholt. Doch ich habe sie fest an mich gedrückt und mich in einem Traum gewähnt, den irgendein fürchterliches Schicksal jede Sekunde auf brutale Weise beenden konnte. Die Wärme des Mädchens an meinem frierenden Körper zu spüren, erschien mir in diesem Augenblick als das einzige Gefühl auf der Welt, das man sich mit keinem Geld erkaufen konnte. Ihr bebender Körper und das Zucken ihrer schmalen Schultern während sie weinte, zeugten von Leben und Trost. Ich wollte sie auf keinen Fall mehr loslassen.

Doch dann war Barry aufgetaucht. Und ohne ein Wort zu sagen, hatte er seine kräftigen Arme um uns beide geschlungen. So haben wir neben dem Hubschrauber gestanden, eine lange Zeit, während das Summen des Motors immer leiser und tiefer wurde und man das Knacken der warmen Rotorblätter und der Karosserie hören konnte.

Keiner von uns sagte etwas. Es gab nichts zu reden. Es galt einfach nur, diesen einen kostbaren und verloren geglaubten Moment auszukosten und auf das unweigerliche Ende des Traumes zu warten. Tränen füllten meine Augen, doch erst als ich Barrys Stimme hörte, begann ich hemmungslos zu schluchzen, ohne mich vor meiner kleinen Enkelin dafür zu schämen. Die Kälte war ebenso vergessen wie die Feuchtigkeit des Grases, die sich langsam durch meine Pantoffeln fraß und sich meine Beine empor schlängelte.

Nach einer Weile hatte Barry sich von uns gelöst und seine Hände auf meine Schultern gelegt. Wie man es mit einem kleinen Kind tut, hat er mein zerzaustes, viel zu langes Haar aus der Stirn gestrichen und mein Gesicht mit seinen Blicken abgetastet. Ich hatte seine Hände an den Handgelenken ergriffen, die Tränen in seinen Augen betrachtet und ihm immer wieder gesagt, wie schön es doch sei, ihn endlich mal wieder zu sehen.

Barry hatte das Gleiche zu mir gesagt. Zumindest glaube ich das. Denn in diesen Augenblicken hatte ich den Sinn seiner Worte nicht verstanden. Ich hatte gesehen, dass sich seine Lippen unter seinem Schnauzbart bewegten, hatte seine Stimme gehört. Doch ich hatte ihn nur ansehen und in mich aufsaugen können. Dem, was er sagte, schenkte ich keine Beachtung.

Demi hatte in der Zeit kein Wort gesprochen. Und das hatte sich auch im Haus nicht geändert. Vielleicht würde sie ja ihrer Großmutter anvertrauen, was sie ihrem Vater und mir nicht sagen wollte. All die Dinge, die in den wenigen Tagen ihre Kindheit zerstört hatten.

»Das alles kommt mir so unwirklich vor«, fährt Barry nach einiger Zeit fort.

Es fällt mir immer noch schwer zu glauben, dass mein Sohn hinter mir am Küchentisch lehnt und seine Stimme den Raum füllt.

»So schwer es auch ist, aber das ist unsere neue Wirklichkeit.«

Meine Worte erscheinen mir in diesem Augenblick so sinnlos und unpassend, dass ich mich am liebsten noch im gleichen Atemzug bei Barry entschuldigt hätte.

Ich komme mir ungefähr wie jemand vor, der die richtigen Worte auf einer Beerdigung sucht. Egal, was man auch sagt, es sind immer die falschen Gedanken und diese vermögen die echten Gefühle kaum auszudrücken.

Als ich mich zu Barry umdrehe, sieht dieser mich mit ausdruckslosem Blick an. Vielleicht hat er darauf gehofft, von mir eine andere Erwiderung zu hören. Doch sein alter Vater ist ebenso verzweifelt und in diesem fürchterlichen Alptraum gefangen, wie er selbst. Von dieser Seite kann er also auf keinerlei Hilfe hoffen.

Ich senke meinen Blick, weil ich in Anbetracht dieser erschütternden Erkenntnis sein verzweifeltes Gesicht nicht ertragen kann. Stattdessen deute ich mit der Hand in Richtung Küchenschrank.

»Du könntest den Tisch im Wohnzimmer decken. Das Essen ist jeden Augenblick fertig.« Ein bitteres Lächeln spielt um meine Lippen. »Und nimm Kerzen mit. Wir wollen doch nicht im Dunkeln sitzen.«

»Warum benutzt du nicht den Generator?«, fragt Barry, während er zum Schrank schlendert.

Er hatte mir früher oft beim Kochen geholfen, wenn er mit Shelley und Demi zu Besuch war. Daher weiß er, wo er alles finden kann.

»Zu gefährlich«, antworte ich knapp und nehme den Topf vom Ofen. »Das Geräusch lockt diese Biester aus dem Wald.«

Ich halte inne und drehe mich erschrocken zu Barry um. Wir hatten bisher noch kein Wort über die *Shoggothen* verloren. Und ich will meinem Sohn nicht noch mehr zusetzen.

Demi und er scheinen auch ohne meine Gespenstergeschichten genug durchgemacht zu haben.

Doch ein Blick in Barrys Augen verrät mir, dass ich ihn mit meinen Worten nicht erschrecken konnte. Er scheint zu wissen, wovon ich spreche. Diese Tatsache erschüttert mich und ich drehe mich schnell wieder zu meinen Töpfen um.

Eine Zeitlang sind das Klappern der Teller und das Knistern der Holzscheite die einzigen Geräusche in der Küche. Dann erscheint Barry plötzlich neben mir und sieht mich an. Als ich aufblicke, erkenne ich einen düsteren Ernst in seinen Augen. Der Mann erscheint mir fremd, auch wenn er aussieht wie mein Sohn.

»Wir können beim Essen reden«, sagt er schleppend. »Ich erzähle dir, was in Boston passiert ist.«

Er will sich abwenden, doch dann hält er noch einmal kurz inne.

»Und wieso ich nicht früher nach euch gesucht habe. Das werde ich dir auch erzählen.«

Er lässt mich allein in der Küche zurück.

Plötzlich kommt mir das Flüstern des Feuers im Brennraum des gusseisernen Ofens unendlich deprimierend vor.

III

Wir essen die Suppe, bestehend aus Kartoffeln und Gemüse, mit Heißhunger. Es ist seit Beginn der Katastrophe die erste richtige Mahlzeit. Selbst der Geruch bringt mich fast um den Verstand. Barry scheint es ähnlich zu gehen, denn er konzentriert sich mit kaum zu zügelnder Zurückhaltung auf seinen Teller, als befürchte er, jemand könnte ihm sein Essen streitig machen.

Demi hingegen isst langsam. Sie starrt vor sich hin und spricht kein Wort. Es tut mir in der Seele weh, mein kleines

Mädchen derart leiden zu sehen. Wie schwer muss es für ein Kind sein, den Untergang der Zivilisation zu verstehen, wenn ich alter Mann selbst kaum begreifen kann, was sich außerhalb meines Hauses ereignet hat?

Immer wenn ich Demi ansehe bin ich versucht, ihr einige aufmunternde Worte zu sagen oder ihr einfach über das Haar zu streicheln. Doch mir will nichts Passendes einfallen, das ich ihr hätte sagen können. Und sie zu berühren wage ich nicht, denn sie scheint sich in eine eigene, kindgerechte Welt zurückgezogen zu haben. Ich bin mir nicht sicher, ob ich Zutritt zu dieser Welt habe. Ob überhaupt jemand durch das eiserne, verschlossene Tor hereingelassen wird.

Wir sitzen eine Weile schweigend da und essen. Trotz aller Umstände kommt mir unser Zusammensein gemütlich vor. Die Kerzen, die Barry am Rand des Tisches aufgestellt hat, verbreiten eine heimische, rustikale Atmosphäre.

Mein Blick fällt auf den Teller mit Suppe, den ich für Sarah bereitet habe. Er steht etwas abseits hinter den Kerzen. Zum Abkühlen, da Sarah ihre Nahrung oftmals einfach herunterschluckt, egal wie heiß das Essen ist. Die Schmerzen will ich ihr ersparen, weshalb ich ihr den Teller nach unserer Mahlzeit bringen werde.

Irgendwann sieht mich Barry an. Mit diesem unergründlichen, dunklen Blick, der ihn mir so fremd macht. Dann beginnt er zu erzählen, was in Boston geschehen war: »Wir waren wahrscheinlich ebenso verstört wie du gewesen, als wir eines Morgens aufwachten und nichts mehr so war wie zuvor«, beginnt er und spielt mit dem Löffel zwischen seinen Händen. »Demi war es als erstes aufgefallen. Sie kam in unser Schlafzimmer und schrie, dass die alte Mrs. Wellington mitten auf der Straße liegen würde. Es hat einige Zeit gedauert, bis ich den Schlaf abgeschüttelt hatte. Aber dann bin ich zum Fenster gegangen, das auf die Straße hinaus zeigt, habe den Rolladen hochgezogen und die alte Dame tatsächlich mitten auf der Straße liegen sehen. Ich habe sofort meinen Bademantel angezogen und bin nach draußen gerannt, während Shelley versucht hat, einen Arzt zu erreichen. Dort habe ich sie dann gesehen.«

Der Löffel fällt Barry aus der Hand und klirrend auf den Tisch. Demi zuckt zusammen als hätte man sie geschlagen. Doch sie blickt weiterhin gedankenverloren auf ihren Teller.

»Überall haben Leichen auf der Straße und in Vorgärten gelegen. Manche waren vollständig bekleidet. Aber die meisten trugen nur ihre Pyjamas oder Morgenmäntel. Der kleine Dennis von gegenüber lag sogar splitternackt vor seiner Haustür. Du kennst doch den Jungen von den Youngs?«

Er sieht mir kurz in die Augen und schüttelt dann den Kopf, als wäre dieser Gedanke nur ein Ausrutscher gewesen. Natürlich erinnere ich mich an Dennis Young. Bei einem unserer früheren Besuche, als Sarah schon von ihrer Krankheit gezeichnet war, habe ich ihn zusammen mit Demi und einem anderen Mädchen auf der Straße Fahrradfahren gesehen.

»Ich bin dann zu Mrs. Wellington und habe ihren Puls gefühlt«, fährt Barry fort. »Aber die alte Dame war tot und kalt. Sie muss die ganze Nacht auf der Straße gelegen haben.«

Er faltet die Hände ineinander und starrt auf die Tischplatte. In seinen Augen spiegeln sich die Szenen wider, die er wahrscheinlich für den Rest seines Lebens nicht mehr vergessen wird.

»Ich bin zurück ins Haus gerannt, wo ich Shelley mit Demi im Arm vorgefunden habe. Sie sah mich mit Entsetzen in den Augen an und sagte mir, dass unser Telefon tot sei und sie niemanden erreichen könnte. Sie hat natürlich durch das Fenster und die offene Haustür einen Blick auf die Straße vor dem Haus werfen können und fragte mich, was denn da draußen los sei.«

Barry schüttelt den Kopf. Sein Gesicht drückt die ganze Bestürzung aus, die er wahrscheinlich auch Shelley gegenüber empfunden haben musste.

»Ich konnte es ihr nicht sagen.«

Eine Weile schweigt er.

»Ich konnte es ihr nicht sagen.«

Sein Blick fällt auf Demi, die teilnahmslos vor ihrem Teller sitzt und nur sehr langsam isst. »Demi hat in den Armen ihrer Mutter geweint und ständig gefragt, was mit Mrs. Wellington denn passiert sei. Shelley hat versucht die Kleine zu beruhigen, doch sie hat immer nur nach der alten Frau gefragt, die da in ihrem Morgenmantel mitten auf der Straße lag, ohne dass sich jemand um sie kümmerte. Das konnte sie nicht verstehen.«

Barrys Blick sucht meinen. Ich kann einen feuchten Schimmer darin erkennen.

»Keiner von uns konnte das verstehen. Shelley ist dann mit in ihr Zimmer gegangen und hat sie zu trösten versucht. Ich habe mich in der Zwischenzeit angezogen und bin losgegangen, um von irgendwoher Hilfe zu holen. Als ich die ganzen Leute da liegen sah, dachte ich zuerst an einen Anschlag. Ich dachte daran, dass irgendeine militante Bewegung den Terror jetzt in die Vororte der großen Städte getragen hat, um möglichst viele von der Zivilbevölkerung zu töten. Man hat die ganzen Tage ja nichts anderes im Fernsehen gesehen. Ganze Städte haben sie in Europa ausgelöscht. Ich hatte eine verdammte Scheißangst, als ich durch die Straßen in unserem Viertel gelaufen bin. Überall bin ich auf Tote gestoßen. Sogar Babys habe ich gefunden. Das war das Schrecklichste.«

Er faltet die Hände als wolle er beten. Obwohl ich Barry stets als einen gläubigen Menschen gekannt habe, bin ich mir sicher, dass sich seine Sichtweise auf Gott in den letzten zwei Wochen geändert hat.

»Ich wollte mich nicht zu weit vom Haus entfernen. Wollte Shelley und die Kleine nicht alleine lassen. Was ist, wenn diese Schweine, die das angerichtet haben, immer noch in der Gegend sind, dachte ich damals. Deshalb bin ich wieder zum Haus zurückgelaufen und habe mit Shelley unter vier Augen geredet. Demi war in den Armen ihrer Mutter eingeschlafen und lag nun auf der Couch im Wohnzimmer. Sie hat gestöhnt und unruhig geschlafen. Shelley war ebenso ratlos wie ich. Und sie hatte genauso viel Angst wie ich. Wir haben ununterbrochen versucht jemanden zu erreichen. Doch das Telefon war tot und über das Handy haben wir auch niemanden erreicht, obwohl es bei den Leuten, die wir angerufen haben, geklingelt hat. Auch im Fernsehen lief nichts. Einige Sender zeigten ein Notprogramm aus Zeichentrickfilmen, aber die meisten waren einfach abgeschaltet. Es war fürchterlich.« Wieder greift Barry zum Löffel und betrachtet sein verzerrtes Spiegelbild darin. »Als würde man in einem Alptraum leben und nicht mehr aufwachen können.«

Er schweigt eine Weile. Die Stille lastet plötzlich zentnerschwer über dem Haus. Doch ich stelle keine Fragen sondern warte darauf, dass Barry weiterspricht.

»Wir haben uns den ganzen Tag um Demi gekümmert«, fährt er schließlich fort, wobei er seiner Tochter zärtlich die Haare aus dem Gesicht streicht.

Scheinbar sind all die Worte ihres Vaters keine Neuigkeiten für sie. Auch nicht die Erwähnung ihres Freundes Dennis. Es schnürt mir die Kehle zu, als ich mir Demis mörderische Angst vorzustellen versuche.

»Das Kind litt am meisten unter dieser absurden Situation. Sie stellte tausend Fragen und wir konnten ihr keine einzige davon beantworten. Dazu bemerkte sie unsere eigene

Furcht. Wir schafften es nicht, uns zu verstellen und Zuversicht auszustrahlen. Also haben wir begonnen, irgendwelche Spiele mit ihr zu machen. Irgendetwas, was wir sonst auch immer gespielt hatten. Doch keiner von uns war in der Lage, sich auf die Karten zu konzentrieren. Schließlich saßen wir einfach nur da und haben geredet, über alles Mögliche. Nur nicht über das, was sich direkt vor unserer Haustür befand. Wir haben geredet und gewartet. Aber nichts geschah.«

Barrys Stimme wird immer leiser.

»Das war unser erster Tag.«

Er steht auf, geht in die Küche und kommt mit seinem Whiskeyglas zurück. Ich sage nichts. Im Grunde kann ich ihn sogar verstehen.

»In der Nacht haben wir sie dann gehört. Ich kann dir nicht sagen was es war, denn die Geräusche von der Straße waren so grauenvoll, dass ich es nicht gewagt hatte, nachzusehen. Ich bin lediglich nach unten ins Wohnzimmer gegangen und habe durch einen Spalt im Vorhang geschaut. Im Dunkeln waren schattenhafte Kreaturen zu sehen, die flink über die Straße liefen und irgendetwas auf ihren gebeugten Rücken forttrugen. Dabei haben sie geknurrt und geheult als wären sie Tiere. Am nächsten Morgen waren alle Leichen auf der Straße und in den Vorgärten verschwunden. Auch die alte Mrs. Wellington und der kleine Dennis.«

Barry leert das Glas in einem Zug und stößt ein heiseres Keuchen aus, als der Alkohol seinen Magen wärmt.

»Wir sind dann ins Hospital gefahren. Ich sagte mir, wenn man uns irgendwo helfen kann und wir auf Menschen treffen, die das Gleiche durchmachen wie wir, dann dort. Auf der Fahrt haben wir gemerkt, dass tatsächlich alle Toten verschwunden waren. Überall, wo ich am Tag zuvor gewesen war, waren die Leichen fort. Und auch sonst trafen wir niemanden. Die Straßen waren wie ausgestorben. An vielen

Häusern standen die Türen offen. Aber es kam niemand, um sie zu schließen. Hinter den Fenstern zeigte sich kein Gesicht und selbst auf dem Marktplatz konnten wir keine Menschenseele finden. Es war wirklich, als würden wir durch die verlassene Kulisse eines billigen Horrorfilms fahren. Autos standen mitten auf der Straße. Mit offenen Türen und einmal sogar noch mit laufendem Motor. Aber kein Fahrer war weit und breit zu sehen.«

Barry schüttelt den Kopf, als könnte er seine eigene Geschichte nicht glauben. Er betrachtet eine Weile Demi, die ihren Teller während der Erzählung ihres Vaters leer gegessen hat.

»Weißt du, was das Schlimmste war?«

Wieder sucht sein dunkler Blick den meinen. Ich habe das Gefühl in die Augen eines Mannes zu sehen, der um einige Jahre älter ist als ich.

»Die Stille. Diese allgegenwärtige, bleierne Stille, die in den Straßen herrschte. Kein Autolärm, keine Schritte, kein Kinderlachen ... nichts. Es war einfach nur fürchterlich still. Als hätte jemand der Welt den Stecker rausgezogen. Vereinzelt konnten wir einige Hunde sehen, die ziellos durch die Gärten streunten. Doch die Tiere waren so verstört, dass sie davonrannten, als sie unseren Wagen sahen.«

Barry betrachtet sein leeres Glas. Ich weiß, dass er es wieder aufgefüllt hätte, wenn er alleine am Tisch sitzen würde. Doch er tut es nicht, sondern beginnt das Glas zwischen seinen Handflächen zu rollen. Ein letzter Rest Whiskey glitzert im Kerzenschein.

»Es war die Hölle. Diese Stille war die Hölle. Schlimmer noch als die Leichen. Oder diese merkwürdigen Wesen in der Nacht. Die Stille war ... wie der Tod.«

Seine Worte jagen mir eisige Schauer über den Rücken. Sie drücken genau das aus, was ich in mir fühle, seit es begonnen hat. Die Stille ist der Tod. Diese Worte ausgesprochen zu hören war schrecklicher, als sie oftmals im Unterbewusstsein zu denken.

»Auf dem ganzen Weg zum Hospital begegneten wir keiner Menschenseele. Und auch als wir im Krankenhaus angekommen waren, dachten wir zunächst das gesamte Gebäude würde leer stehen. Wir hatten panische Angst, dass es voller Leichen sein würde, die allesamt in ihren Betten gestorben waren. Ich wollte auch keinen meiner Kollegen tot auf dem Flur oder im Schwesternzimmer liegen sehen. Aber zu meiner Verwunderung gab es keine einzige Leiche im Gebäude. Dafür trafen wir auf drei Überlebende.«

Barry blickt auf und zum ersten Mal kann ich den schwachen Anflug von Leben in seinen Augen erkennen.

»Zwei Männer und eine Frau. Die Frau und einen der Männer kannte ich nicht. Der zweite Mann war Mark gewesen, ein Assistentsarzt in der Ausbildung, der seit etwa einem halben Jahr im Krankenhaus gearbeitet hatte. Du kannst dir nicht vorstellen, wie verdammt gut es tat, außer meiner Familie ein bekanntes Gesicht zu sehen. Überhaupt auf lebende Menschen zu treffen.«

Ein bitteres Lächeln spielte um Barrys Mundwinkel. Ich weiß nicht, ob er über die Erinnerung an diese drei Menschen lächelt oder ob er einen Tränenausbruch zu verhindern sucht.

»Die anderen beiden waren Jerry und Becky, zwei junge Leute von außerhalb. Sie hatten die gleiche Idee wie ich gehabt und sich gesagt, dass ihnen in einem Hospital am ehesten Hilfe widerfahren würde. Dort waren sie dann auf Mark gestoßen, der sich, wie er mir erzählt hatte, seit dem frühen Morgen des vorherigen Tages im Heizungskeller versteckt gehalten hatte. Dort wähnte er sich sicher. Besonders, nachdem in der Nacht das Gebäude vom Kreischen und Brüllen unzähliger Kreaturen erfüllt gewesen war, die zischend durch die Flure geeilt waren, Türen zugeschlagen und den gesamten Komplex die ganze Nacht lang in ein Inferno aus Jaulen und Heulen verwandelt hatten.«

Barry wirft einen besorgten Blick auf Demi. Doch sie scheint die Worte ihres Vaters nicht zu hören. Schließlich lehnt er sich zurück, nimmt sein Glas und leert den letzten Rest Whiskey. Dann stellt er das Glas auf den Tisch und schiebt es zwischen den Händen hin und her.

»Das hat auch erklärt, wieso wir keine Leichen in den Zimmern fanden. Mark hatte mir erzählt, das Gebäude sei am ersten Tag voll davon gewesen. Aus dem Grund hatte er sich auch im Keller versteckt, weil die ganze Sache über sein Begriffsvermögen stieg und er einen terroristischen Anschlag biblischen Ausmaßes befürchtete, wie er sich ausdrückte.« Wieder lacht Barry dieses bittere Lachen. »Aber nachdem in der Nacht diese Wesen ins Hospital kamen, waren auch die Toten verschwunden. Genauso, wie bei uns zu Hause. Wie die alte Mrs. Wellington. Wir fanden auch kein Blut oder sonstige Zeichen von Zerstörung. Hin und wieder einen umgeworfenen Infusionsständer oder ärztliches Werkzeug, das verstreut auf dem Boden lag. Aber nichts deutete darauf hin, was mit den Leichen geschehen war. Sie waren einfach weg. Verschwunden.«

Barry starrt ins Leere als betrachte er die Szenerie des verlassenen Krankenhauses noch einmal in seiner Erinnerung. Dann blickt er zur Seite, wo Demi sich mit blassem Gesicht und unstet flackernden Augen im Zimmer umsieht. Der Schein der Kerzen spiegelt sich auf gespenstische Weise in ihren Pupillen wider.

»Schatz, du siehst müde aus. Möchtest du dich vielleicht etwas hinlegen, während ich mich mit Großvater unterhalte?«

Demi nickt mechanisch, als wäre sie auf diese Frage dressiert gewesen. Mit ungelenken Bewegungen steht sie vom Tisch auf, nimmt ihren Teller und trägt ihn in die Küche.

Barry nimmt seinerseits seinen Teller und das Whiskeyglas und gibt mir mit einem Kopfnicken zu verstehen, es ihm gleichzutun.

»Sie war die ganze Nacht wach«, flüstert er, während wir hinter dem Mädchen herlaufen. »Sie wollte einfach nicht schlafen. Wollte mir helfen, in der Dunkelheit etwas zu erkennen. Sie ist wirklich ein tapferer, kleiner Engel.«

Ich kann unverhohlenen Stolz aus Barrys Stimme heraushören. Aber auch großes Leid und eine noch größere Müdigkeit.

»Vielleicht solltest du dich auch erst einmal richtig ausschlafen«, entgegne ich und betrachte sein abgespanntes Gesicht von der Seite.

»Später«, antwortet er. »Erst will ich dir von Boston erzählen.« Er bleibt kurz stehen und starrt auf den Boden. »Und von Shelley.«

Die letzten Worte verlieren sich in einem Flüstern.

Wir gehen ins Wohnzimmer, wo sich Barry auf die Couch setzt. Alte Gewohnheiten kann man scheinbar auch in der neuen Welt nicht ablegen, denn er hat immer auf diesem Platz am äußersten Rand des Sofas gesessen. Demi krabbelt wortlos neben ihn und kuschelt sich neben ihren Vater auf die Couch, sodass ihr Kopf auf seinem Bein zum Liegen kommt. Ihre Beine sind angezogen und die Arme um die Knie geschlungen. Sie erscheint mir wie ein schutzloses Baby in einer Welt voller Monster.

Ich nehme eine Decke aus dem Schrank, schüttele sie einmal kräftig, da sie schon seit geraumer Zeit nicht mehr benutzt worden ist, und lege sie dann behutsam über das Kind. Sofort greift Demi nach dem Saum der Decke und zieht sie bis unter ihr Kinn. Dann blickt sie mit kleinen Augen zu mir empor und schenkt mir ein mattes Lächeln.

»Schlaf schön, meine Kleine«, flüstere ich und habe Schwierigkeiten durch den Kloß in meinem Hals zu atmen.

Demi schließt die Augen und nur wenige Sekunden später hebt sich ihre Brust in regelmäßigen und ruhigen Abständen. Wenigstens in der gewohnten Umgebung im Haus ihrer Großeltern scheint das Kind vor den Alpträumen dieser neuen, fürchterlichen Welt sicher.

Ich betrachte meine Enkelin einige Sekunden schweigend und frage mich, wohin das lebhafte und aufgeschlossene Mädchen verschwunden ist, das mir und Sarah an so vielen Abenden so viel Freude bereitet hat. Als sie noch kleiner war, ist sie ständig hinter ihrer Großmutter hergelaufen und hat ihr allerlei Fragen gestellt, vor allem was das Zubereiten von Speisen betraf. Sarah hatte geduldig und mit dem typischen Klischee behafteten Lächeln einer stolzen Großmutter all ihre Fragen beantwortet und mir am Abend, nachdem Demi wieder bei ihren Eltern zu Hause war, vorherzusagen versucht, dass Demi mit Sicherheit einmal eine Ausbildung im Gastronomiebereich oder Hotelgewerbe anstreben würde. Dabei habe ich das Leuchten in Sarahs Augen und den unverhohlenen Stolz auf ihre Enkeltochter in ihren Gesichtszügen erkennen können, die man wahrscheinlich nur bei einem ganz besonderen Menschen, wie Sarah es ist, finden kann.

Ich kann ihr Antlitz vor mir im Dämmerlicht erkennen. So, wie sie einmal gewesen ist, bevor die Krankheit sie sich geholt hat. Fast bin ich versucht, meine Hand nach ihrem Gesicht auszustrecken, ihre feinen und warmen Züge zu streicheln und ihr trotz ihres Alters immer noch leuchtendes Haar zu berühren.

Doch ich verdränge das Bild und bin entsetzt darüber, wie leicht es mir fällt, Erinnerungen an die alte Welt und mein gewohntes und geliebtes Leben wie ein schlechtes Fernsehprogramm einfach so abzuschalten. Sarah hat es nicht verdient, dass die Bilder ihres Lebens in dem immer trüber werdenden Nebel der Vergangenheit zurückbleiben.

Doch scheint mein Unterbewusstsein auf seine egoistische Art gelernt zu haben, dass man hier nur überleben kann, wenn man sich voll und ganz nur auf sich konzentriert. Das eigene Leben retten, die eigenen Gedanken nicht dem Irrsinn anheimfallen zu lassen und den Kopf immer einige wenige Zentimeter über dem Gestank der neuen Ordnung tragen und gegen den Sog nach unten ankämpfen.

Doch solcherart Gedankengänge erscheinen mir fremd. Es sind Betrachtungen von Menschen, die ich Zeit meines Lebens verachtet habe. Karriereorientierte Frauen und von der Gier nach Reichtum geleitete Männer, die sich ihren Weg rücksichtslos und mit einem gewissenlosen, kalten Lächeln im Gesicht durch die Masse ihrer Mitmenschen gebahnt haben. Menschen, auf sich selbst fixiert, selbstverliebt und voreingenommen, und ohne jede Form von Reue oder Scham.

Habe ich mich wirklich in einen derartigen Menschen verwandelt? Beinhaltet diese Mutation die einzige Form des Überlebens in einer Welt, die tot und leer ist? Die sich weitergedreht hat ...

Der Gedanke ist mir zuwider. Ebenso wie der Ausdruck auf dem selbst im Schlaf traurigen und abgekämpften Gesicht meiner kleinen Enkeltochter.

Schnell wende ich mich von ihr ab, setze mich in einen Sessel, der Barry gegenübersteht, und stelle fest, dass er mich die ganze Zeit über beobachtet hat. Er hält sein Glas in Händen, als versuche er sich verzweifelt daran festzuklammern, und betrachtet mich mit dem gleichen Ausdruck in den Augen, mit dem ich bis vor wenigen Sekunden Demi angesehen habe.

Hat er dieselben Gedanken wie ich? Hat er sich, ebenso wie ich, in einen dieser verhassten Egoisten aus der alten Welt verwandelt?

»Demi hatte es nicht leicht in letzter Zeit«, sagt er und sieht mich mit traurigen Augen an. »Sie hat viel durchgemacht.« Seine Augen wandern langsam über das schlafende Mädchen. Seine freie Hand findet den Weg zu ihrem Haar und streicht es ihr aus der Stirn.

Der Anblick, wie Demi ihren Kopf in völliger Geborgenheit auf den Oberschenkel ihres Vaters bettet, ist zu viel für mich. Meine Kehle schnürt sich zusammen und hindert mich am Atmen.

»Du wolltest von Boston erzählen«, sage ich deshalb und scheue absichtlich Demis Anblick.

Barry scheint mich erst nicht gehört zu haben. Er streichelt unablässig durch das zerzauste Haar seiner Tochter, ehe er mich ansieht und kurz nickt.

»Was ich zu erzählen habe, wird dir nicht gefallen, Dad«, erwidert er schließlich mit leiser Stimme. Ich weiß nicht, ob er nicht mehr die Kraft besitzt, um lauter zu sprechen, oder ob er einfach nur Demi nicht aufwecken will.

»Du wirst hier oben in den Hügeln nicht viel vom Untergang der Menschheit mitbekommen haben. Zumindest nicht die abscheulichen Dinge.«

Mit den Gedanken an Danny und Cindy schüttele ich den Kopf.

»Ich weiß sehr gut, was in der Welt vor sich geht«, erwidere ich mit schärferer Stimme als beabsichtigt. »Aber ich gebe zu, dass ich nicht alles verstehe. Vielleicht kannst du mir dabei helfen.«

Barry sieht mich lange an und nickt dann.

»Wir hatten uns im Hospital eingerichtet, nachdem wir schnell feststellten, dass wir dort am sichersten waren. Mit Brettern und schweren Schränken haben wir die Ausgänge und Fenster im Erdgeschoss und ersten Stock verbarrikadiert. Genau, wie du hier.«

Sein Blick fällt auf die schwarze Wand des Fensters.

»Wie ich schon sagte, waren wir zu sechst. Shelley, Demi und ich. Und dann Jerry, Becky und Mark, mein Arbeitskollege. Und ich weiß nicht, ob es die besondere Situation war, die uns zusammengeführt hatte, oder ob der Mensch sich wirklich so schnell an eine derart extreme Veränderung gewöhnen kann. Aber alle sechs kamen mit dem Erlebten erstaunlich gut zurecht. Selbst Demi. Sicher, es gab Tränen in den ersten Tagen und unzählige Gespräche, besonders zwischen den Frauen. Wir Männer brauchten nicht viel zu reden. Irgendwie lebten wir weiterhin nach dem dämlichen Leitsatz, dass Männer sich untereinander auch ohne große Worte verstehen.«

Barry stößt ein kindisches Lachen aus, das mich an einen nervösen Schuljungen erinnert.

»Männer«, sagt er und zuckt mit den Schultern. Doch sofort wird er wieder ernst.

»Uns war schnell bewusst geworden, dass wir womöglich die einzigen Überlebenden in Boston waren, vielleicht sogar in ganz Massachusetts. Denn außer am zweiten Tag der Katastrophe, an dem wir alle im Krankenhaus angekommen waren, war kein weiterer Überlebender zu uns gestoßen. Und ein jeder von uns, auch Demi, ging erstaunlich gelassen mit dieser Tatsache um. Ich frage mich bis heute, wie wir das damals geschafft haben. Aber keiner von uns ist durchgedreht. Vielleicht haben auch unser Zusammensitzen und die Gespräche am Abend ihren Anteil dazu beigetragen. Denn wenn die täglichen Arbeiten des Verbarrikadierens beendet waren, hatten wir uns in der Lobby des Krankenhauses zusammengefunden, uns auf die schweren Ledersessel gesetzt, die früher einmal für Besucher und wartende Patienten reserviert gewesen waren, und ein jeder von uns hat aus seinem früheren Leben berichtet. Wir haben über alte Freunde geredet und über die verloren gegangene Familie, wobei uns Jerry, Becky und

Mark sichtlich mit Neid bedachten, denn wir hatten unsere Familie ja nicht verloren.«

Barry hält kurz inne und streift mich mit schuldbewusstem Blick.

»Auf jeden Fall mussten wir versuchen, eine gewisse Ordnung in unsere kleine Gemeinschaft zu bringen. Aus irgendeinem Grund wurde ich, ohne irgendwelche Abstimmung, zum Anführer der Gruppe. Vielleicht weil ich der Älteste war oder weil die anderen glaubten, als Hubschrauberpilot und Sanitäter würde ich über den Fähigkeiten eines Assistenzarztes, wie Mark es gewesen war, stehen. Ich weiß es nicht. Aber ich habe unsere stumme Wahl ebenso wortlos akzeptiert und alsbald jedem eine Rolle zugewiesen. Becky und Shelley sollten sich um Demi kümmern und zusätzlich um das Essen und die Vorräte. Jerry und Mark wurden zur Sicherung unseres Standortes abgestellt. Das bedeutete, dass sie jeden Morgen den Zustand der Bretter vor Fenster und Türen sowie des Zaunes rund um das Gelände überprüfen mussten, denn in jeder Nacht konnte man diese widerlichen Kreaturen um das Krankenhaus schleichen sehen und gegen den Drahtzaun schlagen hören. Sie schienen zu wissen, dass wir uns in dem Gebäude verbarrikadiert hatten. Vielleicht rochen sie uns, keine Ahnung. Aber Jerry und Mark hatten jeden Morgen alle Hände voll zu tun. Diese Wesen versuchten in jeder Nacht den Zaun einzureißen oder gruben ihre Klauen in die Bretter vor den Türen und Fenstern.«

Ich hebe meine Hand, wie man es früher in der Schule getan hat, wenn man die richtige Antwort auf eine Frage wusste. Nur dass ich diesmal die Frage habe und von meinem Sohn eine Antwort erwarte.

»Diese Kreaturen«, beginne ich, nachdem Barry seinen Bericht unterbrochen hat und mich fragend anblickt. »Diese

Monstren gibt es auch hier in den Hügeln. Ich nenne sie *Shoggothen*.«

Unsere Blicke treffen sich, doch Barry macht keinerlei Anstalten zu fragen, wieso sein alter Vater diesen Geschöpfen einen Namen gegeben hat.

Ich wüsste auch nicht, was ich ihm hätte antworten sollen. Dass sein Vater alt und senil ist? Oder einfach nur eine nie gekannte Furcht vor diesen unheimlichen Geschöpfen hegt und versucht diese unter Kontrolle zu bekommen, indem er seiner Angst einen Namen gibt? Wenn auch einen Namen, der nichts mit den ursprünglichen in der Literatur von Lovecraft erschaffenen *Shoggothen* gemein hat?

Doch in Barrys Antlitz überwiegt weniger Überraschung ob der Worte seines Vaters als eine tiefe Müdigkeit.

»Was hat es mit diesen Wesen auf sich?«

Barry schüttelt den Kopf.

»Lass mich erst von Boston erzählen, Dad. Vielleicht können wir uns danach über diese Ungeheuer unterhalten, wenn du gehört hast, zu was sie fähig sind.« Er senkt den Blick, und seine Stimme wird zu einem Flüstern. »Ich möchte dir auch erzählen, was mit Shelley geschehen ist.«

Ich erkenne die Verbindung, die sich mit diesen Worten und mit Barrys Blick zwischen ihm und seiner Tochter aufbaut, auch wenn das Mädchen immer noch tief und fest schläft.

Barry braucht es, über die Geschehnisse in Boston berichten zu können. Er muss seine Erlebnisse in Worte kleiden, ähnlich wie ich die Kreaturen in den Wäldern mit einem Namen bedacht habe, um sie begreifen zu können. Es war seine Art, mit den schrecklichen Erinnerungen der letzten Tage zurechtzukommen, und den Wahnsinn in seinem Innern nicht die Oberhand gewinnen zu lassen. Und vielleicht tut es auch mir gut, den Schrecken der letzten Tage in Worte gekleidet zu hören, anstatt immer nur als stumme Gedanken in meinem Kopf. Deshalb nicke ich stumm und lehne mich im Sessel zurück.

Ohne aufzublicken, unablässig das Haar seiner kleinen Tochter kraulend, fährt Barry schließlich mit seiner Erzählung fort.

»Während alle mit ihren Aufgaben im Krankenhaus ausgelastet waren, bin ich, da ich der einzige mit einem Pilotenschein war, jeden Tag mit dem Rettungshubschrauber losgeflogen, um entweder nach Überlebenden in und um Boston zu suchen, oder um unsere Vorräte aufzufüllen.«

Er sieht mich an und ein schelmisches Grinsen ziert plötzlich sein Gesicht.

»Das war das Gute daran, dass sich Boston in eine menschenleere Wüste verwandelt hat. Ein Mann kann mit seinem Helikopter landen wo er will, ohne dass ihm ein aufdringlicher Officer einen Strafzettel verpasst.«

Ich versuche in Barrys Grinsen einzustimmen, indem ich mit den Schultern zucke und ein Lächeln über mein Gesicht huschen lasse, das mir so aufgesetzt vorkommt wie noch nie zuvor etwas in meinem Leben. Doch die Vorstellung von einer stillen Betonwüste namens Boston kann mir nun einmal kein Grinsen abverlangen.

Als Barry fortfährt, ist er wieder ernst.

»Ich will es kurz machen. Überlebende habe ich in der ganzen Stadt nicht gefunden. Zumindest fast nicht. Zweimal habe ich jemanden gesehen, der in Panik vor dem Hubschrauber geflüchtet und zwischen zwei Häusern verschwunden ist. Einmal war es eine Frau und einmal ein Mann. Beide habe ich nicht wiederfinden können. Selbst als ich mit dem Helikopter mitten auf der Kreuzung gelandet und mit erhobenen Händen nach den beiden Überlebenden gerufen und mich als einer der ihren zu erkennen gegeben habe, sind sie nicht aus ihren Verstecken gekommen. Auch als ich mit meiner Maschine wieder abhob und dabei eine

Menge Staub und altes Zeitungspapier von der Straße aufgewirbelt habe, ist keiner von ihnen gekommen und hat mir verzweifelt gewunken. Die beiden waren einfach verschwunden, als hätte es sie nie gegeben. Auch als ich in den nächsten Tagen immer wieder über diese bestimmte Kreuzung geflogen bin, haben sie sich nicht gezeigt. Schließlich habe ich die Hoffnung aufgegeben, sie oder andere Überlebende zu finden, und habe mein Augenmerk auf die Beschaffung von Vorräten gelegt. Wenn mir dabei einer der beiden über den Weg gelaufen wäre, umso besser. Aber sie taten es nicht und hielten sich weiterhin versteckt. Oder sie waren mittlerweile von diesen Ungeheuern – wie nennst du sie? *Shoggothen*? – gefunden worden. Ich weiß es nicht.«

Barry macht eine kurze Pause und blickt zum Fenster als lausche er auf ein Geräusch.

Ich folge seinem Beispiel, durch die Ereignisse der letzten Tage – insbesondere im Haus der Millers – in ständige Alarmbereitschaft versetzt.

Doch draußen ist alles still.

»Vorräte und Arzneimittel zu besorgen war nicht schwer«, fährt Barry dann mit leiserer Stimme fort. »Ich hatte ja eine ganze Stadt mit all ihren Einkaufszentren und Fabriken für mich alleine. Ich musste nur vorsichtig sein, denn die Stadt hatte keinen Strom mehr und demzufolge waren die Einkaufstempel dunkel. Wir wussten nicht, wo sich diese Bestien am Tage verstecken. Deshalb habe ich mich erst auf dem nahen Militärstützpunkt, wo ich auch den Hubschrauber auftanken konnte, mit einigen Waffen eingedeckt.«

Er sieht mich an, als hätte er mir als kleiner Junge gerade sein intimstes Geheimnis verraten.

»Keine Angst, Dad. Die Waffen sind im Heli. Aber du wirst einsehen, dass sie in dieser Welt den Unterschied zwischen Leben und Tod bedeuten können. Ich hatte Waffen für alle besorgt, auch wenn keiner von uns über irgendwelche Erfahrungen im Umgang mit Feuerwaffen verfügte. Aber mit einer Knarre in meinen Händen, deren Marke ich nicht einmal kannte, fühlte ich mich sicherer, wenn ich durch die dunklen Gänge der Supermärkte schlich.«

Wieder sieht er mich an und lächelt dabei bitter.

»Diese Ungeheuer scheinen allerdings von Menschenhand erschaffene Bauwerke zu scheuen. Denn ich habe in keinem der Häuser, die ich inspiziert habe, auch nur eines dieser Wesen gesehen oder gehört. Sie werden wohl mit Wäldern oder Parks vorlieb nehmen. Oder sie verkriechen sich in der Kanalisation. Das haben wir nie raus gefunden. Trotzdem hat mich meine Waffe wahrscheinlich davor bewahrt, irgendwann einmal schreiend durch die Supermärkte zu laufen und vor jedem ungewöhnlichen Geräusch die Beine in die Hand zu nehmen. Man fühlt sich einfach sicher damit, verstehst du? Da wir alle keine Erfahrung im Umgang mit Waffen besaßen, haben wir uns das Zielen und Schießen und Einkalkulieren des Rückstoßes gegenseitig beigebracht.«

Barry blickt lange auf Demi hinab und sieht mir dann mit dunklem Ernst in die Augen. Ich kenne seine Worte schon, bevor er sie aussprechen kann.

»Auch Demi bekam eine Waffe, Dad. Das musst du verstehen.«

Es gefällt mir nicht, mir vorstellen zu müssen, dass meine kleine Enkelin wie eine Kindersoldatin mit einer Waffe herumläuft und das Schießen lernt. Womöglich sogar das Töten, auch wenn es nur zu ihrem eigenen und dem Schutz der Gruppe gehörte. Der Gedanke gefällt mir ganz und gar nicht. Doch ich verstehe Barrys Entscheidung und akzeptiere sie. Auch wenn mein Innerstes dagegen spricht. Ich nicke meinem Sohn zu, ohne ein Wort zu sagen.

»Du musst dir keine Gedanken über Demi machen«, fährt Barry mit einfühlsamer Stimme fort. Er kennt die Gedanken seines Vaters. »Sie denkt über Feuerwaffen genauso wie du und ich. Aber sie hat eingesehen, dass diese Maßnahme in unserer Situation unumgänglich war. Ich sagte dir ja bereits, unsere kleine Gruppe hat sich erstaunlich schnell an die veränderten Bedingungen gewöhnt. Einschließlich Demi.«

Barry greift nach seinem leeren Glas und dreht es zwischen den Händen. Sein Blick verrät mir, wie gerne er es gefüllt hätte, um den Rest seiner Erzählung besser verkraften zu können; sie vielleicht in jenem milchigen Licht zu sehen, das nur Alkohol erzeugen kann, und in dessen Schimmer vieles seinen Schrecken verliert.

Doch er stellt das Glas wieder auf den Tisch zurück, betrachtet eine Weile das Spiel der Kerzenflamme darin und beginnt wieder über Demis Haar zu streichen. Das Mädchen regt sich kurz und murmelt einige unverständliche Worte. Ein weiterer Aspekt dieser neuen Zeit, denn meine Enkeltochter hat vorher nie im Schlaf gesprochen. Und um ehrlich zu sein, bin ich froh, dass ich nicht verstehe, was sie sagt.

»Unsere Gruppe funktionierte richtig gut. Wir hatten ausreichend Nahrung und medizinische Versorgung und Shelley hatte sogar damit begonnen, Demi mit einigen Schulbüchern, die ich besorgte, zu unterrichten. `Man weiß ja nie, wie sich unser Leben weiter entwickelt´, sagte sie stets. Ich glaube, die beiden brauchten diese Form der Ablenkung. Der Unterricht, zu dem sie sich in eines der Patientenzimmer zurückzogen, zeigte ihnen, dass es da immer noch ein Stück Normalität aus der alten Zeit gab, das ihnen diese neue Welt nicht zu nehmen vermochte. Sie klammerten sich beide daran und es tat gut zu sehen, wie meine beiden Mädchen durch diesen Unterricht förmlich aufblühten. Ich weiß nicht, ob sich Demi wirklich auf das konzentriert hat, was ihre Mutter ihr beizubringen versuchte. Vielmehr denke ich, dass meine Kleine diese Stunden mit einem ihrer geliebten und vertrauten Menschen einfach nur genossen hat. Sie hatte diese Zeit in sich aufgesogen. Selbst wenn Shelley das Ende ihrer Schulstunde verkündete, weigerte sich Demi oft, den Unterricht schon zu beenden.«

Barry lacht kurz auf und sieht seine Tochter stolz an. Doch ich kenne dieses Lachen. Es war nichts anderes als eine Maskierung seiner Tränen, die sich ihren Weg an die Oberfläche zu bahnen versuchen.

»Weißt du, Dad. Ungeachtet der Schrecknisse, die diese Tage für uns bereit hielten, fanden die Leute in unserer kleinen Gruppe schnell zueinander und schnürten ein starkes Band. Etwas, dass in der alten Zeit fast unmöglich gewesen wäre. Zumindest in diesem emotionalen Ausmaß. Die Menschen hielten zusammen. Sie wussten, dass sich einer auf den anderen verlassen musste, und sie alle wussten, dass sie ein wichtiger Bestandteil dieser Gemeinschaft waren. Ich glaube sogar ...«

Barry verstummt und wirft Demi einen prüfenden Blick zu. Dann blickt er mich mit einem verschmitzten Lächeln an, das ich stets so an ihm geliebt habe.

»Ich glaube sogar, dass Becky und Jerry etwas miteinander gehabt haben. Beide waren jung und stammten aus der gleichen Gegend. Das schweißt zusammen.«

Er zwinkert mir zu. Ich kann nicht anders, als sein Grinsen zu erwidern. Doch dann wird Barry schlagartig ernst. Binnen einer Sekunde verdunkelt sich sein Gesicht und seine Augen verlieren jeglichen Glanz, den Jerrys und Beckys vermeintliche Beziehung gerade noch in ihm erweckt hatten.

»Alles war gut«, spricht er mit monotoner Stimme. »Doch dann haben wir Alicia getroffen.«

Seine finsteren Augen streifen mich und blicken dann unstet im Raum umher. Ich kann erkennen, wie gewaltige Emotionen in ihm miteinander zu ringen beginnen. Der lächelnde Junge, der mir gerade noch Beckys und Jerrys Geheimnis offenbart hatte, ist verschwunden und hat einen Menschen zurückgelassen, der binnen Sekunden um Jahre gealtert scheint. Demi dreht sich auf seinem Oberschenkel murmelnd auf die andere Seite, so dass ich ihr Gesicht nicht mehr sehen kann.

»Eine Überlebende?«, frage ich, lediglich um die erdrückende Stille zu unterbrechen, die Barrys Erzählung wie ein Schwall eiskalter Luft gefolgt war.

»Eine Überlebende ...«

Er scheint über meine Frage nachzudenken, streicht Demi durch das Haar und betrachtet scheinbar fasziniert die Wand hinter mir. Im Schein der Kerzen glühen seine Augen wie pechschwarze Kohlestücke in seinem dunklen Gesicht.

»Keine Überlebende«, sagt er schließlich mit einem leisen Flüstern. Er holt tief Luft, schüttelt den Kopf und schließt seine Augen.

»Ich fand Alicia am siebten Tag. Sie stand in einer Buchhandlung, als ich für alle einige Bücher besorgen wollte. Denn die langen Tage und die noch längeren Nächte im Krankenhaus konnten einen Menschen um den Verstand bringen, wenn dieser nicht beschäftigt wurde. Alicia stand einfach in der Nähe der Kasse und hatte mir einen Riesenschrecken eingejagt. Fast hätte ich sie erschossen, was mir bewiesen hatte, wie angespannt meine Nerven auf meinen Erkundungsflügen in Wirklichkeit doch gewesen waren. Doch das Mädchen zuckte nicht einmal zusammen, als sie mich sah; geschweige denn, als ich meine Waffe auf sie gerichtet hatte. Sie war ein junges Ding, kaum älter als Demi. Und sie sah fürchterlich aus. Sie war keines dieser Wesen, die wir in der Nacht vor der Umzäunung des Hospitals sehen konnten und die uns mit ihrem Heulen und Jaulen den Schlaf raubten. Doch sie war auch ... irgendwie ... kein Mensch mehr.«

Barry sieht mich an als erwarte er, dass ich ihn für verrückt erklären würde. Vielleicht hätte ich das in diesem Augenblick auch getan, wäre mir nicht Cindy Millers fürchterliche Erscheinung in den Sinn gekommen.

»Ihr Aussehen war das eines Mädchens, das seit Tagen nichts mehr gegessen hatte. Ihre Wangen waren eingefallen und die blasse Haut spannte sich wie hauchdünnes Papier um ihre Knochen. Selbst ihre Haare waren lediglich noch graue Strähnen, die ihr wie Spinnweben ins Gesicht hingen. Und ihre Augen ...« Barry schaut auf seine Hände als stünde dort die Antwort auf alles geschrieben. »Ihre Augen ... sie waren das Schrecklichste an ihr. Da war nichts Menschliches mehr in diesen Augen. Nichts ... Lebendiges. Ich hatte den Eindruck in die Augen eines Blinden zu sehen. Als hätte jemand dem Mädchen graue Steine in die Höhlen gedrückt. Und trotzdem habe ich ihren Blick auf mir gespürt. Sie ist jeder meiner Bewegungen gefolgt, als ich sie langsam mit der Waffe umkreist habe. Und dann hat sie gesprochen. Ganz leise. Mit einer Stimme, die tot war. Kannst du dir das vorstellen, Dad? Ihre Worte kamen von irgendwo aus diesem toten, welken Körper.«

Ich kann es mir sehr gut vorstellen.

»Sie sagte mir, ihr Name sei Alicia und ich solle ihr helfen. Sie flehte mich an, sie zu erschießen. Dabei hat sie ihre dürren Arme nach mir ausgestreckt. Und überall auf ihrer Haut waren diese braunen Flecken. Als würde ihr jederzeit die Haut vom Arm abfallen.«

Barry betrachtet weiterhin seine Hände, hält sie vors Gesicht und verbirgt seine Augen dahinter. Demi fängt erneut zu murmeln an. Diesmal kann ich das Wort `Mama´ verstehen, was mir die Kehle enger zuschnürt.

»Ich habe Alicia mitgenommen. Wie sich herausstellen sollte, ein tödlicher Fehler. Im Krankenhaus haben wir versucht das Mädchen mit Medikamenten zu heilen. Wir haben ihr Antibiotika gegeben und Aufbaupräparate. Doch an ihrem Zustand änderte sich nichts. Sie sprach kaum ein Wort und war lethargisch. Oft stand sie einfach nur da, wie ein wandelnder Leichnam, und starrte mit ihren kalten Steinaugen ins Leere. Das wenige, das sie sprach, ließ allerdings unser Blut gefrieren. Alicia sagte, sie sei in der Nacht von einer Kreatur gebissen worden, die in den Keller der Bücherei, ihrem Versteck, eingedrungen war. Dies sei nur zwei Tage vor meinem Auftauchen geschehen. Und seitdem hätte sie Veränderungen in ihrem Körper gespürt. Das Geschöpf hätte ihr durch den Biss etwas eingeflößt, das sie nach und nach zu einem dieser Wesen mutieren ließe. Wir fanden tatsächlich tiefe Bisswunden in ihrem Nacken. Aber Glauben haben wir ihren Worten damals nicht geschenkt. Wir haben weiterhin auf die Wunder der Medizin vertraut. Demi hat sich mit Alicia anzufreunden versucht. Sie war ja nur ein paar Jahre jünger als das Mädchen. Aber auch sie konnte nicht zu ihr durchdringen. Alicia wiederholte nur immer wieder ihr Flehen, dass wir sie sterben lassen sollten. Immer wenn sie mich sah, streckte sie ihre Arme nach mir aus und forderte mich mit dieser tonlosen Stimme auf, sie zu erschießen.«

Barry sieht mich lange an. Mit einem Blick, der mir verrät, dass vor mir ein Mensch sitzt, der lange schon seine Grenzen erreicht hat.

»Wir hatten uns den Tod in unsere Gruppe geholt«, flüstert er als spräche er zu sich selbst. »Es war vor zwei Tagen, am frühen Morgen, als wir außer von den üblichen tobenden Geräuschen vor den Zäunen des Gebäudes von einem fürchterlichen Schreien geweckt wurden. Als wir aus unseren Zimmern kamen, fanden wir schnell heraus, woher der Tumult kam. Ich war der erste, der Marks Zimmer erreichte. Und was ich dort sah, ließ mir das Blut in den Adern gefrieren.«

Er verstummt und blickt sehnsüchtig auf das leere Glas vor sich. Ohne ein Wort zu sagen, stehe ich auf, nehme seine Whiskeyflasche und schenke ihm ein. Barry nickt kurz. Dann greift er mit einer zitternden Hand nach dem Glas und trinkt es begierig zur Hälfte leer. Währenddessen schließt er seine Augen und scheint das Ausbreiten der Hitze in seinem Magen zu genießen. Ich setze mich wieder in meinen Sessel, betrachte Barry mit einer angespannten Ausdruckslosigkeit und spüre gleichzeitig, wie sich diese neue Welt – diese neue Wirklichkeit – nicht zuletzt durch Barrys Worte immer mehr um mich herum zusammenzieht. Geradeso, als versuchte sie meiner habhaft zu werden und mich unter ihrem dichten Leichentuch ersticken zu wollen. Nichts ist mehr so, wie es einmal war. Und Barrys Erzählung würde diese Welt noch ein Stückchen weiter von der Realität entfernen. Wir werden zu teilnahmslosen Zuschauern in unserem eigen kreierten, grotesken Bühnenstück.

»Mark lag blutüberströmt auf seinem Bett und Alicia beugte sich über ihn. Als sie mich bemerkte, wandte sie sich blitzschnell um und rannte mit einem animalischen Gebrüll auf mich zu. Dabei konnte ich Fleischfetzen zwischen ihren roten Lippen erkennen. Der Angriff kam völlig überraschend. So apathisch Alicia in den Tagen zuvor gewesen war, so schnell und von einer inneren Bestialität getrieben stürmte sie nun auf mich zu. Und sie hätte mir mit Sicherheit mühelos die Kehle zerfleischt, wenn mich Jerry nicht im letzten Moment zurückgerissen hätte. Wir stürzten beide auf den Korridor hinaus. Doch anstatt mich anzugreifen, warf sich Alicia auf Jerry und zerfetzte ihm mit wenigen Bissen den Magen, so dass ich seine Gedärme aus der Bauchdecke quellen sehen konnte. Jerry schrie aus Leibeskräften. Ich hatte noch nie einen Menschen so schreien gehört. Ich dachte an Tiere, die geschlachtet wurden, und starrte auf das Blutbad, das Alicia nun an dem jungen Mann anrichtete. Erst Beckys Kreischen riss mich aus meiner Starre. Ich wirbelte herum, stieß sie in ihr Zimmer zurück und schrie sie an, dass sie die Tür von innen verriegeln solle. Daraufhin rannte ich in unser Zimmer zurück – das Zimmer, in dem Shelley, Demi und ich lebten, nahm meine Waffe, die ich bis zu diesem Zeitpunkt noch bei keinem Lebewesen hatte einsetzen müssen, und wies meine Mädchen an, die Tür hinter mir zu verbarrikadieren. Ich rannte zurück auf den Flur, ohne darüber nachzudenken, was ich tat, oder was überhaupt vor sich ging. Ich agierte mechanisch und fühlte mich wie ein Roboter, dem nichts geschehen konnte. Mit meiner Waffe, die mir Sicherheit versprach, rannte ich zu Jerry zurück. Doch Alicia hatte längst von dem blutigen Bündel Mensch abgelassen und sich mit schier unmenschlichen Kräften Zugang zu Beckys Zimmer verschafft. Ich hörte das Mädchen kreischen, in ähnlich hohen und hysterischen Tönen wie kurz zuvor ihr Freund. Dazwischen erklang das tierische Gebrüll von Alicia. Sie klang hungrig und wie im Rausch. Noch bevor ich das Zimmer von Becky erreichte, wusste ich, dass jede Hilfe zu spät kommen würde. Ich hörte noch, wie das Mädchen einen einzelnen Schuss aus ihrer Waffe abfeuerte und die Kugel in den Türrahmen einschlug. Dann war da nur noch ein feuchtes Reißen und Schmatzen und das schrille Kreischen von Becky, das binnen von Sekunden erstarb. Als ich das Zimmer erreicht hatte, konnte ich nur Alicias Rücken erkennen, die sich über einen unförmigen, leblosen Körper auf dem Bett beugte. Mit der Entschlossenheit eines Verzweifelten feuerte ich zwei Kugeln in den Körper des Mädchens. Dann rannte ich, ohne mich weiter umzusehen, zu unserem Zimmer zurück und hämmerte mit den Fäusten gegen die Tür. Shelley brauchte lange, bis sie mir öffnete. Ihr Gesicht war eine einzige Maske der Furcht. Ich riss sie aus ihrem Zimmer, suchte nach Demi, die verzweifelt ihre Waffe auf mich richtete. Ich zog beide hinter mir her, während ich bereits Alicias fürchterliche Schreie im Flur hören konnte. Als ich mich zu ihr umdrehte, kam sie wie eine wilde Bestie, blutverschmiert und mit gierigem Hunger in ihren glühenden Augen, hinter uns her gerannt. Ich schob Shelley und Demi vor mir her und rief ihnen zu, sie sollten zum Dach flüchten, wo der Hubschrauber stand. Dann stellte ich mich Alicia entgegen und feuerte ihr die restlichen Kugeln in den Leib, bis die Kammern leer waren. Doch meine Schüsse zeigten keinerlei Wirkung. Die Bestie sprintete unaufhörlich auf uns zu. Uns blieb nur die Flucht und so rannten und stolperten wir die Treppe nach oben zum Helikopter. Während ich Demi an der Hand zum Hubschrauber hinter mir her zerrte, blieb Shelley plötzlich stehen und zielte mit ihrer Waffe auf die schnell näher kommende Kreatur. Ich blieb wie angewurzelt stehen, schrie sie an, sie solle mit dem Unsinn aufhören und in den Hubschrauber steigen. Doch Shelley reagierte nicht auf meine und Demis Rufe. Stattdessen begann sie zu feuern. Ich konnte deutlich erkennen, wie einige der Kugeln den Schädel des Mädchens trafen. Sie wurde durch die Wucht zurückgeworfen, aber nicht aufgehalten. Obwohl Fleischfetzen aus ihrem Leib gerissen wurden und ihr Kopf sich in eine blutige Masse verwandelte, hielt sie unaufhörlich auf Shelley zu, die eine Kugel nach der anderen in den Körper der Bestie pumpte und dabei so laut schrie, dass sie das schmerzerfüllte Brüllen des Mädchens übertönte. Für einige wenige Augenblicke hegte ich tatsächlich die Hoffnung, dass wir dem Unheil noch einmal entgangen waren. Es waren trügerische Momente, die mich alle Vorsicht vergessen ließen. Ich schob Demi in den Hubschrauber und wies sie an, die Tür der Kanzel zu schließen, bis ich kommen würde. Dann wollte ich zu ihrer Mutter und ihr zu Hilfe eilen, auch wenn ich keine Munition mehr besaß. Ich war der Ansicht, dass Shelley das Ding mit ihrer

Waffe endgültig zur Strecke gebracht hatte. Doch das war ein weiterer Irrtum an diesem grauenvollen Morgen. Denn Alicia stürzte sich in rasender Gier auf Shelley und zerfleischte sie binnen einer Sekunde vor meinen Augen, noch ehe sie mehr als einen Schuss abfeuern konnte. Ich sehe noch immer ihre Waffe durch die Luft wirbeln, das Silber des Laufs mit Blutflecken gesprenkelt. Hinter mir hörte ich Demi schreien. Sie rief nach ihrer Mutter. Und dann rief sie meinen Namen. Sie kreischte in einer schrillen, dem Wahnsinn nahen Tonlage, die ich für den Rest meines Lebens nicht mehr vergessen werde. Alles ging so verdammt schnell. Es war, als würde man als Riese durch einen Alptraum rennen und mit einem Schritt ganze Kontinente hinter sich zurücklassen. Die Zeit spielte plötzlich keine Rolle mehr. Zum einen hatte ich den Eindruck, dass sich jede dieser grauenvollen Sekunden zur Unendlichkeit ausdehnte. Wie in einem Traum, in dem man auf eine Tür zuläuft und sich diese Tür mit jedem Schritt, den man sich ihr nähert, weiter zu entfernen scheint. Aber gleichzeitig raste die Zeit wie ein fauchender Sturm an mir vorbei und ließ mich fast bewegungsunfähig zurück. Der stechende Gestank von Erbrochenem stieg mir in die Nase und riss mich aus einem Alptraum heraus, der sich meine innersten Gedanken gepackt hatte. Der Gestank stammte von mir selbst, doch ich konnte nur bittere Gallenflüssigkeit spucken, die ich auf dem blutbesudelten Dach des Krankenhauses und meinem Hemd verteilte. Ich dachte noch, dass Shelley das nie wieder sauber bekommen würde. Mit einem irren Kreischen wirbelte ich herum und sprang in den Heli, dessen Kanzel Demi bereits geöffnet hatte. Während ich den Rotor startete, verbarg Demi ihren Kopf schreiend in meiner Armbeuge. Ihr Körper bebte als würde er mit Stromschlägen gepeitscht. Ich presste sie so fest ich konnte an mich, konzentrierte mich auf die Knöpfe und Schalter und versuchte das Festmahl

Alicias nur wenige Meter von uns entfernt auszublenden. In meinem Kopf hörte ich das Reißen von Fleisch und das Grunzen des Mädchens. Doch das alles wurde von einer unheimlichen Ruhe überlagert, die mich plötzlich überkam und meinen Körper in einen Behälter aus purem Eis verwandelte. Vielleicht war es der penetrante Geruch von meinem eigenen Erbrochenen, der die Kanzel erfüllte. Vielleicht auch der zuckende und heulende Körper meiner kleinen Tochter in meinem Arm, der mir diese plötzliche Stille in meinen Gedanken schenkte. Ich weiß es heute nicht mehr. Vielleicht war es beides. Ich war auf jeden Fall in diesem Moment beidem dankbar, dass sie meinen Verstand nicht in dem Strudel aus Tod, Blut und Alptraum versinken ließen. Mit wenigen, geübten Handgriffen bekam ich den Helikopter zum Laufen und hob vom Dach des Krankenhauses ab, noch ehe der Rotor richtig warm gelaufen war. Wir warfen beide keinen Blick zurück. Ich starrte geradeaus in einen grauen Morgenhimmel hinein und versuchte all die scheußlichen und unmenschlichen Bilder der vergangenen Minuten auszublenden, während Demi in meinem Arm heulte und zuckte als hätte sie die Prügel ihres Lebens bekommen. Sie klammerte sich an mich, so fest, dass ich später Kratzwunden und blaue Flecken an meinem Arm und der Schulter fand. Aber sie sprach kein Wort. Wir redeten beide nicht, sondern flogen zum Militärstützpunkt um unsere Maschine aufzutanken. Und danach kamen wir im Nonstopflug hierher.«

Barry fällt in sich zusammen, als hätte ihm jemand genau in diesem Moment den Strom abgeschaltet. Er wirkt leer und ausgezehrt; viel älter, als ich es jemals sein würde.

Als er weiterspricht, verstehe ich sein Flüstern kaum noch.

»Weißt du, Dad ...« Er nimmt sein Glas und leert den Rest in wenigen Schlucken. »Ich habe dir erzählt, wie besonnen unsere Gruppe im Hospital mit dieser neuen Situation umgegangen ist. Wie schnell wir uns alle an die veränderten Verhältnisse in unserem Leben gewöhnt hatten. Das Ganze hatte mich in den ersten Tagen wirklich erstaunt und auch ein wenig stolz auf diese Menschen gemacht. Aber dieser eine Morgen ... diese wenigen Minuten, in denen die letzten Überreste unserer Zivilisation in einem Blutregen untergegangen waren, die haben mir auf eindrucksvolle und zerstörerische Weise vor Augen geführt, wo wir Menschen wirklich in dieser neuen Welt stehen.«

Barry betrachtet sein Glas. Für einen kurzen Augenblick habe ich die Befürchtung, er würde all seine Verzweiflung in dieses Glas hineinlegen und es gegen die Wand schmettern. Vielleicht hätte das uns beiden gut getan.

»Wir haben in dieser Welt keine Chance mehr, Dad. Boston war eine Millionenstadt. Und wir waren nur sechs Überlebende gewesen. Sieben, wenn ich Alicia dazu zähle. Sechs aus mehreren Millionen.«

Er sieht mich an. Tränen glitzern in seinen Augen und fangen den Kerzenschein auf.

»Sag mir, wo stehen da unsere Chancen?«

Unsere Blicke halten sich fest. So, wie Barry seine Tochter in der Kanzel des Hubschraubers festgehalten hatte. Keiner will den anderen loslassen.

Ich senke den Blick und betrachte Demi. Ihre kleine Schulter zuckt ab und zu, als würde sie weinen. Vielleicht tut sie das auch in ihren Träumen. In ihren Gedanken wird es nichts anderes mehr als Tränen und Furcht geben. Sie sah ihre Mutter sterben und lebt in einer Welt, die leer und schwarz geworden ist. Kein Lachen mehr. Kein Spielen mit Freunden. Keine Jungs. Keine Abschlussbälle. Einfach nur noch finstere Träume, Tränen und Schmerz. Alles, was sie noch besitzt, befindet sich in diesem kleinen, stickigen und dunklen Zimmer, dessen Luft vom Geruch nach Kerzen erfüllt ist, und dessen Fenster mit dicken Brettern vernagelt sind, um diese neue Welt ihrer Alpträume nicht zu ihr hereinzulassen.

»Unsere Chancen bestehen darin, zu akzeptieren, was geschehen ist«, flüstere ich, ohne meinen Blick von Demi abzuwenden. Noch während ich spreche, bemerke ich die Leere meiner Worte. »Deine Gruppe in Boston hatte es auch geschafft, sich an die neue Zeit zu gewöhnen. Warum sollten wir hier diese Chance nicht haben? Wir leben. Und ich denke, das ist im Moment alles, was uns interessieren sollte. Alles andere – das *Wie* und *Warum* – werden wir neu erlernen müssen, so wie es die Menschheit immer getan hat. Im Mittelalter wütete die Pest. Kriege haben die Menschheit in ganzen Ländern ausgelöscht. Und trotzdem ging es immer irgendwie weiter.«

»Du vergleichst die Apokalypse mit einer Epidemie?«

Barry sieht mich an, als würde er sich jeden Augenblick auf mich stürzen wollen. Doch seine Körpersprache ist eine andere.

»Nach der Pest gab es Menschen, die einander hatten, sich Stärke gaben und die Menschheit neu aufbauen konnten. Nach Kriegen war es ähnlich. Die Menschen rauften sich zusammen, mehr als zuvor, hielten sich gegenseitig fest und bauten ihre Städte wieder auf. Aber was haben wir hier? In Boston waren wir sechs Menschen gewesen. Und hier? Wie viele leben noch in Devon? Wie viele in den Hügeln?«

Barry schüttelt den Kopf.

»Es gibt keine Chance. Wenn du in Boston gewesen wärest, dann wüsstest du das auch. Ich wusste nicht einmal, ob du und Mom noch am Leben seid. Wir sind aufs Geratewohl hierher geflogen.«

Er verstummt und sackt noch weiter in sich zusammen. Mir scheint, als könnte ich ihm dabei zusehen, wie alles Leben aus ihm herausgesaugt wird. Als würde man die Luft aus einem Ballon lassen. Der Anblick schmerzt mich so sehr, dass ich Stiche in meiner Brust spüre. Ich schließe die Augen und lasse mich in die Stille des Hauses fallen. Das Bedürfnis all meine Ängste und einen brüllenden Zorn aus mir herauszuschreien ist übermächtig. Gleichzeitig spüre ich, wie sich mein Magen ob Barrys Geschichte in einen kalten, schweren Stein verwandelt. Doch ich bleibe einfach nur sitzen, mit geschlossenen Augen und ineinander verschränkten Händen, und versuche mich einer Stille hinzugeben, die meinen Verstand seit fast zwei Wochen ausfüllt und die bislang *meine* Chance gewesen war, in dieser neuen Zeitrechnung zu überleben.

Einfach nur todesgleiches Schweigen.

Keine Gedanken über Chancen, Kriege und die Pest.

Keine Ängste.

Nur totengleiches Schweigen ...

Dann dringt etwas mit brachialer Gewalt in die gnädige, trügerische Stille meiner Gedanken ein und lässt mich zusammenfahren. Bilder von Dingen, die ich nicht sehen und verstehen möchte und die ich zu vermeiden suchte, versinken in den Fluten ihres morastigen Sees.

Als ich die Augen öffne, steht Barry vor der Couch. Demi sitzt neben ihm, ihre kleine Hand in seiner, und sieht sich schlaftrunken um. Ihre Haare sind zerzaust durch Barrys Streicheln und über ihr schmales Gesicht ziehen sich rote Abdrücke, die von Barrys Hose herstammen.

»Hast du das gehört?«, fragt Barry. Sein Blick wechselt zwischen mir und dem Rest des Zimmers.

»Da hat jemand gerufen«, flüstert Demi.

Ich sehe sie an. Ihre Stimme zu hören, versetzt mir einen Stich in der Brust. Doch Barry reißt mich augenblicklich aus meinen Gedanken, als er hinaus in den Flur stürzt.

»Warte«, rufe ich ihm hinterher.

Dann verharren wir beide in unserer Bewegung, als die dumpfe Stille des Hauses von einer Stimme unterbrochen wird. Ich gebe Barry und Demi ein Zeichen, schleiche an meinem Sohn vorbei in den Flur hinaus und greife nach meinem Gewehr, das neben dem Eingang zur Küche an der Wand lehnt.

Das Gewicht der Waffe und die Tatsache, dass Barry nur wenige Meter hinter mir steht, beruhigen mich und bringen meinen Gedanken erneut diese fremde, kalte Stille zurück, nach deren Schoß ich mich so sehr sehne. Dann höre ich die Stimme erneut und frage mich, wie sehr ich meinem Verstand noch vertrauen kann.

Mich überkommt das dringende Bedürfnis, meine Waffe zu heben und durch die geschlossene Verandatür zu feuern. Gleichzeitig möchte ich die Bretter vor den Fenstern niederreißen und hinaus in den hellen Nachmittag laufen. All diese widersprüchlichen Empfindungen löst diese Stimme vor dem Haus in mir aus. Ich muss wohl eine ganze Zeit lang bewegungslos am Eingang zur Küche gestanden haben, ehe ich plötzlich Barrys Hand auf meiner Schulter spüre und er mich dadurch aus meinem widersinnigen Strudel aus Gedanken und Empfindungen herauszieht.

»Wer ist das?«, fragt Barry mit einem Flüstern.

»Das ... das ist ...«

»Harv. Ich weiß, dass du im Haus bist.«

»Das ist Murphy«, rufe ich so laut aus, dass mich das Echo meiner eigenen Stimme in dem stillen Haus zusammenzucken lässt.

»Mein gottverdammter Nachbar Murphy. Dieser verrückte, alte ...«

Ohne den Satz zu beenden, laufe ich durch die Küche zur Verandatür, schließe sie auf und trete ins helle Licht eines tristen Herbstnachmittages hinaus.

Murphy steht neben meinem Pick-up, breitbeinig, in seiner blauen Latzhose, die er immer dann getragen hat, wenn er irgendetwas an seinem Haus oder im Laden zu reparieren hatte. Seine Hände sind zu einem Trichter um den Mund geformt. Doch als er mich sieht, fallen sie kraftlos an den Seiten herunter. Jetzt erinnert er mich an einen kleinen Jungen, der darauf wartet, dass der Weihnachtsmann ihm endlich seine Geschenke überreicht.

»Warum schreist du so herum, du alter Narr?«

Ich kann mir ein Lachen nicht verkneifen, als ich den alten Mann in seiner viel zu großen Hose neben meinem fast ebenso alten Wagen stehen sehe.

»Ich habe den Hubschrauber gesehen«, antwortet Murphy und deutet auf die Wiese hinter dem Zaun, auf der die schwarze Silhouette des Rettungshelikopters aufragt.

»Dachte mir, dass vielleicht jemand von der Regierung endlich gemerkt hat, dass hier oben noch ein paar Leute am Leben sind.«

»Da muss ich dich enttäuschen, Murphy«, erwidere ich und deute mit dem Daumen über die Schulter, wo Barry zusammen mit Demi im Türrahmen erscheinen.

»Die Maschine gehört Barry und meiner Enkelin. Du erinnerst dich doch an Barry, oder?«

Murphy blickt an mir vorbei und macht ein Gesicht, als hätte er gerade einen Geist gesehen. Doch im nächsten Augenblick wird sein griesgrämiges Gesicht von einem strahlenden Lächeln erhellt.

»Barry. Na klar erinnere ich mich an Barry.«

Er breitet die Arme aus, als wolle er von seinem Standort aus meinen Sohn umarmen. »Verdammt. Und ich dachte, wir beiden alten Trottel seien die einzigen Überlebenden auf diesem verfluchten Planeten.«

Murphys Gesicht erinnert mich an die geschminkte Maske eines Clowns, den ich als Kind einmal im Zirkus gesehen habe. Mein Vater hatte mich mit in das kleine Zelt genommen, das die Zirkusleute auf dem Marktplatz unseres Dorfes aufgebaut hatten und das als Manege diente. Der Clown war in seinen viel zu großen Hosen und noch größeren Schuhen ganz nah an mich heran gekommen und hatte mich aus seiner Blume mit einem warmen Wasserstrahl nass gespritzt. Dabei hatte ich den Schweiß des Mannes gerochen, der unter den zu großen Klamotten und der vielen Farbe steckte. Ich kann mich nicht mehr daran erinnern, wie alt ich damals gewesen war. Doch ich weiß noch genau, dass dieser Clown mir einige Nächte lang Alpträume geschickt hatte. Zumindest war ich mir dessen in meiner kindlichen Phantasie sicher gewesen.

Murphy trägt das gleiche dümmliche Grinsen zur Schau, wie es dieser Harlekin damals getan hatte. Und wer kann mir schon sagen, ob mein langjähriger Freund und Nachbar nicht auch bloß eine Maske aufgesetzt hat, denn ich erinnere mich noch gut an den Morgen vor zwei Tagen vor seinem Laden.

»Du wolltest mich vor ein paar Tagen noch erschießen«, rufe ich zu ihm herüber und bereue meine Worte, als ich sehe, wie sich Murphys breites Grinsen binnen eines Augenblickes in ein ernstes, schuldbewusstes Gesicht verwandelt.

»Nimm mir das nicht übel, Harv«, kommt Murphys Antwort. Seine Stimme klingt seltsam leer, als hätte die Welt ihr Echo verloren. »Ich dachte wirklich, dass du eine von diesen üblen Kreaturen bist, die in der Nacht um mein Haus schleichen.«

»Ich wusste ja nicht, dass ich so schrecklich aussehe. Wenn wir ein Bier zusammen getrunken haben, hat dich mein Aussehen nie gestört, was?«

»Nun komm schon, Harv.«

Murphy breitet hilflos die Arme aus. Doch in dem Augenblick taucht Barry neben mir auf und legt seinen Arm um meine Schulter.

»Nun hört auf zu streiten«, lacht er und hält meinem Freund die andere Hand einladend entgegen. »Kommen sie, Murphy. Wir sollten nicht zu lange hier draußen herumstehen.« Er sieht sich verstohlen nach allen Richtungen um. »Mein Dad hat etwas zu Essen gemacht. Sicher ist davon noch etwas übrig.«

Murphys Blick wechselt zwischen mir und Barry. Darin kann ich eine Hoffnung erkennen, die ich verloren zu haben glaubte. Aber auch Furcht liegt im Gesicht meines Freundes begraben.

»Nun komm schon ins Haus, du alter Narr«, rufe ich ihm entgegen.

Ich bin nicht überrascht, als er nach seinem Gewehr greift, das er gegen einen von Sarahs Büschen gelehnt hatte. Als wir wieder im Haus sind und die neue Welt hinter der Verandatür verschwunden ist, legt Murphy seine Waffe auf den Küchentisch. Dann umarmen wir uns. Es ist nicht dieses freundschaftliche, intensive Umarmen, wie wir es früher immer getan hatten, wenn wir uns mit unseren Frauen getroffen oder später auf der Veranda von Murphys Laden ein Bier getrunken haben. Es ist vielmehr ein Abtasten. Ein Überprüfen, ob es den anderen auch wirklich gibt. Denn irgendwie wollten die guten Neuigkeiten an diesem Tag kein Ende nehmen.

Erst Barry und meine Enkelin.

Jetzt Murphy.

Ich bin vorsichtig geworden und will einfach nur fühlen, ob mein alter Kumpel wirklich und leibhaftig vor mir steht. Das Schicksal hat es in letzter Zeit nicht sonderlich gut mit mir gemeint.

Doch dann halten wir uns im Arm.

Wie früher.

Und keiner spricht ein Wort.

IV

Es tut gut, meinen alten Kumpel derart schnell und viel essen zu sehen. Er scheint seit Tagen nichts Richtiges mehr zu beißen bekommen zu haben. Was mich wundert, weiß ich doch, dass in seinem Laden unzählige Konservendosen und getrocknetes Fleisch in den Regalen liegen. Sarah hat Murphys Geschäft oft als `Kreißsaal der Magengeschwüre´ bezeichnet, was mich damals immer zum Lachen brachte. Ich habe meinem Freund nie erzählt, wie meine Sarah den kleinen, rustikalen Verkaufsbereich seiner Blockhütte genannt hat. Aber amüsiert hatte ich mich immer darüber, wenn wir am Abend draußen auf der Veranda gesessen und ein kaltes Bier getrunken hatten und mir Sarahs Wortschöpfung in den Sinn gekommen war.

Vielleicht weiß Murphy selbst, welch ungesunde Waren er in seinen Regalen lagern hat und lässt deshalb wohlweißlich die Finger davon. Aber auf der anderen Seite, sagt man nicht, in der Not frisst der Teufel Fliegen? Und in der Not sind wir doch alle seit ungefähr zwei Wochen.

Murphy isst zwei Teller leer und fragt dann mit leiser Stimme, ob er den Rest aus dem Topf auch noch bekommen kann, wenn keiner der anderen etwas dagegen hätte.

Ich mache ihm den Teller zum dritten Mal voll und betrachte ihn beim Essen mit einer Mischung aus Faszination, Freude und Widerwillen, ob der Essgewohnheiten meines Kumpels. Er kommt mir mehr wie ein ausgehungertes Tier vor. In mir keimt ein Verdacht, was seinen Laden betrifft. Doch ich sage nichts.

Nach dem Essen bietet Barry ihm etwas von seinem Whiskey an, was er natürlich dankend annimmt.

Danach beginnt Murphy zu erzählen. Er redet wie ein Wasserfall, während Barry auf der Couch sitzt, den Kopf seiner Tochter wieder auf seinem Oberschenkel, und ich in meinem alten, zerschlissenen Sessel, die Hände auf den Armlehnen liegend. Ich frage mich, wie lange Murphy wohl kein richtiges Gespräch mehr geführt hat. Ich nehme mal an, seit etwa vierzehn Tagen.

Er redet davon, wie er mit wachsender Besorgnis die Nachrichten in seinem altertümlichen Fernseher verfolgt hatte und er sich damals schon sicher gewesen war, dass all die Ereignisse in der Welt kein gutes Ende nehmen würden. Er hätte einen guten Freund in Cooperstown, den er seit Jahren nicht mehr gesehen hat, und den er nun, da die Stadt nur noch ein rauchendes Trümmerfeld ist, sehr vermisst. Hier verstummt Murphy. Und obwohl ich weiß, dass er mit Sicherheit seit über zwanzig Jahren keinen Gedanken mehr an diesen Bekannten verschwendet hat, empfinde ich ein gewisses Mitleid mit meinem Kumpel.

Mit leiser Stimme fährt er fort zu berichten, wie er gemerkt hat, dass etwas mit der Welt nicht stimmt. Erst hatte er keinen Radioempfang mehr und wenig später auch kein Fernsehbild. Er bekam keine Zeitung – vermutlich war der junge Darryl auch zu ihm nicht mehr gekommen, nachdem er irgendwo tot aufgewacht war – und es kamen plötzlich auch keine Kunden mehr. Wobei ich mir denke, dass diese letzte Tatsache Murphy am wenigsten hätte auffallen dürfen, denn auch davor hatte er am Tag höchstens zwei oder drei Kunden gehabt, die sich auf der Durchreise durch die Hügel bei ihm mit Snacks oder Süßwaren eindeckten. Die einzigen regelmäßigen Kunden waren seine Freunde und Nachbarn gewesen. Und von denen hatte sich einer den Schädel weggeblasen, während seine Frau in ihrem Schlafzimmer eher einer Toten als einer Lebenden glich.

Was Murphy aber am meisten erschreckt hatte, war der Umstand, dass er über Telefon absolut niemanden mehr erreichen konnte. Entweder hörte er das Besetztzeichen oder es klingelte ohne Unterlass, ohne dass am anderen Ende der

Leitung jemand abgehoben hätte. Selbst mich, seine Schwester in Devon und seinen Arzt hätte er nicht erreichen können.

Dafür seien in der Nacht diese widerlichen Kreaturen vor seinem Haus aufgetaucht, für die er mich bei meinem letzten Besuch gehalten hatte. Sie seien wie streunende Hunde auf dem Parkplatz und hinten durch den Garten geschlichen und hätten dabei gegrunzt wie Schweine. Gesehen hatte Murphy die Kreaturen nicht wirklich, denn sie seien nur in der Nacht gekommen und schienen mit dunklem Fell bewachsen. Doch ihre Schatten und die behäbige Art, wie sie durch den Garten und über die Veranda geschlichen seien, hätten Murphy das Blut in den Adern gefrieren lassen.

Dazu die Geräusche, die diese Wesen von sich gaben. Da war nichts Menschliches darin zu finden, was seinen anfänglichen Verdacht, es handele sich um Wegelagerer oder lichtscheues Gesindel, außer Frage stellte.

Ich weiß aus eigener Erfahrung, dass Murphy den Hang dazu verspürt, Geschichten, die er zum Besten gibt, auszuschmücken als sei er ein Bestsellerautor. Doch diesmal weiß ich, dass ich meinem alten Freund jedes Wort glauben kann.

Murphys Mutter hätte ein cleveres Kerlchen zur Welt gebracht, so bezeichnet mein Kumpel sich stets selbst. Und so hätte er schnell eine Verbindung zwischen den Geschehnissen und den letzten Nachrichten, die er gesehen hatte, aufgestellt. Die Anschläge der Extremisten seien weitaus verheerender ausgefallen als alles bisher Dagewesene. Selbst »Nine-Eleven« sei Kindergarten gegen das Ausmaß, welches über Nacht über die Welt gekommen war. Am zweiten Tag sei er, bewaffnet mit seinem Gewehr und einigen Messern, die er im Gürtel getragen hatte, runter nach Devon gefahren. Vornehmliches Ziel sei seine Schwester gewesen. Aber auch der örtlichen Polizeibehörde beabsichtigte er einen Besuch abzustatten. Schließlich sei er Steuerzahler und hätte ein Recht zu erfahren, was um ihn herum geschieht.

Über diese Bemerkung muss ich innerlich lachen. Nicht, weil sie von Murphy kommt, sondern einfach nur, weil mir wie ein Blitz der Gedanke gekommen ist, dass auf der ganzen Welt wohl kein Mensch mehr seine Steuern bezahlen würde und jeder Staatshaushalt unweigerlich dem Untergang geweiht ist. Wenn es denn noch Staatshaushalte geben würde. Der Gedanke amüsiert mich dermaßen, dass ich unweigerlich eine Hand vor den Mund halte und mich räuspere. Ich will nicht, dass Murphy denkt, ich würde über seine Erlebnisse lachen.

Den Gedanken, seine Schwester in Devon aufzusuchen oder etwa das Polizeipräsidium, hatte Murphy schnell vergessen, als er in die Stadt hineingefahren war. Die Straßen seien verwaist gewesen, erzählt er mit gesenkter Stimme und erzeugt bei mir eine eiskalte Gänsehaut.

Ich merke meinem Freund an, dass er mit seinen Worten Demi nicht erschrecken will. Dabei hat das Kind mehr erlebt, als wir beiden alten Narren zusammen. Doch von den Ereignissen in Boston weiß Murphy noch nichts.

Die Geschäfte seien geschlossen und die Fenster der Häuser dunkel gewesen. Vereinzelt hätten Haustüren offen gestanden oder die Schaufenster der Läden seien eingeworfen gewesen. Aber Murphy hatte sich nicht getraut nachzusehen, ob sich noch jemand in den Häusern aufgehalten hatte. Er sei einmal die Hauptstraße entlanggefahren, bis zum Marktplatz mit seinem großen Wendeplatz, der an Markttagen auch als Parkplatz benutzt werden durfte, hätte dort seinen Wagen gewendet und sei dieselbe Strecke wieder zurückgefahren.

Aber nirgendwo hätte er auch nur eine Menschenseele angetroffen. Und das, obwohl es zur besten Tageszeit gewesen sei und zumindest die Geschäfte überfüllt gewesen sein müssten. Was Murphy allerdings am meisten Angst eingejagt hatte, waren die Autos, die auf der Straße standen. Es waren nicht viele gewesen, die er sah. Doch sie standen mitten auf Kreuzungen oder dem Mittelstreifen, mit offenen Türen oder eingeschlagenen Fenstern. Und an manchen Türen oder auf der Motorhaube hätte er Blutspuren erkennen können, als sei jemand gewaltsam aus dem Wagen gezerrt worden.

Dann gab es da noch diese Stille, erzählt Murphy mit leiser Stimme weiter, als befürchtete er, jemand könnte ihm zuhören, für dessen Ohren seine Worte nicht bestimmt waren. Eine Stadt ist nie still, flüstert er. Man hört das Summen der Elektroleitungen oder das impertinente Brummen des Straßenverkehrs. Das Lachen von Kindern einige Straßen weiter oder das Bellen von Hunden. Vielleicht auch noch das dumpfe Dröhnen der Bässe in hochgetunten Autos. Doch von all dem war in Devon nichts zu hören. Über den Straßen und Häusern hing eine stille Glocke, die jedes Geräusch, das die Welt normalerweise machte, verschluckte. Und nichts sei schlimmer als eine stille Stadt. Er habe sich gefühlt wie auf einem fremden Planeten, fährt Murphy mit weinerlicher Stimme fort. Längst hat ihm Barry einen zweiten Whiskey eingeschenkt, den mein Kumpel in einem Zug leert.

»Kennt ihr das Gefühl, in einem Alptraum gefangen zu sein und nicht aufzuwachen?«

Murphy spricht uns alle an, doch sein Blick ist starr auf mich gerichtet.

»Genau so habe ich mich in Devon gefühlt. Es war schrecklich. Es war, als ob etwas an dir nagt und frisst und du kannst nur still dastehen und dabei zusehen, wie Stück für Stück aus dir herausgerissen wird.«

Ich hätte Murphy nie derart lyrische Tiefe zugetraut. Doch seine Worte treffen mich wie Dolchstöße. Vor allem, weil sie genau meinen Gemütszustand der letzten Tage wiedergeben.

»All die Orte, die wir zusammen besucht haben, Harv. Das kleine Restaurant am Markt, das Kino oder die Bowlinghalle. Sie alle erschienen mir wie ein gigantisches, stilles Grab. Da waren keine Erinnerungen, keine Bilder mehr in meinem Kopf. Einfach nichts.«

Er sieht mich an, und jetzt kann ich Tränen in Murphys Augen sehen.

»Es scheint, als ob die ganze Welt gestorben ist.«

Ich versuche mich daran zu erinnern, wann ich meinen alten Freund das letzte Mal weinen gesehen habe. Selbst als das mit Audrey passiert war, hat er nicht geweint. Zumindest nicht in meiner und Sarahs Gegenwart. Diesmal weint er. Und wenn es noch einen Beweis um die Tragweite der letzten Tage gebraucht hatte, Murphy liefert ihn uns gerade.

Mein Blick fällt auf den Teller Suppe, den ich für Sarah bereitgestellt hatte.

»Entschuldigt ihr mich bitte?«

Ich stehe aus meinem Sessel auf, wobei jeder Knochen dagegen protestiert. Mit zitternden Händen greife ich nach dem Teller und einer der Kerzen, die auf dem Tisch stehen. Dann steige ich mit schweren Beinen die endlos erscheinende Treppe zum Schlafzimmer hinauf.

Die Suppe ist fast kalt. Doch Sarah hat früher schon gerne ihr Essen abkühlen lassen und es dann erst gegessen. Das war eine ihrer zahlreichen Eigenarten gewesen, die ich so sehr an ihr liebte.

Es ist still im Zimmer. Barrys Geschichte hat jegliches Geräusch aus meinem Verstand verbannt. Während ich Sarah einen Löffel Suppe nach dem anderen gebe, spreche ich nicht mit ihr. Mir fallen keine Worte ein. Was hätte ich ihr auch sagen sollen? Dass es kein Morgen mehr geben wird? Dass die Welt sich in eine leere, graue Wüste verwandelt hat?

Sarah soll nicht wissen, was um sie herum geschieht. Sie soll von einer Welt träumen, in der es Farben gibt, und die sie jeden Tag aufs Neue fasziniert hatte. Sie soll von Humphrey träumen und unseren Abenden am Kamin. Und vielleicht träumt sie ja auch ab und zu von mir, ihrem jugendlichen Liebhaber.

Tränen rollen über meine Wangen und fallen auf die Bettdecke, wo sie dunkle Flecken bilden. Ich stelle den Teller zur Seite und streichele über Sarahs Wange. Ihre Haut wirkt kalt und trocken.

Plötzlich bahnt sich die Furcht der letzten Tage ihren brutalen Weg an die Oberfläche meines Denkens und ich beginne hemmungslos zu weinen. Mein Magen verkrampft sich. Ich bekomme keine Luft mehr. Meine Hände greifen nach Sarahs Nachthemd, als ich sie in den Arm nehme und wie ein Baby an ihrer Brust heule. Der saure Geruch ihres sterbenden Körpers steigt mir in die Nase. Doch darunter kann ich den zarten Duft ihres Lieblingsparfüms riechen, das sie immer aufgelegt hatte, wenn wir nach Devon fuhren.

Mir ist bewusst, dass diese Empfindung nur Einbildung ist. Doch sie hilft mir, meine ganze Verzweiflung in meinen Tränen schreien zu lassen. Ich schluchze, wie ich es zum letzten Mal als kleiner Junge getan habe. Und es gibt nichts, wofür ich mich schämen müsste.

V

Als ich ins Wohnzimmer zurückkomme, steht Barry am Fenster und späht durch die Ritzen zwischen den Brettern nach draußen. Ein bleicher Faden Tageslicht fällt auf sein Gesicht und wirkt wie ein gerader Schnitt von der Stirn bis zum Kinn.

»Wir werden nach Devon fahren müssen«, sagt er, als sei es das Selbstverständlichste der Welt.

Ich verharre mitten in der Bewegung und sehe einen nach dem anderen an. Barrys lapidar dahin gesprochene Worte haben meinen Magen in einen kalten Sumpf verwandelt. Ein saurer Geschmack steigt in meine Kehle.

Murphy steht neben dem Wohnzimmertisch und starrt auf den dunklen Fernsehschirm. Der Sessel davor, in dem ich so viele gemütliche Abende verbracht und die junge Nachrichtensprecherin bewundert habe, kam mir noch nie so leer vor.

»Wir brauchen Vorräte«, fährt Barry fort und sieht mich an. Der Streifen Tag verschwindet von seinem Gesicht. »Du hast selbst gesagt, dass deine Vorräte fast aufgebraucht sind.«

»Was ist mit deinem Laden«, wende ich mich hoffnungsvoll an Murphy, obwohl ich die Antwort bereits zu kennen glaube.

Mein alter Kumpel zuckt verächtlich mit den Schultern. Erst jetzt sehe ich, dass Barry ihm das Whiskeyglas erneut gefüllt hat.

»Mein Laden? Den gibt es nicht mehr, Harv.«

Er blickt ins Glas, als sei der Whiskey das Einzige, was ihn noch mit seinem alten Leben verbindet.

»Vor zwei Nächten sind diese Ungeheuer in meinen Laden eingedrungen und haben alles gefressen, was sie finden konnten. Sie haben die Regale verwüstet und versucht, sich Zugang zu meiner Wohnung zu verschaffen. Aber meine Mutter hat bekanntlich ein cleveres Kerlchen geboren. Die Tür zwischen Geschäft und Wohnung hatte ich schon direkt zu Beginn der Katastrophe mit Holz und einer

Stahlplatte verkleidet. Da wäre selbst die Armee nicht durchgekommen.« Ein bitteres Lächeln erscheint auf seinem Gesicht und verwandelt ihn erneut in einen traurigen Clown. »Ich hätte niemals gedacht, dass ich dieser Platte einmal mein Leben verdanken werde. Aber sie hat diese Viecher tatsächlich aufgehalten. Zwei Nächte lang haben sie versucht in die Wohnung einzudringen. Ich weiß nicht, ob sie heute Nacht noch einmal kommen werden.«

Ich blicke Murphy an, und sehe einen alten Mann vor mir stehen. Die Schultern sind schmäler geworden, als ich sie in Erinnerung hatte, und hängen kraftlos nach unten. Sein griesgrämiges Gesicht ist eingefallen, seine Augen sind farblos. Er steht nach vorn gebeugt, während seine dünnen, langen Finger das Whiskeyglas in den Händen drehen. Ein alter Mann, denke ich erneut, unfähig meinen Blick von der traurigen Erscheinung meines besten Freundes abzuwenden.

Verdammt, was haben wir uns jung gefühlt. Mit unseren Frauen im Arm – unsere Mädchen, wie wir sie immer bezeichneten – waren wir, eitlen Pfauen gleich, durch Devon stolziert und hatten unsinniges Zeug von uns gegeben, wie es normalerweise nur verliebte, dumme Teenager tun. Auf dem jährlichen Volksfest des Städtchens haben wir unsere Mädchen auf Fahrgeschäfte entführt, die eindeutig nicht für Menschen unseres Alters gemacht worden waren, und haben uns die teilweise amüsierten, teilweise entrüsteten Blicke anderer Leute in unserem Alter eingehandelt. Uns war auf den Karussells schlecht geworden. Doch wir haben gelacht und weiter dummes Zeug geredet. Einer hat den anderen aufgezogen und ihn einen alten, gebrechlichen Mann genannt. Und dann haben unsere Mädchen gelacht und sich als alternde Jungfern bezeichnet, die mit ihren jungen Liebhabern um die Häuser zogen. Dann haben wir alle gelacht. Wir waren jung und aufgedreht. Und eine Nacht in Devon war zu kurz für uns vier gewesen. Wo sind diese Zeiten geblieben? Wo ist mein junger Freund von damals hin? Ich sehe Murphy an, der mich vor ein paar Tagen noch über den Haufen schießen wollte, und hätte am liebsten losgeheult. Doch ich wende mich ab und suche Barrys Blick.

»Eigentlich hatte ich meine Hoffnung in Murphys Laden gesetzt«, sage ich und blicke betroffen zu Boden. »Das tut mir Leid mit den Laden, Murphy«, flüstere ich, ohne meinen Freund dabei anzusehen. Mir wird plötzlich schamhaft bewusst, dass er seine gesamte Existenz verloren hat und ich bislang noch nicht einmal ein Wort des Trostes gefunden habe.

Murphy erwidert nichts.

»Wir müssen also nach Devon«, antwortet mir statt seiner Barry. Er tritt zwischen uns und sieht uns einen nach dem anderen an. Dabei breitet er die leeren Hände aus, als hätte er gerade das Offensichtliche ausgesprochen.

»Ich glaube, du hast Recht«, höre ich mich sagen und hätte mir am liebsten die Stimme aus der Kehle gerissen.

Aus den Augenwinkeln heraus kann ich erkennen, dass Murphy kaum merklich nickt.

»Ich hätte ja gesagt, dass wir mit dem Hubschrauber nach Devon fliegen«, fährt Barry fort. »Aber ich fürchte, dass die Maschine zu viel Lärm macht und diese Kreaturen vielleicht aus ihren Verstecken lockt. Außerdem kann ich den Heli im Ernstfall nicht so schnell starten wie einen Wagen.«

Mit diesen Worten blickt Barry zu mir, und mir ist bewusst, auf was er hinaus will.

»Mein alter Pick-up läuft noch«, antworte ich seiner fragenden Geste lachend. Doch klingt es eher wie ein tiefes Seufzen.

»Dann sollten wir keine Zeit verlieren«, sagt Barry.

Er sieht von Murphy zu mir und wieder zurück. Plötzlich ist wieder Leben in die sterbende Hülle meines Sohnes zurückgekehrt. Dennoch schafft er es nicht, mich mit seiner Hoffnung, die ich unverkennbar in seinen Augen finden kann, anzustecken. Wenn ich an Devon denke, sehe ich automatisch Danny vor mir, wie er auf der Couch sitzt und ich seine Waffe nur als schwarzen Schatten im Dunkeln erkennen kann. Ich sehe Cindy im Schlafzimmer stehen. Das Ding, das einmal eine wunderschöne, geistreiche und charmante Frau gewesen war. Das Ding, das mich angefleht hat, es zu töten. Und ich kann den bitteren Gestank von Tod und Verwesung im Haus der Millers riechen. Vermischt mit dem beißenden Geruch von Pulver und sterbenden Fleisches, der sich wie ein Tuch über die Räume gelegt hatte, nachdem sich Danny den Kopf weggeblasen hat. Was ist, wenn Devon voll von Kreaturen wie Cindy ist? Oder, was mir noch schlimmer erscheint, was sollen wir tun, wenn sich die Höllengeschöpfe, die ich *Shoggothen* nenne, ihren Unterschlupf in der Nacht in den Häusern von Devon gesucht haben? Welche Chancen haben wir dann?

Es gibt nur einen Weg all dies herauszufinden, denke ich mir und erschrecke mich über die Kälte, die plötzlich durch meine Adern fließt. Vielleicht ist es auch einfach nur eine tiefe Resignation, die mich in ihrem Bann hält und meinen Verstand ausschaltet. Die Aussicht, in Devon den Tod zu finden, erscheint meinem Unterbewusstsein vielleicht zu verlockend, als dass ich noch Furcht vor dem Sterben empfinden könnte. Ich glaube, tief in mir drin, wo nie die Sonne hin scheint und sich die merkwürdigsten Gedanken und Gefühle in immerwährender Schwärze tummeln, weiß ich, dass es für die Menschen nur eine einzige Zukunft geben wird.

»Ich schlage vor, dass wir beide runter nach Devon fahren«, unterbricht Barry meine düsteren Gedankengänge, wofür ich ihm überaus dankbar bin.

»Jemand muss bei Demi und Mutter bleiben«, fährt er fort und blickt dabei Murphy an. An seinem erleichterten Gesichtsausdruck kann ich sehen, wie sehr ihm die Entscheidung meines Sohnes entgegen kommt.

»Ist das okay für dich, Dad?«

Unsere Blicke treffen sich. Am liebsten hätte ich Barry angefleht, den Vorschlag mit Devon zu vergessen. Ich will ihm vorschlagen, dass wir unser Haus in eine kleine Festung umbauen, jeden mit einer Waffe ausstatten und der Dinge harren, die in den Nächten auf uns zukommen würden. Ich will ihn anschreien und ihm verzweifelt mit meinen Fäusten gegen die Brust schlagen.

»Es ist die beste Lösung«, antworte ich stattdessen. »Wir können Sarah nicht alleine lassen. Und Demi mitzunehmen, halte ich in ihrem Zustand für nicht ratsam.«

Mein Blick fällt auf Murphy, der immer noch neben dem Fernseher steht. Er wirkt hilflos, als wäre er im Stehen eingenickt.

»Jemand muss unsere beiden Mädchen beschützen«, flüstere ich und zwinkere meinem alten Weggefährten zu.

Murphy nickt und lächelt.

»Du kannst dich auf mich verlassen, alter Mann.«

Wir nicken beide kurz, eine Geste, die sich in all den Jahren unserer Freundschaft zwischen uns eingeschlichen hat. Die so schlicht und lapidar ist, und doch mehr sagt als tausend unsinnige Worte.

Ich sehe mich im Zimmer um. Erst jetzt fällt mir auf, dass Demis Platz auf der Couch leer ist. Panik will in mir aufsteigen, doch Barry scheint meine Gedanken lesen zu können. Er hebt beschwichtigend die Hände.

»Demi ist wieder nach oben gegangen, zu ihrer Großmutter. Die beiden haben sich immer nahe gestanden. Ich dachte mir ...«

Ich lege meine Hand auf Barrys Arm.

»Eine gute Idee.«

Barry lächelt und blickt verlegen zu Boden. Bei einem Mann seiner Größe eine Geste, die fast schon lächerlich wirkt.

»Okay, wir sollten einen kleinen Plan machen«, flüstert er schließlich mit heiserer Stimme, geht zum Fenster zurück und sieht durch die Ritzen im Holz nach draußen.

»Du hast dein Gewehr, Dad. Und ich eine Pistole im Hubschrauber. Dazu haben wir Murphys Gewehr und ...« Er hält inne und blickt zu mir herüber. »Demi hat auch eine Waffe. Die werde ich ihr geben.«

Wir sehen uns an, doch ich erhebe keine Einwände. Zu kalt fließt mein Blut durch meine Adern.

»Ich habe ihr im Hospital das Schießen beigebracht.« Ein zaghaftes Lächeln huscht über sein Gesicht. »Sie ist ein kleines Naturtalent.«

Niemand antwortet oder widerspricht ihm. Damit ist es beschlossene Sache, dass meine kleine Enkelin, die ich noch bis vor fünf Jahren *»Dreikäsehoch«* genannt hatte, in Anspielung an eine alte Fernsehserie, die sie sich gerne ansah, wenn sie bei uns zu Besuch war, eine Waffe in Händen halten und vielleicht sogar mit ihr töten würde. Der Gedanke daran lässt meinen Körper in einen tiefen Eissee hinabtauchen. Doch diesmal zeugt die Kälte in mir nicht von Ruhe, sondern von lähmendem Entsetzen. Die Welt hat sich weitergedreht, denke ich frustriert und wende mich ab. Barry, der wiederum mein Innenleben zu erkennen scheint, kommt zu mir und legt seinen Arm um meine Schulter. Die Berührung tut gut. Zum ersten Mal, seit wir über eine Fahrt nach Devon gesprochen haben, spüre ich wieder so etwas wie menschliche Wärme. Als ich zu ihm aufblicke, sehe ich den Widerschein der Kerzen in seinen Augen.

»Die Zeiten sind andere, Dad«, flüstert er gerade so laut, dass ich es verstehen kann.

»Demi ist kein Kind mehr. Auch wenn sie erst zwölf ist. Sie hat ihre Mutter sterben sehen.«

Barry schließt für einen Moment die Augen, als versuche er aufkommende Erinnerungen zurückzudrängen.

»Dort, auf dem Dach des Hospitals, hat Demi ihre Kindheit zurückgelassen«, fährt er dann noch leiser fort. »Ein Blick in ihre Augen verrät dir, dass sie sich in dem Moment, in dem ihre Mutter gestorben ist, verändert hat. Aber ich glaube, tief in ihrem Innern ist sie immer noch dein kleines Mädchen.«

Barry zieht mich fester an sich. Er riecht nach Schweiß und Whiskey.

»Aber dein kleines Mädchen versteckt sich. Im Moment brauchen wir Demi an der Waffe. Kannst du das verstehen?«

Wieder geht mir eine Flut von Antworten durch den Kopf, die ich Barry nur zu gerne entgegengeschrien hätte. Genauso wie eben, als er den Vorschlag mit Devon unterbreitet hatte. Doch anstatt all meine Angst und Wut herauszubrüllen, nicke ich nur und nehme meinerseits Barry in den Arm.

Eine Zeitlang stehen wir so da, ohne dass einer etwas sagt. Wie zwei Liebende, die sich auch ohne Worte verstehen. Als wir uns voneinander lösen und die Kälte in mir zurückkehrt, packt mich Barry an beiden Schultern und sieht mich an. Ich kann sehen, dass seine Augen feucht glitzern.

»Ich schlage vor, du startest den Wagen. Ich gehe zum Hubschrauber und hole unsere Waffen.«

Ich ergreife Barrys Unterarm und schüttele den Kopf.

»Lass mich noch kurz mit Sarah reden, okay?«

Er senkt den Blick und scheint zu überlegen. Dann nickt er und schenkt mir ein Lächeln, das mich an die unzähligen Abende mit Shelley und Sarah in genau diesem Raum erinnert.

»Vergiss bitte nicht, dass wir vor Anbruch der Dunkelheit zurück sein müssen.«

»Das brauchst du mir nicht zu sagen.«

Ich löse mich von Barry, gehe zu Murphy und drücke kurz seinen Oberarm. Er ist so verdammt dünn geworden, mein Freund, denke ich traurig. Dann nehme ich eine der Kerzen und gehe langsam die Treppe zum Schlafzimmer hinauf. Die mittlere Stufe knarrt ihr fast verlorengegangenes Lied, während die Kälte in mir einer düsteren Leere weicht.

VI

Der Raum wird von einer einzelnen Kerze erhellt. Jene, die ich immer auf dem Tisch am Fußende des Bettes stehen habe, damit Sarah nicht Tag und Nacht in völliger Dunkelheit liegt, ist abgebrannt und erloschen. Einzig Demis Kerze, die in einem altmodischen Messingleuchter steckt, verbreitet ein diffuses Licht.

Sarah und meine Enkelin sind nur als düstere Schemen zu erkennen. Als ich das Zimmer betrete, blickt einer der Schatten zu mir auf. Der andere regt sich nicht.

Ich stelle meine Kerze neben die Erloschene auf den kleinen Holztisch und nähere mich vorsichtig dem Bett. Demi sitzt auf der Kante neben ihrer Großmutter und hält deren Hand. Selbst zwischen den Fingern eines Kindes wirkt Sarahs Hand zerbrechlich. Ihre Haut schimmert gespenstisch weiß im flackernden Kerzenlicht.

Vorsichtig setze ich mich hinter Demi, so dass ich Sarah über die Schulter meiner Enkelin hinweg ansehen kann. Mir scheint, dass jede unbedachte Bewegung diesen heiligen Moment entweihen könnte.

Einige Zeit sitzen wir schweigend da. Ich betrachte abwechselnd Sarahs schlafendes, wächsernes Gesicht und die kraftlos gebeugte Gestalt meiner Enkelin. Dreikäsehoch habe ich sie genannt, denke ich und muss erneut den Zorn auf alles, was für diese neue Welt Verantwortung trägt, unterdrücken.

Nach unendlich langer Zeit dreht sich Demi zu mir um und sieht mich mit traurigen Augen an. Ich spüre, wie irgendetwas in meinem Herzen zerbricht. Als ich meinen Blick zu Boden senke, kann ich kaum atmen.

»Glaubst du, sie weiß, was passiert ist?«

Aus dem Körper des Kindes spricht die Stimme einer alten Frau. Ihre Finger spielen nervös miteinander. Es sind die ersten klaren Worte, die Demi spricht, seit sie hier ist. Doch der Klang ihrer Stimme und die schreiende Trauer darin erschrecken mich. Langsam schüttele ich den Kopf.

»Nein, Kleines. Für deine Großmutter ist alles noch so, wie es war.«

Demi scheint über meine Worte nachzudenken. Sie starrt auf den Boden. Ich möchte Gott anschreien für das, was er dem Kind angetan hat. Ich möchte ihn fragen, ob er stolz darauf ist, einem kleinen Mädchen die Seele gestohlen zu haben.

»Ich denke, Großmutter ist die Glücklichste von uns allen«, reißt mich Demi aus meinem Zorn. Gleichzeitig spüre ich etwas Kaltes in meiner Hand.

Als ich hinabblicke, sehe ich, dass sie meine Hand mit ihren kleinen, schlanken Fingern ergriffen hat. Mit einem Lächeln lege ich meine freie Hand auf ihre und umschließe so ihre bleichen Finger, die mir kälter als Eis erscheinen.

»Du hast Recht«, flüstere ich und sehe dabei Sarah an. »Großmutter ist glücklich dort, wo sie ist.«

Demis Gedanken und Worte sind schlicht und voller kindlicher Unschuld. Und doch bewirken sie, dass ich mich plötzlich besser fühle. In all den Tagen zuvor habe ich Sarahs Zustand nie so gesehen, wie es Demi gerade getan hat.

Ihre Großmutter weiß nicht, was mit der Welt geschehen ist. Sie hört nicht das Heulen der Ungeheuer vor dem Haus. Und sie hört auch nicht, wie sie mit ihren Pranken gegen die Verandatür schlagen. Aber vor allem sieht sie nicht, was aus mir geworden ist. Dass sich ihr junger Liebhaber, der sie so oft zusammen mit Murphy und Audrey nach Devon entführt und wie ein verliebter Narr drauflos geplappert hat, in einen alten, traurigen Mann verwandelt hat, der sich von Tag zu Tag mehr nach dem Tod sehnt.

Demi hat Recht. Sarah ist die Beneidenswerteste von uns allen. Vielleicht der glücklichste Mensch auf der Welt. Die Welt hat sich weitergedreht. Aber nicht für meine Sarah. Nicht für mein Mädchen.

»Daddy hat gesagt, dass wir nach Devon fahren.«

Ich sehe Demi an. Und die nackte Angst, die ich in ihrem Blick finde, lässt mich das berauschende Gefühl vergessen, dass es Sarah gut geht.

»Dein Daddy und ich fahren nach Devon«, antworte ich ihr und streiche ihr eine Haarsträhne aus dem Gesicht. Selbst ihre Wangen fühlen sich kalt an. »Du bleibst mit Onkel Murphy hier und passt auf Großmutter auf.«

Die Anspannung weicht fast augenblicklich von ihrem Körper. Doch die Furcht und dieser unheimliche Ernst eines Erwachsenen verharren standhaft in ihren Augen.

»Ihr müsst vor der Dunkelheit zurück sein«, flüstert sie. Ihre einst strahlenden Augen gleichen erloschenen Kohlestücken.

»Ich weiß, Kleines. Wir werden nur etwas zu Essen und einige Medikamente holen. Und noch bevor es Abend wird, sind dein Daddy und ich wieder zurück.«

»In der Nacht kommen diese ... Dinger aus ihren Verstecken«, sagt Demi mit schleppender Stimme. Ihre Brust beginnt sich in rascher Folge zu heben. »Sie nehmen sich die

Toten, weißt du. Ich habe es von meinem Zimmer im Krankenhaus aus gesehen.«

Tränen steigen ihr in die Augen. Ich weiß genau, dass sie in diesem Moment an ihre Mutter denkt.

»Du darfst nicht an Boston zurückdenken.«

Sanft ziehe ich meine Kleine zu mir heran. Als sie sich in meinen Arm schmiegt, erfasst mich ihre Kälte, als stünde ich mitten im Winter in kniehohem Schnee.

»Hier geschieht dir nichts. Das Haus ist sicher. Und in den Hügeln ...«

... gibt es nicht so viele Monster, will ich sagen. Doch ich verstumme und streichele Demi über den Kopf. Sie beginnt zu schluchzen. Ihre Schultern zucken. Dann fängt sie an zu weinen und krallt ihre kleinen Hände schmerzhaft in meine Oberarme.

Es tut gut, meine Kleine weinen zu sehen. Plötzlich ist sie wieder ein Kind, mit den Ängsten eines Kindes und den Gedanken eines Kindes.

Für einige Augenblicke ist sie wieder mein *»Dreikäsehoch«*.

Ich halte sie fest an mich geschmiegt, während ich über ihren Kopf hinweg Sarahs schlafendes Gesicht betrachte.

Wann hat wohl jemand zuletzt das Kind in den Armen gehalten? Barry auf dem Flug hierher? Oder war es ihre Mutter gewesen, als die Welt für Demi noch nicht vollends auseinandergebrochen war?

Ich schließe die Augen und genieße die Berührung mit meiner Enkelin. Ihr Körper bewegt sich krampfhaft und zuckend in meinen Armen. Ihr Haar riecht nach Schweiß und noch ein klein wenig nach Apfel.

»Ich werde wieder zu Daddy gehen«, haucht sie schließlich und löst sich aus meiner Umarmung. Ich will sie nicht loslassen. Deshalb greife ich nach ihrer Hand und lasse sie wieder zwischen meinen verschwinden.

»Daddy hat mir das Schießen beigebracht«, sagt sie mit belegter Stimme und wischt sich dabei mit dem Handrücken über die Nase. Noch immer stehen Tränen in ihren Augen.

»Ich weiß«, antworte ich nur, da ich mich mit dem Gedanken nicht anfreunden kann.

»Dann weißt du von der Pistole, die Daddy für mich im Hubschrauber liegen hat?«

Ich nicke nur und drücke die Hand des Mädchens unmerklich fester.

»Er sagt, es sei nur zu meinem Besten.« Plötzlich stiehlt sich ein kleiner Funken Leben in ihre Augen. »Damit kann ich Großmutter noch besser beschützen, wenn ihr in Devon seid.«

»Du hast Recht«, erwidere ich mit einem bitteren Kloß im Hals. »Was soll dann noch passieren?«

Über Demis Gesicht huscht ein Lächeln. Der Gedanke, dass ich mit meiner zwölfjährigen Enkelin über Waffen rede und ich in ihrem Lächeln einen gewissen Stolz erkenne, beweist mir einmal mehr, in welcher Hoffnungslosigkeit diese neue Welt zu versinken droht.

»Tust du mir einen Gefallen?«

Demi tritt nahe vor mich und sieht mich mit dem typischen Augenaufschlag von Mädchen an, mit dem sie mich schon als kleines Kind um den Finger wickeln konnte.

»Was immer du willst«, antworte ich und beuge mich in vertrauter Manier zu ihr nach vorn. Ich spüre einen Stich in der Nierengegend, doch ich lasse mir nichts anmerken.

»Wenn du in Devon bist, kannst du mir etwas zu lesen mitbringen? Du weißt ja, was ich gerne mag.«

Ich senke meine Stimme zu einem verschwörerischen Flüstern.

»Natürlich weiß ich das. Karl May und alles, was mit Indianern zu tun hat.«

Demis Augen beginnen für einen kurzen Moment zu strahlen. Es ist, als ginge in ihrer eigenen kleinen Welt in ihrem Innern eine Sonne auf, die das Dunkel der realen Welt mit Leichtigkeit zu bannen vermag.

»Ist versprochen«, fahre ich fort und streichele über die kalte Wange des Mädchens. »Ich werde sehen, was ich tun kann.«

Demi nickt ernst. Von einer Sekunde zur nächsten hat sie sich wieder in den ernsten Erwachsenen mit den dunklen Augen verwandelt. Sie wendet sich von mir ab, beugt sich über Sarah und drückt ihr einen Kuss auf die Stirn.

»Schlaf schön, Großmutter«, flüstert sie ihr ins Ohr.

Dann dreht sie sich zu mir um, sieht mich mit diesen schwarzen Kohleaugen an und schenkt mir plötzlich ein kindliches Lächeln, das mich an das Glück der vergangenen Jahre erinnert.

»Danke, Großvater«, sagt sie, nimmt erneut meine Hand und drückt sie kurz. »Wir werden es schaffen.«

Mit diesen Worten steht sie auf, wirft einen letzten Blick auf ihre Großmutter und greift nach ihrem Kerzenhalter. Als sie auf den Flur hinaus geht und die Tür so leise wie möglich hinter sich schließt, wird es dunkler im Zimmer. Und stiller.

Ich starre lange auf den dunklen Schemen der Tür und versuche mir meine Enkelin vorzustellen, wie sie zaghaft durch den dunklen Korridor nach unten zu ihrem Vater geht. Ein zartes Mädchen, das noch nichts vom Ernst des Lebens gewusst hatte und sich dann innerhalb weniger Tage in eine Erwachsene verwandeln musste.

Ich setze mich direkt neben Sarah und betrachte endlos lange ihr Gesicht. Demis Worte hallen wie ein fernes Echo durch meinen Kopf. Vielleicht ist Sarah wirklich der glücklichste Mensch der Welt. Doch je länger ich darüber nachdenke, umso absurder wird mir diese Theorie. Wie kann man glücklich sein, wenn die einzige Welt, in der man sich seit fast zwei Jahren befindet, ihre Farben verloren hat? In Sarahs Welt, tief in ihrem Innern, existiert nur eine unendliche, stille Leere. Keine Blumen, die sich im Wind auf einer weiten Wiese verneigen. Keine Bäume, deren Lied so einschläfernd sein kann. Keine Gerüche, die einen daran erinnern, wie schön die Welt einmal gewesen war. Keine Sonnenuntergänge in den Hügeln, die sie so sehr geliebt hat.

Ich habe oft darüber nachgedacht, was Sarah mit ihren Augen wohl sehen mag. Oder welche Erinnerungen sie von ihrem alten Leben mit in den stillem Sumpf ihrer Seele genommen hat. Meistens fragte ich mich dann, ob sie sich überhaupt noch an mich erinnern kann. Ob sie noch weiß, wie ihr junger Liebhaber ausgesehen hat, wie seine Stimme klang und wie er gerochen hat. Oft hat mir Sarah eine Antwort auf diese quälenden Fragen gegeben. Nämlich dann, wenn sie ihren Kopf in meine Richtung gedreht hatte, wenn ich mit ihr sprach. Oder durch ein simples Stöhnen, wenn ich sie berührte. Dann war ich mir sicher gewesen, dass sie sich meiner erinnert, und dass ich ganz tief in ihrer Stille noch immer an ihrer Seite gehe.

Ich streichele ihr mit dem Finger über die Wange. Ihre Augenlider flackern kurz. Zwischen ihren schmalen Lippen dringt ein kaum hörbares Stöhnen. Oder ist es ein Flüstern? Ein Lächeln zieht sich über mein Gesicht als ich mir vorstelle, dass sie meinen Namen flüstert. So, wie in den vielen Nächten unserer Vergangenheit, wenn wir Arm in Arm im Dunkeln gelegen haben und mich ihr sanfter Atem im Ohr kitzelte.

»Ich werde nach Devon gehen«, flüstere ich mit belegter Stimme. »Etwas zu Essen besorgen. Und Medikamente.«

Sarah reagiert nicht. Ihre Augen bewegen sich unstet hinter ihren geschlossenen Lidern.

Ich frage mich, was sie gerade sieht.

»Barry und Demi sind auch hier.«

Als ich ihre Hand ergreife, stöhnt sie erneut.

»Demi war eben bei dir gewesen. Du hast sie sicher gesehen.« Ein kurzes Lachen entsteigt meiner Kehle. »Sie hat mich gebeten, ihr etwas zum Lesen aus der Stadt mitzubringen. Du weißt ja, was sie für eine Leseratte ist.«

Sarahs Lippen bewegen sich, als versucht sie Worte zu formen. Ich halte inne und beuge mich zu ihr herunter. Doch nur ein raues Kratzen ist in ihrer Kehle zu hören. Der Geruch ihres Atems ist sauer.

»Vielleicht schaffe ich es, ein neues DVD-Gerät zu besorgen«, fahre ich schließlich enttäuscht fort. »Dann können wir uns am Abend wieder Humphrey ansehen.«

Mein Blick fällt unwillkürlich zu dem schwarzen Bildschirm des kleinen Gerätes, das mir Barry zum letzten Geburtstag geschenkt hatte. Humphrey war fort. Und mit ihm der Spaß, den wir beide stets mit ihm hatten.

Plötzlich sehne ich mich nach einer heißen Tasse Tee und der ruhigen Stimme von Humphrey. Und natürlich dem unbeschreiblichen Gefühl, wenn ich mein Mädchen im Arm gehalten hatte. Zwei Tage ist es erst her, dass Sam sein Lied zum letzten Mal in der kleinen Bar gespielt hat.

»Ich werde unseren alten Freund mitbringen«, flüstere ich und kann mich meiner Tränen nicht erwehren. »Das verspreche ich dir. Dann werden wir Tee trinken und uns bei Kerzenschein den alten Schinken noch einmal ansehen. So, wie es früher war.«

Ein Schluchzen bahnt sich seinen Weg durch meine Kehle. Durch den von Tränen verschleierten Blick bilde ich mir ein, ein Lächeln auf Sarahs Gesicht zu sehen. Ich kann sogar ihre Stimme hören. So wie damals, wenn sie mir meinen Namen ins Ohr geflüstert hat.

Doch als ich meine Tränen wegwische, liegt Sarah still da. Ihre Augen bewegen sich immer noch hinter den Lidern. Und ihre Brust hebt sich in regelmäßigen, wenn auch schwachen Abständen.

»Demi wird auf dich aufpassen, während ich mit Barry nach Devon fahre. Sie ist groß geworden.«

Erwachsen, möchte ich sagen. Doch mir graut vor diesem Wort.

»Murphy ist auch hier. Dir wird nichts geschehen. Und noch ehe du bis drei zählen kannst, bin ich wieder bei dir.«

Ich lächele und nicke, als müsse ich mir meine eigenen Lügen bestätigen. Dann nehme ich ihre Hand in meine, beuge mich zu ihr herab und hauche ihr einen Kuss auf die Wange.

»Ich liebe dich.«

Diesmal bin ich sicher, dass ich ihr Flüstern hören kann. Als ich mir ihre gebrechliche Hand gegen die Wange drücke, schließe ich die Augen und sauge ihre Berührung in mich auf. Irgendetwas in meinem Herzen sagt mir, dass es die letzte Berührung sein würde.

Ich stehe auf, betrachte ein letztes Mal die bleiche Gestalt auf dem Bett und will gerade nach der Kerze greifen, als ich inne halte. Es ist die einzige Kerze, die im Zimmer noch brennt. Und so gehe ich mit schweren Schritten und schreiendem Herzen im Dunkeln hinunter ins Wohnzimmer.

VII

Unser Aufbruch ins Ungewisse läuft wie ein alter Stummfilm vor mir ab. Die Bilder bewegen sich viel zu schnell, und eine merkwürdige Stille erfüllt meine Welt.

Barry und Murphy reden mit mir. Doch ich kann nur ihre Lippen sehen, wie sie sich bewegen, sowie ihre Augen, die mich fragend ansehen. Ich glaube, dass ich ihre Fragen sogar beantworte. Doch scheinen die Worte nicht aus meinem Mund zu kommen.

Etwas hält mich mit eisigen Klauen gefangen. Ich weiß nicht, ob es lähmendes Entsetzen ist, da mir nur zu gut bewusst ist, dass wir im Begriff sind, in eine Geisterstadt zu fahren, in der vielleicht Schlimmeres auf uns lauert als nur Geister. Oder aber die stechende Gewissheit, dass wir einen gewaltigen Fehler begehen.

So nötig unsere Fahrt nach Devon auch erscheinen mag, um unsere Vorräte aufzufüllen und Medikamente für den Notfall zu bunkern, so sicher bin ich mir aber auch, dass Barry und ich geradewegs in unser Verderben fahren.

Hatte ich mich wirklich gerade von meiner Sarah verabschiedet?

Die Frage geistert wie eisiger Nebel durch meinen Kopf, während ich mich auf den Beifahrersitz des Pick-ups setze. Scheinbar hat meine stumme Stimme Barry das Fahren überlassen.

Auf meinen Beinen spüre ich das beruhigende Gewicht meines Gewehrs, dessen Kammern und Mechanismus ich nochmals überprüft habe. In den Taschen meiner Jacke spüre ich das Gewicht von zusätzlichen Patronen. Barrys Gewehr liegt im Fußraum vor mir, so dass der Kolben wie ein riesiger Schaltknüppel herausragt.

Der Motor meines alten Babys stottert und keucht. Die Karosserie vibriert. Der Lärm ist überwältigend unter dem Mantel einer toten Welt und bringt mich allmählich in die Wirklichkeit zurück. Nach und nach dringen die Geräusche und Gerüche dieser schrecklichen Welt wieder zu mir durch. Und mit ihnen einher kommt eine gewaltige Woge der Angst, die mich wie eine Flutwelle unter sich begräbt.

Meine Finger krallen sich in die Seitenlehne des Sitzes, während Barry den Pick-up langsam über den unebenen

Sandweg zur Straße hinauffährt. Der Wagen zittert und schaukelt. Gerade so, als befände ich mich mit Sarah auf einem dieser neumodischen Karussells auf dem Volksfest in Devon.

Ich spüre, wie mir schlecht wird. Mein Blick geht in den Seitenspiegel, während Barry mit verbissenem Gesichtsausdruck durch die fleckige Windschutzscheibe auf den Weg starrt. Seine Kiefermuskeln sind angespannt und die Knöchel seiner Hand treten als weiße Flecken hervor, so fest umklammert er das Lenkrad.

Ich muss mich nach vorn beugen, um etwas im Seitenspiegel erkennen zu können. Hinter uns sehe ich das Haus verschwinden.

Auf der Veranda kann ich Murphy sehen, der mir in diesem Moment wie der billige Abklatsch eines Westernhelden erscheint. Er hält sein Gewehr in Höhe der Hüfte im Anschlag, steht breitbeinig vor der Küchentür und sieht uns mit ernster Miene nach.

Bevor ich in den Wagen gestiegen bin, habe ich ihn in den Arm genommen. Wer weiß, ob ich das jemals wieder tun kann. Ob einer von uns geredet hat, weiß ich nicht mehr. Aber ich erinnere mich an das Gefühl der Vertrautheit, als ich seinen dürren Körper an meine Brust gedrückt hatte. Umgekehrt wird er sich wahrscheinlich genauso an meinen schlaffen Leib entsinnen.

Vor der Veranda, im hohen Gras unseres ehemaligen Gartens, steht Demi. Sie kommt mir plötzlich so klein und verloren vor. Keine Erwachsene mehr. Einfach ein Kind. Mein *»Dreikäsehoch«*.

Ihr Haar weht im Wind und in ihrer Hand trägt sie die Pistole, die ihr Barry gegeben hat. Ein Paradoxon.

Der Arm mit der Waffe hängt kraftlos an der Seite herab. Ein entsetzlicher Anblick für einen alten Mann wie mich. Kein Großvater sollte seine kleine Enkelin so sehen.

Sie sieht dem Wagen nach. Durch ihr wehendes Haar sieht sie wild aus. Unwillkürlich werde ich an die Kindersoldaten der afrikanischen Staaten erinnert, von denen oft im Fernsehen die Rede gewesen war. Und doch bin ich mir sicher, könnte ich ihr jetzt in diesem Moment in die Augen sehen, würde ich nichts als Furcht und Schmerz darin finden.

Am liebsten hätte ich Barry angeschrien, dass er den Pick-up anhalten soll. Im Spiegel mit anzusehen, wie mein *»Dreikäsehoch«* immer kleiner und undeutlicher wird, ist mehr, als ich ertragen kann.

Als Demi nur noch ein farbloser Schatten vor der Silhouette des Hauses ist, schließe ich die Augen und lehne mich in meinem Sitz zurück.

»Pass auf Großmutter auf, Dreikäsehoch«, murmele ich leise.

Ich kann das Rumpeln der Räder über Sand und Steine hören. Das heisere Quietschen der Karosserie und das Knirschen des Getriebes, wenn Barry die Gänge wechselt.

Demi erscheint wie ein Spukgebilde in meinen Gedanken. Ihre zierliche Gestalt, die kleiner und kleiner wird, bis sie hinter mir zurückbleibt. Bis sie aus meinem Leben verschwunden ist.

So sehr ich es auch versuche, ich kann dieses kalte Grauen nicht ausblenden. Keiner von uns spricht ein Wort als der Wagen die Straße erreicht und Barry den Pick-up langsam in Richtung Devon steuert.

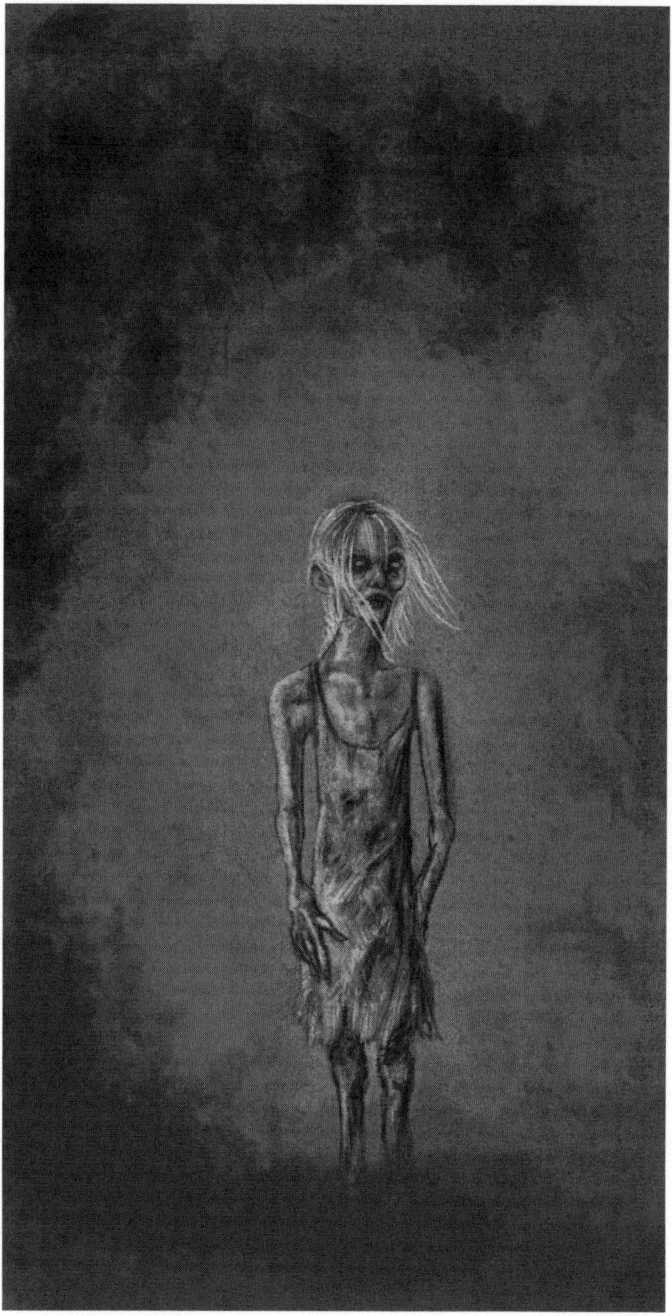

Kapitel 6

Devon

I

Als wir die ersten Häuser erreichen, zerbricht etwas in mir. Vielleicht die letzte Hoffnung, die mein Unterbewusstsein sich zu bewahren versucht hatte. Der letzte Glaube an eine Zukunft.

Ich denke jedoch eher, dass meine Erinnerungen an diese Stadt mit dem Anblick, der sich uns bietet, wie der Nachhall eines Echos aus meinem Kopf verschwinden.

Barry lenkt den Wagen an den Straßenrand und stellt den Motor ab. Das rhythmische Klicken der Blinkanlage ist zu hören. Eine alte Gewohnheit, die Barry wohl ebenso wenig verleugnen kann wie ich. Sonst ist es still.

Man redet oft von einem Tuch, das sich über ruhige Orte legt und jegliche Geräusche absorbiert. Hier in Devon kann ich das Tuch greifen und bis über meinen Kopf ziehen. Ein tiefes, gespenstisches Schweigen hängt über den Dächern und Straßen der Stadt. Ich bilde mir sogar ein, diese Stille hören zu können. Als ein beständiges, tiefes Summen in meinem Kopf. Doch ich glaube, dass ich lediglich mein eigenes Blut durch die Venen rauschen höre.

Die Straßen sind verwaist, die Geschäfte dunkel. An einer Ecke, einige Meter vor uns, flattert ein zerrissener Vorhang aus einem geborstenen Schaufenster. Die wellige, träge Bewegung im kühlen Wind wirkt fehl am Platz und zerstört das idyllische Gemälde des Todes.

Ich kann offene Haustüren sehen, in deren Eingängen sich braune Blätter angehäuft haben. Eingeschlagene Fenster, die starr und düster auf die Straße blicken. Papier und leere Tüten werden über den Asphalt getrieben, vom Wind gepackt und in die Höhe gewirbelt. An den Häuserwänden haben sich Gras und abgerissene Zweige zu Haufen aufgeschichtet.

Über allem hängt ein penetranter Gestank, der mich an die Abfalltonnen hinter meinem Haus erinnert. Ich versuche mir einzureden, dass der Geruch lediglich von verdorbenen Lebensmitteln und Abwasserkanälen herrührt. Doch eine Stimme in mir schreit unentwegt, dass sich darunter der widerliche Gestank von verwesendem Fleisch gemischt hat.

Ich spüre Barrys Blick auf mir und drehe mich zu ihm. Seine Augen blicken traurig und liegen tief in ihren Höhlen. Die Lippen sind zu einer schmalen Linie zusammengepresst.

»Wir sollten hier nicht länger bleiben als unbedingt notwendig.«

Seine Stimme klingt klein und verloren, die Worte werden von der unheimlichen Stille der Stadt fortgetragen.

Ich nicke und lege meine Hand auf den Kolben des Gewehrs.

»Fahr zu `*Tenberries*´. Da bekommen wir alles, was wir brauchen.«

Als Barry den Wagen wieder startet und der altersschwache Motor unter Protest zu klapperndem Leben erwacht, lehne ich meinen Kopf gegen das Seitenfenster und lasse meinen Blick über die Häuserfassaden gleiten, die wie eine Allee des Todes an uns vorbeiziehen.

Früher waren wir an eben diesen Häusern mit unseren Mädchen im Arm vorbeigeschlendert. Der Schein der Straßenlaternen hatte sanfte Pfützen aus Licht auf dem Bürgersteig gebildet. Aus den Häusern war der Duft von frisch gekochtem Gemüse und das unbeschwerte Lachen von Kindern gedrungen.

In einem der Häuser hatte stets ein Baby geweint, wenn wir uns auf dem Weg zu unserem Lieblingsrestaurant befunden hatten. Ich erinnere mich noch daran, wie traurig Sarah stets zu dem Fenster geschaut hatte, hinter dessen zugezogener Gardine das Kind schrie.

Als wir jetzt an diesem Haus vorbeifahren, fällt mein Blick auf dunkle, verlassene Fenster und eine Haustür, die schief in ihren Angeln hängt. Eine leere Plastiktüte hängt an der Klinke und winkt mir verloren im Wind zu.

Ich schließe kurz die Augen, um die Erinnerung an Sarahs traurige Augen der Vergangenheit zu verdrängen. Im Hintergrund glaube ich das Baby schreien zu hören. Als ich sie wieder öffne, ziehen die grauen Häuserfronten wie ein endloses Band an mir vorbei, ohne dass ich sie wirklich wahrnehme. Alles liegt in tiefen, deprimierenden Schatten. Das Gefühl, an uralten, lange aufgegebenen Ruinen entlang zu fahren, packt mich und lässt mein Herz zu Eis gefrieren.

Eine matte Müdigkeit überkommt mich. Die Welt um mich herum beginnt sich zu drehen. Gedanken an Sarah und Demi versuchen sich ihren Weg aus dem Sumpf meines Verstandes an die Oberfläche zu graben. Doch noch ehe mich die Furcht um meine beiden Mädchen packen kann, bemerke ich eine Bewegung zwischen zwei niedrigen Wohnhäusern auf einem unbebauten, mit Gras und Buschwerk zugewachsenen Grundstück. Schlagartig verkrampft sich mein Körper. Das Atmen fällt mir schwer.

Dort, inmitten der Wiese, in den Schatten eines verkrüppelten Baumes, steht ein kleines Mädchen. Ihr langes Haar weht wie Spinnweben im Wind, und ihr Kleid, das einmal gelb gewesen sein muss, jetzt aber mit dunklen Flecken übersät ist, flattert an ihrem ausgemergelten Leib. Sie sieht zu uns herüber und dreht ihren Kopf mit der Geschwindigkeit des Wagens mit. Ihre Haut ist so bleich wie die einer Toten. Wie in Zeitlupe hebt sie einen Arm, als wolle sie nach uns greifen. Ich werde auf grauenvolle Weise an Cindy erinnert. Trotz der Entfernung kann ich sehen, wie das Mädchen die Lippen bewegt. Ich weiß genau, was sie sagt. Obwohl ich ihre Stimme nicht hören kann, schneiden ihre Worte wie die glühende Klinge eines Dolchs in meinen Körper.

Dann ist sie verschwunden und das finstere Schaufenster einer Eisenwarenhandlung zieht in schweigender Würde an uns vorüber. Mit klopfendem Herzen beuge ich mich nach vorne und sehe in den Seitenspiegel. Doch das leere Grundstück ist lediglich als heller Streifen auf dem Asphalt zu erkennen.

Mein Blick fällt auf Barry, der mit verkniffenem Gesichtsausdruck durch die mit Fliegen verklebte Scheibe starrt. Er scheint alle emotionalen Momente ausblenden zu wollen, denn seine Augen und sein Mund sind ein beängstigender Ausdruck der Abwesenheit.Ich frage mich, ob er das Mädchen ebenfalls gesehen hat. Falls ja, lässt er es sich nicht anmerken.

Trotz der Kühle im Wagen spüre ich einen Schweißfilm auf der Stirn. Mit einer fahrigen Handbewegung wische ich ihn weg und lasse meine Hand auf meinen Augen liegen. Durch die Berührung spüre ich eine tiefe Müdigkeit hinter meinen Lidern.

Während ich die Augen geschlossen halte, versuche ich meinen Herzschlag wieder zu beruhigen.

Das Mädchen war etwa in Demis Alter, denke ich. Und dann fällt mir Barrys Erzählung von Boston ein. Ich denke an seine Worte über Alicia, jene Überlebende, die er in den Trümmern der Stadt gefunden hatte und die wie Cindy gewesen war. Barrys Worte klingen mir noch mit all ihrer Scheußlichkeit in den Ohren, als er unter Tränen erzählte, was aus Alicia letzten Endes geworden und zu was sie fähig gewesen war.

Würde das Mädchen genauso werden?

Ging man nach Barrys Erzählung, so verwandeln sich die von den *Shoggothen* Infizierten nach einiger Zeit selbst in eine blutrünstige, unmenschliche Kreatur. Genauso würde es Cindy Miller eines Tages ergehen, auch wenn sie, eingesperrt in ihrem Schlafzimmer, keine Nahrung finden würde.

Doch was war mit dem Mädchen? Sie läuft frei in Devon herum. Würde sie in den Nächten auf Jagd gehen? Auch wenn sie in der Stadt keine Beute mehr finden kann, so gibt es mit Sicherheit noch Wild und anderes Getier, das sie jagen kann. Und wenn sie Hunger auf etwas Größeres, Nahrhafteres bekommt? Mit Schaudern stelle ich mir vor, wie sich das Mädchen in der Hoffnung auf Beute in die Hügel schleicht. Und wie sie sich meinem Haus nähert. Wahrscheinlich können sie ihre Beute sogar riechen. Sie würde Sarah und mich riechen und sich im Mantel der Nacht an das Haus schleichen und ...

Ein Holpern reißt mich aus meinem Alptraum. Als ich die Augen öffne, sehe ich, wie Barry den Pick-up auf den großen Parkplatz vor *`Tenberries´* lenkt. Ein einzelner Wagen steht unter einem der jungen, frisch angepflanzten Bäume. Ansonsten ist der Platz verwaist.

»Ich schlage vor, ich fahre rückwärts an die Eingangstür und blockiere dadurch mit dem Wagen den Zugang für ...«

Barry muss nicht weitersprechen. Ich nicke nur und versuche verzweifelt meine Gedanken zu beruhigen. Das schreckliche Abbild des Mädchens hat sich wie eine blinkende Neonreklame in mein Gehirn gebrannt.

»Ist alles in Ordnung?«

Barry hat den Wagen angehalten und sieht mich besorgt an. Für den Bruchteil einer Sekunde spiele ich mit dem Gedanken, ihm von dem Mädchen auf dem unbebauten Grundstück zu erzählen. Doch dann kommt mir wieder Alicia in den Sinn und ich nicke mit einem bitteren Lächeln.

»Alles okay. Das Ganze geht nur etwas an die Substanz.«

Barrys Lippen verwandeln sich wieder in eine dünne Linie. »Nicht nur dir. Lass es uns hinter uns bringen. Und dann vergessen wir am besten alles, was wir in Devon gesehen haben?«

Ich sehe ihn an und frage mich, ob er das Mädchen vielleicht doch aus den Augenwinkeln heraus bemerkt hat. Doch ehe ich näher darüber nachdenken kann, fährt Barry auch schon auf den Eingang des Supermarktes zu, wendet und stößt rückwärts gegen den Eingang. Erst einen knappen Meter vor den Glastüren hält er den Wagen an.

»Wir stellen den Motor ab. Sonst blasen wir den ganzen Dreck in den Laden. Und wir würden eventuelle Geräusche nicht mitbekommen.«

Barrys Stimme klingt bestimmt. Und voller Furcht. Als er den Motor abstellt, stottert der Wagen noch einmal kurz. Dann wälzt sich eine gewaltige Welle der Stille über die Dächer und Straßen und begräbt alles unter sich. Wir sitzen wie geprügelte Hunde im Wagen und sehen uns mit hektischen Blicken nach allen Seiten um. Es dauert fast zwei Minuten, bis sich unsere Blicke treffen. Barry mustert mich für einen kurzen Augenblick, und mir wird bewusst, dass er sich ernsthafte Sorgen um seinen Vater macht.

»Wir sollten uns jeder einen Einkaufswagen schnappen«, sage ich daher mit betont fester Stimme. In Wahrheit bringe ich nur ein Krächzen zustande.

»Ja. Aber nimm nichts Verderbliches«, antwortet Barry, während er den Parkplatz erneut mit seinen Blicken absucht. »Nur Konserven und Nudeln. Und Früchte in der Dose. Solches Zeug.«

Ich muss lachen, woraufhin mich Barry mit großen Augen ansieht. Ich denke an Sarah, die stets darauf geachtet hatte, dass sich Barry als kleiner Junge von frischem Gemüse und frisch zubereitetem Fleisch ernährt. Was würde sie zu seiner Aussage von gerade sagen?

»Denkst du wirklich, wir finden noch irgendetwas Verderbliches in den Regalen? Ich meine etwas, das noch nicht mit einer schönen, dicken Schicht Schimmel überzogen ist.«

Jetzt lacht auch Barry.

Es tut so verdammt gut, hinter seine Maske der Anspannung sehen zu können.

»Da hast du wohl Recht«, sagt er und schlägt mir auf den Oberschenkel. »Alles, was Augen hat und zu uns zurücksieht, lassen wir liegen.«

Er legt seine Hand auf mein Gewehr. »Aber die hier, die nehmen wir mit.«

Dann wird er wieder ernst.

»Bist du bereit?«

»Bereit«, sage ich ohne jede Überzeugung und greife nach der Waffe.

Barry zieht seinerseits sein Gewehr aus dem Fußraum, sieht sich noch ein letztes Mal um und öffnet dann die Tür auf seiner Seite. Das Klicken des Schlosses dröhnt wie Hammerschläge über den Parkplatz. Ich öffne ebenfalls meine Tür und erschrecke wie ein kleines Kind, als mich die kalte Herbstluft empfängt. Als ich aussteige, kann ich mir trotz meiner Furcht ein Lächeln nicht verkneifen.

»Jeder einen Wagen«, wiederholt Barry noch einmal. »Wir gehen erst in den Supermarkt und dann in die Drogerie. Sie ist doch immer noch dort, wo ich sie in Erinnerung habe?«

Ich nicke und halte mich an meinem Gewehr fest.

»Es hat sich nichts verändert.«

Barry geht auf die Tür zu. An anderen Tagen wären die beiden Schiebetüren automatisch zur Seite geglitten. Schon als Barry mit dem Wagen bis fast an das Glas herangefahren ist. Doch heute bewegen sich die Flügel nicht. Barry betrachtet eine Sekunde das Glas, auf dem zahlreiche Abdrücke von kleinen und großen Händen zu sehen sind. Dann greift er seine Waffe am Lauf, gibt mir mit einem Handzeichen zu verstehen, zurückzutreten, und hämmert mit dem Kolben gegen das Glas. Das Geräusch ist ohrenbetäubend. Zweimal schallt es durch die Stille, als würde man mit einem Hammer auf einen Amboss einschlagen. Beim dritten Schlag explodiert die Scheibe des rechten Flügels mit einem hohlen Seufzen und sackt in sich zusammen.

Barry war instinktiv zurückgesprungen. Jetzt reißt er sein Gewehr hoch und zielt damit in die dunkle Halle des Supermarktes. Ich tue es ihm gleich und baue mich neben ihm auf.

Wir starren in das Dämmerlicht des Supermarktes, bereit, jederzeit unsere Waffen abzufeuern. Abgestandene, warme Luft schlägt uns wie eine Woge brackigen Wassers entgegen. Doch kein Laut ist zu hören.

»Ich glaube nicht, dass sich diese Kreaturen in Gebäuden verstecken«, unterbricht Barry die Stille. »In Boston habe ich zahlreiche Büros, Geschäfte und Drogeriemärkte durchstöbert. Und nirgends bin ich auf diese Monster gestoßen.«

Seine Worte vermögen mich nur schwach zu beruhigen. Mein Herz schlägt so laut, dass mich die alberne Furcht überkommt, man könnte es in ganz Devon hören.

»Wir sollten uns beeilen.« Barry sieht mich ernst an. Schweiß steht auf seiner Stirn. »Ich weiß nicht, was der Lärm des Wagens und der Scheibe alles aus seinem Versteck gelockt hat.«

Vor meinem geistigen Auge erscheint der Schatten des Mädchens von dem freien Grundstück. Ich frage mich, ob sie sich bereits auf den Weg gemacht hat, um dem Wagen zu folgen.

Barry betritt den Supermarkt und sieht sich noch einmal nach allen Seiten um. Durch die Oberlichter in der Decke und die zahlreichen, schmalen Fenstern, die wie eine Borte aus Glas unterhalb des Daches verlaufen, fällt genügend Licht in das Gebäude. Die Regale erheben sich wie schlafende Ungetüme vor uns. Zu unserer Rechten befinden sich die verwaisten Kassen. Ein Eldorado für Langfinger, schießt mir ein aberwitziger Gedanke durch den Kopf. Doch welchen Wert besitzt die uralte Geißel der Menschheit – Geld – heute noch?

Barry hält zielstrebig auf die Einkaufswagen zu, die im Zwielicht matt glänzen. Er legt sein Gewehr so hinein, dass der Kolben herausragt und jederzeit griffbereit ist. Ich tue es ihm gleich und fühle mich, als ich das Gewicht meiner Waffe nicht mehr in Händen spüre, plötzlich wehrlos und nackt. Mit beiden Händen halte ich mich am kalten Griff des Wagens fest, um meine aufsteigende Panik zu unterdrücken.

»Ruf nach mir, wenn du etwas Ungewöhnliches siehst«, flüstert Barry. »Egal, was. Jede Kleinigkeit kann sich als Gefahr erweisen.«

Ich nicke, wobei sich unwillkürlich die Welt um mich herum zu drehen beginnt. Den Gedanken, wie oft ich hier mit Sarah zum Einkaufen gewesen war, lasse ich nicht zu.

Barry verschwindet zwischen zwei Regalen. Im nächsten Moment kann ich hören, wie er eine ganze Anzahl Dosen in den Einkaufswagen wirft. Das Scheppern des Metalls klingt wie die Detonation von Bomben.

Ich schiebe meinen Wagen zu einem Regal, von dem ich weiß, dass ich dort Teigwaren finden kann. Feiner Staub hat sich über die Tüten gelegt. In der Dunkelheit wirken sie, als würden sich hinter den Sichtfenstern Maden winden. Ohne weiter darüber nachzudenken, fülle ich den halben Wagen mit Nudeln. Dann steuere ich zu den Getränken und greife mir mehrere Flaschen mit Sprudel und Limonade. Unbewusst greife ich nach Sarahs Lieblingsmarke. Etwas, das ich immer getan habe, wenn ich in den letzten zwei Jahren alleine zum Einkaufen hier gewesen bin.

Am Regal mit den Spirituosen halte ich inne. Ich habe nur selten Alkohol getrunken und entsinne mich meiner Abneigung, als ich Barry mit der Whiskeyflasche gesehen habe. Doch ohne zu zögern greife ich nach einigen der Flaschen, ohne zu wissen, was ich da überhaupt in den Wagen lade. Die Zeiten haben sich eben geändert. Vielleicht sind diese Flaschen eine der wenigen Möglichkeiten, die Zukunft zu akzeptieren.

Von weiter entfernt kann ich Barry hören, der seine Sachen unwirsch in den Wagen lädt und nicht selten mit seinem Gefährt irgendwo dagegen fährt. Einmal kann ich das helle Klirren von Glas und Barrys Fluchen hören. Instinktiv greife ich nach der Waffe. Doch schon im nächsten Moment höre ich, wie mein Sohn das nächste Regal ausräumt.

Im grauen Licht, das schwerfällig durch die Oberlichter sickert, kann ich die Schatten der Elektroabteilung erkennen. Ich lasse den Wagen stehen, stelle ihn sogar an den Rand, damit niemand darüber stolpert, und gehe dann kopfschüttelnd zur Auslage mit den Abspielgeräten. Ich weiß nicht genau, nach was ich suchen muss. Doch kleine Schilder an den Regalreihen führen mich schnell zu DVD-Recordern und tragbaren Abspielgeräten für DVDs. Als ich ein Gerät erblicke, das fast genauso aussieht wie jenes, mit dem Humphrey uns vor einigen Tagen besucht hat, spüre ich, wie mein altes, hämmerndes Herz einen jubelnden Hüpfer macht. Ich greife danach, suche nach einem Kabel, und erinnere mich daran, dass mein Gerät zu Hause über einen Akku betrieben wurde. Außerdem – was nützt mir ein Kabel in dieser neuen Zeit?

Behutsam lege ich das Gerät auf den Stapel aus Tüten, Kartons und Flaschen in meinem Wagen. Dann rufe ich nach Barry, wobei ich zwei Anläufe brauche, bis meine Stimme Worte formen kann.

»Wenn du fertig bist, geh zum Eingang und warte dort auf mich«, antwortet Barry einige Reihen neben mir. Seine Stimme klingt seltsam gehaltlos in dem großen Raum, in dem sonst das Summen der Kühltruhen, leise Musik und das Gemurmel von Menschen zu hören gewesen war.

Am meisten fehlt mir die Musik, glaube ich. Obwohl sie nie die Musik gespielt haben, die ich gerne höre.

»Ich plündere gerade noch die Drogerie. Dann komme ich.«

Barry stößt ein heiseres Lachen aus. Während ich ihn das Regal durchwühlen höre, wobei er weitaus weniger zimperlich mit den Sachen umgeht wie ich, schiebe ich meinen Wagen in Richtung Ausgang. Als ich an der Kasse vorbeigehe, erwarte ich fast, dort Helen sitzen zu sehen; jene Frau, die von ihrem Mann verlassen worden war, sich aber dennoch immer ein Lächeln abringen konnte, wenn sie mich erblickte. Ich hatte Helen sehr gemocht, und sie hat mir leid getan, da der Mistkerl sie mit ihren drei Kindern hatte sitzen lassen.

Nun, Helen war nicht hier, und sie würde wohl auch in naher Zukunft nicht mehr auf ihrem zerschlissenen Hocker hinter der Kasse sitzen. Und ihr Mann, ich glaube, sie erwähnte einmal, das er Chris hieß, hat mit Sicherheit bereits die gerechte Strafe für sein Verhalten bekommen. So, wie wir alle.

Niemand hält mich zurück, als ich den Einkaufswagen an der Kasse vorbei zum Eingang lenke. Dort bleibe ich stehen und nehme das Gewehr aus dem Wagen, was sich als ziemlich schwierig erweist, da ich die meisten der Tüten in der Hektik über den Lauf gepackt habe.

Das hätte ein fataler Fehler sein können, denke ich traurig und lausche auf Barrys Geräusche. Dabei fällt mein Blick auf einen kleinen Laden, der sich zwischen Bäckerei und einem Schuhgeschäft gegenüber den Kassen befindet. Früher war dies mein Lieblingsladen gewesen, da ich mir hier stets meine Bücher von Lovecraft und meine Zeitschriften gekauft habe. Auch jenes unheilvolle Buch von Stehen King hatte ich mir vor unzähligen Jahren in dem kleinen Laden gekauft. Ich hatte es geliebt, stundenlang durch die Auslagen der Regale zu spazieren und nach lohnenswerten Neuerscheinungen Ausschau zu halten.

Jetzt sind die Glastüren geschlossen und der Raum dahinter dunkel.

Mit angelegtem Gewehr nähere ich mich dem Buchladen, in dessen kleinem Schaufenster Atlanten und das neueste Buch von Grisham liegen. Vorsichtig spähe ich durch das Glas der Türen, in deren Spiegelbild ich das Abbild eines von Furcht zerfressenen, grauen Mannes erkennen kann. Der Laden selbst scheint leer zu sein. Vielleicht ist an Barrys Theorie, dass die Kreaturen von Menschenhand erschaffene Bauwerke meiden, doch etwas dran.

Ohne jede Hoffnung greife ich nach dem kupfernen Türknauf und hätte fast laut aufgeschrien, als sich die Tür lautlos öffnet.

Wie Barry zuvor am Eingang des Supermarktes trete ich einen Schritt zurück, reiße das Gewehr hoch und ziele damit in die Dunkelheit der Buchhandlung. Der würzige und zugleich muffige Geruch von Papier und neuen Einbänden schlägt mir entgegen.

Vorsichtig betrete ich den Laden. Hinter mir kann ich Barry erneut fluchen hören.

Ich weiß genau, wo ich hin muss. Um mir meinen Weg zwischen den wenigen Regalen und einer Palette mit Sonderangeboten zu suchen, brauche ich kein Licht. Bald schon bin ich eins mit den Schatten meines einstigen Lieblingsladens.

Als ich am Zeitungsständer nahe der Kasse vorbeikomme, bleibe ich stehen und starre auf die dort ausgestellten Zeitungen. Im trüben Licht, das durch die Schaufenster in den Laden fällt, wirkt das Papier vergilbt, als würde man eine alte Fotografie betrachten. Und tatsächlich kommt es mir auch so vor, als ich auf das Datum und die unheilverkündende Schlagzeile des letzten Tages der Erde blicke.

Plötzlich sehe ich die attraktive Nachrichtensprecherin vor mir, deren Gesicht eine einzige Maske der Furcht gewesen war. Ich höre noch ihre Worte in meinen Ohren, deren Sinn ich zum damaligen Zeitpunkt nicht begreifen wollte. Ihre Stimme hatte gezittert, während ihre Hände nervös mit einigen Blättern gespielt hatten, von denen sie das Ende der Welt ablas. Damals wussten wir das natürlich noch nicht. Doch mittlerweile betrachte ich die Schönheit aus meinem Fernseher als apokalyptischen Engel, von Gott ausgesandt, um mir persönlich den Weltuntergang so angenehm wie möglich zu offenbaren. Die Fotos auf der Zeitung scheinen mich zu verhöhnen. Am liebsten möchte ich sie zerreißen und durch diese absurde und kindliche Geste alles ungeschehen machen.

Stattdessen gehe ich weiter, tiefer ins Dunkel des Ladens hinein. Mein Gewehr halte ich in Hüfthöhe vor mich, so wie es einst wohl John Wayne getan haben mochte.

Früher bin ich diesen Weg durch die Buchreihen oft gegangen. Wenn ich keine Zeit zum Schmökern hatte und wusste, dass Demi mit ihren Eltern zu Besuch kam, bin ich immer nach dem Einkaufen zu dem hohen Regal in der Ecke gegangen. `Abenteuer´ steht dort in verschnörkelten

Buchstaben über den Reihen. Darunter schmiegt sich ein aufreißerischer Einband neben den anderen. Ich weiß, wie gerne Demi Geschichten über Indianer und den Wilden Westen liest. Im Gegensatz zu anderen Mädchen in ihrem Alter hatte sie noch nie etwas für Puppen übrig gehabt. Ihr Spielzeug hatte aus mehreren Forts aus Holz bestanden, dazu zahlreichen Cowboy-und-Indianer-Figuren, samt Planwagen und Pferden. Sie hat mir oft mit leuchtenden Augen gesagt, dass sie so gerne zu jener Zeit gelebt hätte, in der die Damen lange, mit Rüschen besetzte Kleider trugen und noch wie Damen behandelt worden waren.

Die Bücher, die ich suche, stehen in der unteren Reihe. Eine ganze Ansammlung von Karl-May-Büchern erstreckt sich über die gesamte Breite. Leider weiß ich nicht, welche Titel Demi ihr Eigen nennt. Doch ich denke mir, dass es ihr in diesen Zeiten, in denen man nichts mehr besitzt als die Kleider auf der Haut, egal sein wird, welches Buch ich ihr mitbringe. Ein Relikt aus der alten Zeit würde ihr Herz auch höher schlagen lassen, wenn sie das Buch davor schon hundertmal gelesen hätte.

Im Dunkeln kann ich die Titel nicht entziffern. So nehme ich das Buch mit, dessen Einband mir am besten gefällt. Einen einzelnen Kaktus kann ich sehen, dahinter eine weite Prärie, in der sich Berge wie Schatten am Horizont abzeichnen. Ich presse das Buch fest gegen meine Brust, während ich das Gewehr jetzt mit einer Hand trage und locker an der Seite herabhängen lasse.

Gerade will ich den Laden verlassen und somit die Flut der Erinnerungen in mein mit Sicherheit geschädigtes Unterbewusstsein zurückdrängen, als ich vor einem weiteren Regal stehenbleibe. Mein Blick fällt auf ein Buch, das nicht in der Reihe mit den anderen steht, sondern auf einer kleinen Ablagefläche vor dem Regal als Sonderangebot angepriesen wird.

Mein Herz verkrampft sich, als ich den Titel lese. Es ist jener erste Band in Stephen Kings Saga vom *»Dunklen Turm«*, in der sich die Welt weitergedreht hat.

Ich hatte das Buch damals geliebt, sowie die darauf folgenden Bände. Jetzt spüre ich plötzlich eine tiefe Wut in mir aufsteigen. Ich weiß nicht, ob ich sie gegen mich selbst richte, da ich diesen unglückseligen Satz zu meinem eigenen Motto erkoren habe, oder aber gegen den Schriftsteller, dass er diesen Satz überhaupt kreiert hat. Ein kleiner, vor Irrsinn lachender Teil meines Verstandes kreischt plötzlich, dass der Autor die alleinige Schuld am Untergang der Zivilisation trägt. Mit dem Niederschreiben dieses einen Satzes hat er Mächte heraufbeschworen, deren Kontrolle der Menschheit schnell entglitten war und die Welt in Stücke gerissen hatten.

Vielleicht bräuchte ich das Buch nur zu zerreißen und alles wäre wie früher. Ebenso wie die Zeitungen in dem Ständer an der Kasse. Wenn es etwas nicht gibt, kann es auch nicht eintreten.

Für den aberwitzigen Moment einer Sekunde denke ich daran, meine Waffe hochzunehmen, auf dieses unheilige Werk zu zielen und Mr. Kings Buch der Offenbarung in tausend brennende Fetzen zu schießen. Mein Finger spielt mit dem Abzug des Gewehrs. Doch ehe ich meine dummen Gedanken in die Tat umsetzen kann, höre ich Barrys ängstliches Rufen gedämpft durch das Glas der Eingangstür.

»Ich bin hier, keine Sorge«, rufe ich mit einer Stimme zurück, in der Zorn und sogar Hass mitschwingt. Nie wieder würde ich ein Buch von Stephen King anrühren.

Als ich mit dem Buch für Demi im Arm aus dem Laden trete, sehe ich Barry neben meinem Einkaufswagen stehen. Selbst auf die Entfernung hin ist ihm seine Erleichterung anzusehen, als er mich erblickt.

»Was hast du da?«

Er wirft einen kurzen Blick auf das Buch. Doch ich kann ihm seine Nervosität ansehen, da seine Augen schnell wieder von dem Buch abschweifen und die Umgebung beobachten.

»Für Demi«, antworte ich und präsentiere Karl May so stolz wie ein Sportler seine Trophäe.

»Wir sollten keine Zeit mehr verlieren«, entgegnet Barry und betrachtet mit einem zufriedenen Nicken unsere beiden Einkaufswagen. In einer anderen Welt hätten wir mit den überladenen Wagen wahrscheinlich lächerlich gewirkt. Doch in dieser Welt scheinen sie sogar noch zu klein zu sein. Die Vorräte würden nicht ewig halten. Irgendwann würden wir wieder nach Devon zurückkommen müssen und unsere Wagen erneut beladen.

Barry schiebt seinen Einkaufswagen über knirschende Glasscherben durch die Eingangstür zum Pick-up. Die Luft, die uns draußen erwartet, ist angenehm kühl. Erst jetzt wird mir bewusst, wie sehr der Einkaufsmarkt nach Fäulnis gerochen hat.

»Wir werfen jetzt alles auf die Ladefläche und sehen zu, dass wir nach Hause kommen.«

Barry lässt die Rückwand des Pick-ups herunter und beginnt Gläser und Kartons auf der Ladefläche zu verstauen. Ich nehme meinerseits die Nudeltüten und Getränke aus dem Wagen. Die Flaschen platziere ich so zwischen Kartons und Tüten, dass sie während der Fahrt nicht beschädigt werden können. Das DVD-Gerät und das Buch für Demi stelle ich auf die Seite.

Wir arbeiten schweigend und konzentrieren uns darauf, so schnell wie möglich unsere Beute zu verstauen. So bemerken wir beide nicht die Gestalt, die sich uns über den Parkplatz nähert. Erst das müde Schaben der Füße auf dem Asphalt lässt uns beide zur selben Zeit herumwirbeln.

»Verdammt ...«

Noch ehe ich reagieren kann, greift Barry nach seinem Gewehr, das auf der Ladefläche des Wagens liegt, und reißt es hoch.

»Warte«, brülle ich und ducke mich im selben Augenblick unter der Lautstärke meiner Stimme, mit der diese über den verwaisten Parkplatz rollt. »Sie ist ein Kind.«

Barrys Gesicht hat die grimmige Entschlossenheit eines Jägers angenommen. Seine Wangenknochen stechen scharf unter der Haut hervor, die Augen sind zu schmalen Schlitzen verengt und die Lippen eine blutleere Linie.

»Ein Kind?«

Er wirft mir einen kurzen Blick zu, nicht ohne das Mädchen aus dem Visier zu entlassen. Dieses ist einige Meter von uns stehen geblieben und mustert Barry mit ausdruckslosen Augen.

»Sie ist wie Alicia«, fährt er mit einem Zischen fort, das kaum ein Flüstern ist. »Sieh sie dir nur an.«

Tatsächlich erinnert mich das Kind an Cindy Miller. Seine bleiche Haut spannt sich wie dünner Stoff über hervortretende Wangenknochen. Die geistlosen Augen liegen tief in den schwarz geränderten Höhlen. Das Haar hängt in dünnen, wirren Strähnen in ihr Gesicht. Auf groteske Weise werde ich an alte Aufnahmen aus Konzentrationslagern erinnert, auf denen sich Juden gegen den Zaun drängten und mit hoffnungslosen Augen in die Kamera blickten.

An Hals und Schulter des Mädchens kann ich eine tiefe Wunde erkennen, deren Ränder sich schwarz verfärbt haben. Das Fleisch wirkt grau und trocken. Cindy hatte die gleichen Wundmale besessen. Und wenn ich Dannys Worten Glauben schenken darf, dann stammten die Wunden bei seiner Frau von einer jener Kreaturen, die in der Nacht durch das Land streichen. Und hatte Danny nicht auch gesagt, dass Cindy tot gewesen sei und sich nach einiger Zeit dennoch wieder erhoben hatte?

»Nimm das Gewehr runter«, flüstere ich Barry zu und lasse das Mädchen nicht aus den Augen.

War sie womöglich ebenfalls wieder auferstanden, so wie es Cindy getan hatte? Und mit Sicherheit auch Alicia. Oder war sie nur ebenso verwirrt und verängstigt wie wir?

Das Mädchen starrt unentwegt auf den Lauf der Waffe. Sie legt den Kopf zur Seite, als versuchte sie zu verstehen, was Barry tut. Ein brauner Speichelfaden rinnt ihr über die Lippen und tropft von ihrem Kinn.

Dann beginnt sie zu kichern.

Ein Geräusch, das sich wie das Klirren von Ketten anhört. Sie hebt die dürren, mit schwarzen Flecken übersäten Arme, greift mit den Händen in ihr Spinnweben ähnliches Haar und reißt sich zwei Strähnen aus. Achtlos lässt sie diese fallen. Ich sehe angewidert und fasziniert zugleich zu, wie der Wind die Haare erfasst und über den Parkplatz davonweht.

»Was willst du hier?«, zischt Barry.

In seiner Stimme lauert Zorn. Mir ist nur allzu deutlich bewusst, dass er in dem Kind Alicia sieht, die ihm Shelley auf derart grausame Weise genommen hat.

Das Mädchen kichert, blickt jetzt aber Barry an. Der Mund des Kindes legt schwarze Zahnstümpfe frei. Eine graue Zunge leckt lasziv über die spröden Lippen.

»Ich will dich«, krächzt das Mädchen und macht einen schwerfälligen Schritt auf Barry zu.

Dieser weicht unwillkürlich zurück, bis ihn die Seite des Pick-ups bremst.

»Nichts zu fressen ...«

Die Worte des *Dings* sind kaum zu verstehen. Speichelbläschen bilden sich auf den Lippen des Kindes.

»... ich will dich ... dein Fleisch ...«

Sie hebt die Arme und greift mit grauen Fingern, unter deren schmutzigen Nägeln immer noch einige Haare kleben, ins Leere.

Lethargisch beginnt sie einen Fuß vor den anderen zu setzen. Dabei schlurft ein zerschlissener Sportschuh über den Asphalt. Der andere Fuß ist nackt und wund.

Ihre Beine erzittern bei jedem Schritt, unfähig das Gewicht ihres ausgezehrten Körpers zu tragen.

»Bleib stehen«, stöhnt Barry zwischen zusammengepressten Lippen hervor.

Ich betrachte ungläubig die Szene, die so surreal wirkt, dass sie eine besonders schreckliche Komödie in einem billigen Theater hätte sein können.

Mit grauenvoller Deutlichkeit sehe ich die Schweißperlen auf Barrys Stirn und wie sie an den Schläfen hinablaufen. Seine Mundwinkel zucken, als weigere sich sein Verstand, die bizarre Szenerie zu akzeptieren. Der schmutzige Finger seiner Hand legt sich um den Abzug des Gewehrs, seine entsetzten Augen starren über Kimme und Korn auf das *Ding*, das einmal ein hübsches Mädchen gewesen sein muss.

»Bleib stehen, verdammt.«

Das Kichern des Mädchens hört sich in der Stille gespenstisch hohl an. Sie wirft den Kopf zurück, so dass ihre Wunde am Hals aufreißt, ein dünner Blutfaden über ihre Schulter fließt und unter ihrem schmutzigen und zerrissenen gelben Kleid verschwindet. Ihre Zähne zwischen den gebleckten Lippen scheinen wie die Kiefer einer hungrigen Bestie. Sie sagt irgendetwas. Doch ihre Stimme ist nicht mehr als das heisere Knurren eines Tieres. Ihre finsteren Augen fixieren Barry und zum ersten Mal in meinem Leben kann ich blanke Gier im Blick eines Menschen erkennen.

Das ist kein kleines Mädchen mehr, denke ich und versuche mir gleichzeitig vorzustellen, was aus Cindy geworden ist. Hat sie sich in der Zwischenzeit ebenfalls in eine geifernde Bestie verwandelt, die in ihrem Gefängnis tobt und sich unablässig gegen die Wände wirft?

Ich stelle mir vor, wie ihr schauerliches Geheul durch das dunkle Haus gellt, während sich unten im Wohnzimmer Fliegen und Maden an den Überresten ihres Mannes gütlich tun. Dieses Mädchen ist wie Cindy. Sie ist wie Alicia. Und Alicia hat Menschen getötet. Sie hat sie zerfetzt und ausgeweidet und ihre Gedärme gefressen.

Alicia hat Shelley getötet. Und dieses Mädchen würde uns töten. Dessen bin ich mir plötzlich sicher. Für sie gibt es keine Rettung mehr. Die Saat der *Shoggothen* fließt durch ihre Adern und verwandelt die Natur eines jungen Mädchens in die Instinkte einer Bestie.

Sie stößt keifende Laute aus, die mich an das Zischen einer Schlange erinnern. Blutiger Speichel spritzt von ihren Lippen.

Im nächsten Augenblick wird das Schweigen unserer toten Welt von ohrenbetäubendem Lärm zerfetzt, als Barry den Abzug betätigt.

In der Schulter des Mädchens erblüht ein zerfetztes, rot schimmerndes Loch. Sie wird herumgewirbelt und stürzt wie eine fallengelassene Puppe auf den harten Asphalt. Doch sofort versucht sie wieder aufzustehen. Ihre Bewegungen wirken ungelenk, der nutzlose Arm hängt wie ein dünnes Stück Stoff an der Seite herab. Blut quillt unablässig aus der verheerten Schulter.

Als das Mädchen wieder auf zitternden Beinen steht und wankend auf Barry zugeht, verwandelt sich ihr zerschundenes und schmutziges Gesicht in eine unmenschliche Maske aus Gier und Hass. Das Fauchen einer wilden Katze dringt zwischen blutbesudelten Lippen hervor.

»Schieß!«, höre ich eine panische Stimme gellen.

»Schieß!«

Der Kopf des Kindes ruckt in meine Richtung. Erst jetzt bemerke ich, dass ich es bin, der unablässig auf Barry einschreit.

Ich stolpere einige Schritte zurück, bis mich der leere Einkaufswagen zum Straucheln bringt und ich mich auf dem kalten Stein des Parkplatzes wiederfinde.

Ein zweiter Schuss zerreißt die Luft und lässt die Welt um mich herum vibrieren. Plötzlich kann ich nur noch das Rauschen meines Blutes und das dröhnende Hämmern meines Herzens hören. Mit schreckgeweiteten Augen beobachte ich, wie der Körper des Mädchens in Zeitlupe durch die Luft gewirbelt wird. Ihr Kopf ist verschwunden. Stattdessen klafft ein sprudelnder Krater aus Fleisch, Haut und Gewebe dort, wo sich noch vor wenigen Sekunden ihr Hals befunden hat.

Knochenfragmente und Fleischfetzen werden gegen die Seite des Pick-ups geschleudert. Das Mädchen dreht sich wie eine Balletttänzerin einmal um die eigene Achse. Ich frage mich unwillkürlich, ob sie zu Lebzeiten vielleicht sogar Ballett getanzt hat. Über den Gedanken muss ich lachen, denn alle Mädchen ihres Alters scheinen Ballett zu mögen, denke ich. Selbst Demi schaut sich den anmutigen Tanz gerne im Fernsehen an, auch wenn sie es nicht selbst tanzt.

Das Kind hat seine Pirouette beendet und klatscht hilflos auf den Asphalt. Die dürren Arme schlagen noch einmal um sich, als versuche sie nach Barry zu greifen. Ihr Kleid ist nach oben gerutscht und ihre zerschundenen, mit Fäkalien beschmutzten Beine zucken ein letztes Mal.

Dann liegt das Mädchen still und die Welt um mich herum wird zu einem schrillen Kreischen, das mit meinem Blut und dem Stakkato meines Herzens einen perfekten Rhythmus eingeht.

II

Die Fahrt zurück verläuft schweigend. Ohne uns weiter um den Leichnam des Mädchens zu kümmern, sind wir in den Wagen gesprungen und mit quietschenden Reifen von `*Tenberries*´ Parkplatz gefahren. Irgendwo hinter uns konnte ich die schrille Explosion einer Glasscheibe durch das Crescendo in meinem Kopf hören, dicht gefolgt vom infernalischen Brüllen einer Kreatur, die wir zum Glück nicht zu Gesicht bekamen.

Nur Gott weiß, was wir durch den Lärm der Schüsse in Devon aus seinem Schlaf erweckt haben. Und Gott war noch nie gekommen, um mit den Menschen zu reden.

Diesmal bin ich ihm dankbar dafür.

Ich weiß, dass die Überreste des Mädchens nicht lange auf dem kalten Asphalt liegen bleiben werden. Das ist der letzte Gedanke, den ich an sie verschwende. Dann versinkt mein Verstand in trübseliges Schweigen.

Die Welt um mich herum, die nicht mehr die meine ist, rast wie ein dunkles Band an mir vorbei. Die düsteren Schatten von Devon gehen in weite, schwarze Meere aus Getreidefeldern und Wiesen über. Dann tauchen die kauernden Schatten der Hügel auf, bedrängen den Wagen und tauchen die Welt in ein totes Grau. Das Dröhnen des Motors hat sich in das schadenfrohe Gelächter des Teufels verwandelt. Ich schließe die Augen und gebe mich dem beklemmenden Gefühl hin, mitten durch die Hölle zu fahren.

Wie lange wird es noch dauern, bis wir das Feuer erreichen? Die ewige Verdammnis, von der in der Bibel die Rede ist und die entgegen meiner Überzeugung tatsächlich existiert. Das ist die einzige Chance der Menschheit. Der schnelle, schmerzlose Tod der Erlösung inmitten einer finsteren, kalten und stillen Welt, unter einem Himmel, dessen Wolken schwarz über die verderbte Erde dahinrasen, wie die Reiter der Apokalypse, die gekommen sind, um ihre Ernte einzufahren. Kann ich das Dröhnen ihrer Hufe nicht in den Wolken hören? Ihr irres Gelächter, das wie Donner durch den Himmel rollt? Das ist alles, was uns noch bleibt. Das Zurücklehnen und Akzeptieren des Todes. Das Festhalten am Schweigen der neuen Welt und das Fallenlassen in einen schwarzen Traum, der das Ende verspricht.

Mit dem Tod des Mädchens ist in mir die letzte Hoffnung erloschen, dass wir in der Düsternis dieser Welt auch nur den Hauch einer Chance besitzen. Gott hat uns keine mehr gewährt. Zu lange musste er die Missetaten seiner Schöpfung beobachten und tatenlos zusehen. Jetzt hat er zurückgeschlagen. Und die Rache des Herrn ist fürchterlich. Steht es nicht schon so in der Bibel?

Ich wünschte, Sarah wäre bei mir. Sie wüsste, welche Worte in der Heiligen Schrift stehen. Sie wüsste, dass alles, was geschieht, Gottes Wille ist.

Aber ich sage, dass all das, was mit der Welt geschehen ist, nicht Gottes Wille sein kann. Gott hilft denen, die gepeinigt wurden. Und die Menschheit hat weit mehr erfahren als nur Pein und Leid. Sie hat den Tod erfahren, die Verheerung der Welt und die Ausrottung ihrer Spezies. Da kann selbst Gott kein Leid mehr lindern.

Die Welt gehört den Reitern der Apokalypse und ihren skelettierten Hengsten, die dröhnend durch den Himmel rollen – und jener Kreatur an ihrer Spitze, dem gefallenen Engel ...

III

»Was hast du da?«

Barrys Worte dringen wie durch einen dichten Kokon zu mir. Sein Gesicht verschwimmt vor meinen Augen, als ich ihn ansehe. Dann sehe ich in meinen Schoß, wo ich das Buch und das DVD-Gerät halte. In der Panik muss ich beides gegriffen und mit in den Wagen genommen haben. Zu welch sinnlosen Handlungen der Mensch doch fähig ist.

»Geschenke«, flüstere ich. Meine Kehle schmerzt. Das eine Wort bereitet mir Schwierigkeiten.

»Alles in Ordnung, Dad?«

Barrys Lippen bewegen sich nicht im Einklang zu seinen Worten. Seine Gesichtszüge verschwimmen wie farbige Schlieren, als er sich mir kurz zuwendet und dann wieder durch die Windschutzscheibe auf die Straße starrt.

Ich nicke nur, unfähig meine Stimme zu benutzen.

Ich lehne mich in den zerschlissenen Polstern des Sitzes zurück, in dem meine Sarah unzählige Male gesessen und gelacht hat, und blicke in das aufgewühlte Schwarz der Wolken. Sie erscheinen mir wie gewaltige Monster, die sich jederzeit auf die Erde stürzen, um den letzten Rest der Menschheit unter ihren Krallen zu zerfetzen. Grässliche Fratzen häuten sich aus den Massen, stoßen mir ein geiferndes Brüllen entgegen, das nur ich in meinem Kopf hören kann, und hüllen sich dann wieder in den Mantel aus Dunkelheit und Schatten, der sich über die Hügel gelegt hat.

Bäume und Felsen stechen wie niederkauernde Schemen in den Himmel, von jeder Farbe befreit, wie der Rest der Welt.

Etwas ist falsch. Ich kann es spüren. Das Gefühl kriecht durch meinen Körper, nagt an meinen Nerven und frisst sich durch mein Fleisch. Mein Blut scheint sich in pures Eis verwandelt zu haben. Ich kann spüren, wie mein Herz das Eis durch die Adern pumpt und es meinen Verstand zu lähmen versucht.

Die Luft im Pick-up birgt einen unterschwelligen Gestank, der mich an verdorbenes Fleisch erinnert. Ich versuche mir einzubilden, dass der Geruch von meinen jüngsten Erinnerungen an das Mädchen bei *`Tenberries´* herrührt. Vor meinem geistigen Auge sehe ich immer noch ihren kindlichen Schädel explodieren, Knochenfragmente und blutigen Schleim gegen die Seite des Wagens und auf den grauen Asphalt klatschen.

Daher stammt der leise Gestank im Wagen. Ein tief in mir verwurzelter Alptraum, der mich für den Rest meines Lebens nicht mehr loslassen würde, wie lange dieser schäbige Rest auch andauern mag.

Und doch spüre ich, dass mir die stickige, verrottete Luft etwas zu sagen versucht. Nämlich dass irgendetwas ganz und gar nicht in Ordnung ist. Ich könnte mit meinen Händen in die Luft greifen, hätte die fürchterliche Antwort auf meiner Haut gespürt und dennoch nicht zu halten vermocht.

Die Welt um uns herum versinkt in der Dunkelheit eines nahenden Sturmes. Bäume und Buschwerk verneigen sich in hilfloser Demut vor den schrecklichen Reitern in den Wolken. Sie wirken wie die letzten gepeitschten Überreste der Menschheit.

Barry fährt nicht langsamer. Auch nicht, als erste Regentropfen auf die Scheibe klatschen. Als er die Scheibenwischer anstellt, werden Fliegen und Käfer zu einem gelben Schleim verteilt. Die Welt verschwimmt und verliert jede Realität.

Als Barry auf den schmalen Weg einbiegt, der hinunter zum Haus führt, beginnt sich die Welt um mich herum zu drehen. Das Hämmern meines Herzens in der Eishöhle meines Körpers verstummt und in meinem Verstand wird es still. Mit grausamer Deutlichkeit sehe ich endlich, was falsch ist; woher der Gestank nach verfaultem Fleisch stammt. Nicht etwa von der Erinnerung an das Mädchen in Devon. Auch nicht vom Gestank der Hügel nach Erde und Regen, der Sarah so oft an den modrigen Geruch alter

Sümpfe erinnert hatte. Der Gestank bereitete mich die ganze Fahrt über auf das vor, was ich vorfinden würde.

Die Verandatür steht offen.

Sie ist aus den Angeln gerissen und hängt an einem einzelnen Scharnier. Ihre träge Bewegung im dunklen Regen wirkt surreal auf mich.

Barry bremst den Wagen ab und springt im nächsten Moment in den Regen hinaus. Ich folge ihm, wobei das Buch für Demi in den Matsch neben dem Pick-up fällt. Das DVD-Gerät poltert in den Fußbereich meines Sitzes. Doch all das registriere ich nicht mehr.

Mein Blick haftet auf den Schleifspuren, die von der Veranda durch den Garten zum Zaun führen und weiter auf die Wiese dahinter. Gräser sind niedergetrampelt und das ehemals farblose Grün ist mit roter Farbe gestrichen.

Auf den Stufen zur Küche liegt Murphys Gewehr.

Als ich hinter Barry in das Haus stolpere, versinkt die Welt um mich herum in einem roten Nebel.

Barry schreit. Ich kann sehen, wie sich seine Lippen bewegen und Speichel zwischen seinen Zähnen hervorspritzt. Doch ich kann ihn nicht hören.

Mein Verstand hat sich den Geräuschen der Welt angepasst. Kein Schreien. Kein Poltern. Einfach nur eine rote, verschwommene Stille. Regen, der mir aus den Haaren in die Augen läuft. Tränen, die meine Sicht in ein groteskes Schauspiel verwandeln.

Auf dem Boden der Küche kann ich Blut sehen. Eine dunkle, fast schwarze Schleifspur, die hinaus in den Garten führt.

Einschusslöcher in der Tür und dem Schrank, in dem ich unsere Teller aufbewahre. Der Gestank von Verwesung, Urin und Pulverdampf schwängert das Zimmer.

Barry schreit weiter. Sein massiger Körper stolpert durch die Tür in den dunklen Flur hinaus.

Wie im Traum folge ich ihm.

Ich spüre nichts, tanze in diesem tiefen Schweigen der Welt.

Auf der Treppe liegt die Waffe, die Demi getragen hat. An den Wänden Blut und etwas Weißes. Auf der mittleren Stufe, die seit Jahren ihr vertrautes Knarren gesungen hat, glänzt eine Pfütze aus gelbem Schleim.

Barry klettert auf allen Vieren die Stufen empor. Seine Hände platschen durch die Pfütze. Ich folge ihm tanzend. Meine Hand fährt durch das Blut an der Wand. Es ist feucht und warm.

Als ich die fleckige Hand zur Faust balle, verschwimmen die Konturen meiner neuen Welt noch etwas mehr.

Barry steht als gewaltiger Schatten im Rahmen der Schlafzimmertür. Dort, wo Demi und Sarah hätten sein sollen. Sein Mund ist zu einem Brüllen geöffnet, die Fäuste schlagen gegen den Türrahmen. Dann sackt der Schatten in sich zusammen, verschmilzt mit dem Meer aus Schwärze, das über den Boden brandet.

Etwas in meiner Stille schreit. Worte, die ich nicht verstehen will. Je näher ich der Tür komme, umso lauter wird die Stimme. Bis die Welt aus einem Kreischen und Keifen besteht.

Als ich die Tür erreiche und in das graue Licht des Schlafzimmers blicke, wird meine Welt schlagartig wieder still. Der rote Nebel vor meinen Augen wird zu Dunkelheit.

Ich spüre Schmerzen, als ich schreie. Ein Reißen in meinem Hals. Doch die Welt bleibt still.

Mit dem letzten verzweifelten Aufbäumen meines Verstandes tauchen die wenigen Bilder, die ich durch den blutroten Vorhang habe erhaschen können, wie kichernde Dämonen aus meinem Unterbewusstsein auf.

Blut, das an den Wänden hinabrinnt und ein bizarres Gemälde hinterlässt.

Der Gestank von Fleisch und Erbrochenem.

Die Opferstätte der *Shoggothen*, auf der sich die Überreste meiner Sarah befinden.

Dort, wo ich sie zurückgelassen hatte und ihr ein letztes Mal `Ich liebe Dich´ gesagt habe.

Dort, wo uns Humphrey besucht hat.

Dann verlöscht auch der letzte Funken in mir, und ich falle in eine tiefe Bewusstlosigkeit.

IV

Barry erscheint vor mir.

Sein Gesicht ist eine entstellte Maske. Seine Augen Gruben aus Tränen, Zorn und Niedergang.

Er schüttelt mich.

Er schlägt mich.

Mein Kopf wirbelt zur Seite.

Als ich ihn wieder ansehe, verbirgt sich die scheußliche Maske hinter einem kaum zu durchdringenden, roten Vorhang. Verzerrte Lippen brüllen mir Worte zu. Wieder ein Schlag. Kalte, feuchte Finger, die durch mein Haar streichen.

Dann verschwindet der Schatten.

Keine Berührung mehr.

Keine Worte.

Nur noch blutrote, stinkende Stille.

Alles geht so schnell.

Die Welt rast ihrem Ende entgegen.

Kapitel 7

Harv

Warum muss ich erwachen?

Warum kann ich nicht tiefer und tiefer in die Leere des Vergessens hinabtauchen, meine Erinnerungen und meinen Verstand in den Ruinen dieser schrecklichen Welt zurücklassen?

Vielleicht will der Tod mich nicht.

Widerwillig steige ich aus dem Nichts hinauf, zurück in die Schmerzen von Sterben und Niedergang.

Der Sturm ist vorüber.

Der Regen hat aufgehört.

Die erstickende Stille der Toten hat sich über das Haus gelegt.

Es ist Nacht.

Die Dunkelheit um mich herum scheint beständig näher zu rücken, als würde sich eine riesige Bestie an mich heranschleichen. Der Gestank von Blut, Fleisch und Getier raubt mir den Atem.

Ich übergebe mich, doch nur bittere Galle spritzt zwischen meinen Lippen hervor.

Die Stille des Hauses versucht mich niederzudrücken.

In welchem Zimmer ich bin, kann ich nicht sagen. Ich lehne gegen die Wand, kauere auf dem Boden, während sich die Nacht an mich schmiegt, als fürchte sie jene Kreaturen, die ihr Schoß geboren hat.

Mit einem Lächeln gebe ich mich der schwarzen Mutter hin, steige wieder hinab in die Leere des Vergessens.

Um mich herum stürzt die Stille zusammen.

Etwas schlägt gegen die Bretter vor den Fenstern. Schritte, die sich behäbig durch die Finsternis bewegen. Von Zimmer zu Zimmer. Das helle *Tack Tack Tack* von Krallen auf dem Boden. Keuchen.

Etwas springt fauchend die Treppe hinauf. Die mittlere Stufe knarrt unter dem Gewicht von sehnigen Muskeln und feuchtem Fell. Der entsetzliche Gestank von Tieren brandet wie die Wellen eines dunklen Meeres über mir zusammen.

Ich versuche zu weinen.

Ein klägliches Schluchzen tropft aus meiner Kehle. Doch meine Augen brennen lediglich und besitzen keine Tränen mehr. Deshalb beginne ich zu lachen. Jenes irre Kichern, das die Grenze zwischen Leben und Tod teilt.

Humphrey ist gekommen um mich zu holen, ist das letzte, was ich in diesem Leben denke.

Die Welt hat sich weitergedreht.

Und jetzt bleibt sie für immer stehen ...

... und wird still und finster ...

Epilog

Daryll

Daryll schlägt die Augen auf und sieht sich im grauen Zwielicht um. Verschlafen reibt er sich die Augen, setzt sich auf und greift nach der Taschenlampe, die neben der Matratze auf dem Boden liegt.

Er leuchtet durch das leere Klassenzimmer. Ein Ritual, das er sich in den letzten zwei Wochen zu Eigen gemacht hat. Der zitternde Lichtstrahl vermag ihn nicht vollständig von seinen nächtlichen Alpträumen zu befreien. Doch er fühlt sich besser, als er sieht, dass er immer noch alleine ist.

Er gähnt, streckt sich und zieht seine Hose an. Die Taschenlampe schiebt er in die Hosentasche, seine Waffe in den Bund über dem linken Bein. Dann tritt er in den verwaisten Schulflur hinaus.

Daryll blickt sich nach allen Seiten um, doch er kann nur dieses graue Zwielicht erkennen, das gelegentlich vom helleren Grau der Oberlichter unterbrochen wird und sich wie Nebel durch das Schulgebäude wälzt.

Ein weiterer Tag in dieser verfluchten Stadt, denkt er, steigt auf sein Fahrrad und fährt zum Ausgang der Schule. Vielleicht würde er heute den Wagen finden, den er gestern in weiter Ferne in Devon gehört hatte ...

ENDE